GABRIELE THALER

Über den Gipfeln wohnt das Glück

ROMAN

WILHELM HEYNE VERLAG
MÜNCHEN

Penguin Random House Verlagsgruppe FSC® N001967

2. Auflage
Originalausgabe 10/2021
Copyright © 2021 by Wilhelm Heyne Verlag, München,
in der Penguin Random House Verlagsgruppe GmbH,
Neumarkter Str. 28, 81673 München
Redaktion: Susann Rehlein
Printed in Germany
Umschlaggestaltung: Nele Schütz Design
unter Verwendung
von shutterstock/canadastock, Bildnr.: 1060440797
Satz: Satzwerk Huber, Germering
Druck und Bindung: GGP Media GmbH, Pößneck
ISBN: 978-3-453-42420-3

www.heyne.de

30 Jahre früher

»Erste! Gewonnen!«, rief Brigitte mit vor Übermut blitzenden Augen aus.

»Dafür werde ich dir gleich beim Abstieg davonlaufen«, erwiderte Theresa lachend, während sie die letzten Schritte bis zum Gipfelkreuz schwer atmend hinter sich brachte.

»Aber vorher gibt's eine Jause.« Ihre Schwester warf den Rucksack ab und setzte sich an den Fuß des Gipfelkreuzes.

»Erst einmal genießen wir den Ausblick und lassen uns den Wind um die Nase wehen«, sagte Theresa und breitete die Arme aus.

Theresa liebte diesen Platz hier oben. Über ihr der enzianblaue, unendlich weite Himmel, der den Gedanken und Träumen keine Grenzen setzte; um sie herum majestätische, weiße Gipfel, die alle Zeiten überdauerten, und unter ihr das Gamsenauer Tal mit seinen Wiesen, Wäldern und schmucken Bauernhäusern, deren Schindeldächer die Mittagssonne wie altes Silber glänzen ließ. Wenn es klar war, reichte der Blick von hier oben bis zu den Südtiroler Alpen.

Sie lehnte den Kopf an das verwitterte Holz. Ganz tief atmete sie die glasklare Luft ein, die ihr erhitztes Gesicht angenehm kühlte. In ihr lag eine flirrende Leichtigkeit, die Ankündigung von Aufbruch und Neubeginn – der Duft des Frühlings. Nur noch auf den hohen Bergen über ihnen und in deren schattigen Karen lag Schnee. Auf den Almwiesen unterhalb der Felsen hatte das große Blühen längst begonnen.

»Versprich mir, dass du nie von hier weggehst«, hörte Theresa plötzlich ihre kleine Schwester in ungewohntem Ernst sagen. Überrascht sah sie Brigitte an, die mit ihren fünfzehn Jahren viel jünger aussah. »Warum sollte ich?«, fragte sie verdutzt.

Brigitte kuschelte sich an sie. »Na ja, wenn du mal einen Mann kennenlernst, der weit weg von hier wohnt oder so.«

»Aber ich habe doch einen Freund«, erwiderte sie erstaunt.

»Den Martin liebst du doch gar nicht richtig.«

Theresa lachte. »Und das weißt du?«

Brigitte nickte ernst. »Also – versprich's mir. Dann hätte ich doch nur noch die Oma. Und die ist schon alt.«

Da nahm Theresa sie fest in die Arme und sagte voller Inbrunst: »Wir beide gehören hierhin.«

Ein Jahr später zog sie zu ihrer ersten großen Liebe nach Frankfurt.

September

1

Während die Skyline hinter Theresa immer kleiner wurde, verloren sich der Schmerz und die Verzweiflung langsam. Sie fühlte sich nur noch wie betäubt und wünschte sich, dieser Zustand möge so lange anhalten, bis sie ihr Ziel erreicht hatte. Gamsenau lag etwa fünfeinhalb Fahrstunden von Frankfurt am Main entfernt.

Theresa blickte in den Rückspiegel. Auf der Rückbank lag Stella und kaute höchst zufrieden an einem Knochen. Ihre weiße Schäferhündin schien kein Problem mit dem fluchtartigen Aufbruch zu haben. Leise seufzend richtete Theresa den Blick wieder auf die Straße, die Hände so fest ums Lenkrad geschlossen, dass die Fingerknöchel weiß hervortraten. Es war Freitagmittag, ein Bilderbuchtag. Frühherbstlich warm, ein wolkenloser Himmel. Jenseits der Autobahn lagen kleine Fachwerkdörfer, Wälder und Felder – so friedlich wie in all den Jahren, in denen sie diese Strecke gefahren war. Ein Bild beruhigender Beständigkeit. Doch der Schein trog. An diesem Tag war alles anders. Dirk hatte sie verlassen – kurz vor ihrer Silberhochzeit.

Wie alles im Leben zusammenhängt, dachte Theresa, während sie in stetem Tempo in Richtung Süden fuhr. Hätte Maja ihre Verabredung zum Wandern nicht kurzfristig abgesagt oder hätte Dirk ihr zum Geburtstag statt Stella einen anderen Hund geschenkt, wäre dieser Tag vermutlich ganz anders verlaufen. Und damit möglicherweise auch ihre Zukunft. So aber war sie nach dem Friseurtermin an diesem Vormittag statt zu Maja wieder nach Hause gefahren. Dirk war noch da gewesen. Es kam öfter vor, dass er Verkaufsgespräche von zu Hause aus führte. Erst Stellas Verhalten hatte ihr Misstrauen geweckt. Beim Betreten des Hauses schien ihre Hündin etwas zu wittern, einen ihr fremden Geruch. Die lange Schnauze auf den Boden gerichtet, war sie zuerst schnüffelnd durchs Untergeschoss gelaufen, dann die breite Freitreppe hinauf und geradewegs ins Schlafzimmer. Wie von einer fremden Macht gesteuert, war Theresa der Hündin gefolgt. Als sie das Zimmer betrat, zog Stella ihre Schnauze gerade unter dem seidenen Bettüberwurf hervor. Ganz so, wie sie es in der Suchhundausbildung gelernt hatte, legte sie Theresa ihren Fund vor die Füße: einen nach einem schweren Parfüm duftenden Seidenschal. Ein Accessoire, das definitiv nicht aus ihrem Kleiderschrank stammte.

In Erinnerung an diese Entdeckung schüttelte Theresa den Kopf. Geschmackloser ging es nun wirklich nicht. Niemals zuvor hatte sie Dirk so bleich, so sprachlos erlebt wie in dem Moment, als sie ihm Stellas Fundstück unter die Nase gehalten hatte. In diesem Augenblick musste ihm klar geworden sein, dass seine Geliebte ihr ganz bewusst ein Indiz für Dirks Untreue unter der glatt gezogenen Decke des Ehebetts zurückgelassen hatte.

Theresa spürte, wie sich ihr Herzschlag aufs Neue beschleunigte. In ihrer Kehle bildete sich ein Kloß. *Bloß nicht während des Fahrens weinen,* befahl sie sich. Obwohl sie gerade ihren Ehemann verloren hatte, wollte sie nicht auch noch ihr Leben verlieren. Das war Dirk nicht wert.

Die Tränen konnte sie zurückdrängen, die Erinnerung jedoch nicht. Nach ein paar Kilometern schon sah sie Dirk wieder vor sich – in dem perfekt sitzenden silbergrauen Anzug, auf der stets gebräunten Stirn diese eine Locke, die sie ihm in all den gemeinsamen Jahren sicher Tausende Male zärtlich zurückgestrichen hatte. Mit der honigfarbenen Hornbrille, die ihm etwas Intellektuelles gab, was ihm eigentlich nicht zu eigen war, seine gepflegten, schönen Hände … Ja, Dirk war attraktiv. Auch noch mit fünfzig. Sein Haar war immer noch voll und mittelblond, mit ein paar Silberfäden an den Schläfen, seine Figur sportlich-schlank. All das hatte sie nach langer Zeit heute Mittag zum ersten Mal wieder ganz bewusst wahrgenommen, während sie das farbenfrohe Seidentuch mit zitternder Hand hochgehalten hatte. Dirk hatte sich dann überraschend schnell gefasst. *Dass du es auf diese Art erfahren musst, finde ich auch sehr geschmacklos*, hatte er ihr mit bebender Stimme versichert, während er sie fürsorglich zu einem der tiefen Ledersessel in der Bibliothek geführt hatte. Ihre eiskalte Hand fest in seiner ebenso kalten haltend hatte er ihr dann mit seiner wohlklingenden Stimme anvertraut, eine andere Frau zu lieben. *Ich hätte es dir schon längst sagen sollen …* Dirk hatte geredet und geredet. Sie dürfe nicht glauben, sie sei ihm plötzlich gleichgültig; es gebe halt mehrere Arten zu lieben; er wolle noch einmal von vorn anfangen, aus dem Trott der Ehe raus; er wolle keinen Rosenkrieg; sie könne in der Villa wohnen bleiben; sie würden die Immobilienfirma verkaufen und das gemeinsame Vermögen fair teilen. Während Theresa diese Szene nochmals in ihrer Erinnerung aufleben ließ, brach sich ihre ganze Verzweiflung darüber, mit ihrem Ehemann auch das Gefühl von Beständigkeit und Sicherheit verloren zu haben, erneut Bahn. Sie schnappte nach Luft. Ihr Herz raste. Nein, so konnte sie nicht weiterfahren.

Entschlossen fuhr sie auf einen Parkplatz, ließ Stella laufen und trank ein paar Schlucke. Erstaunt stellte sie fest, dass sie bereits zwei Stunden unterwegs war. Nachdem sie ein paar tiefe Atemzüge getan hatte, wurde sie ruhiger. Obwohl sie sich verbot, während der Weiterfahrt an Dirk zu denken, ließen sich ihre

Gedanken einfach nicht bändigen. Wie wilde Affen sprangen sie ihr durch den Kopf. *Meine nordische Göttin, meine wunderschöne Verstandesfrau ...* Im Geiste hörte sie wieder Dirks Stimme, spürte seine Hände auf ihrem Körper, roch sein Aftershave, das ihr zwar immer einen Hauch zu süßlich gewesen war, aber so herrlich vertraut und behaglich. All seine Zärtlichkeiten hatten schon längst auch einer anderen gehört. Und sie hatte nichts bemerkt!

Nach weiteren zwei Stunden erreichte Theresa München. Ein blauweißer Himmel hing über den Gipfeln der Alpenkette am Horizont. Rechts und links der Fahrbahn lagen wie hingestreut kleine Gehöfte mit den für Bayern so typischen weißen Kapellen, deren goldene Zwiebeltürme in der Nachmittagssonne glänzten. Kurz vor dem österreichischen Grenzübergang klingelte ihr Handy. Dirk, schoss es ihr durch den Kopf. Ein Blick auf das Display im Armaturenbrett jedoch ließ sie erleichtert durchatmen.

»Ich wollte dir nur schnell sagen, dass meine Mutter doch keinen Herzanfall hatte«, teilte Maja ihr mit ihrer tiefen Raucherstimme mit. »Es geht ihr wieder ganz gut, aber sie muss noch drei Tage zur Beobachtung im Krankenhaus bleiben.«

»Das freut mich«, erwiderte Theresa. Sie hörte selbst, wie steif das klang.

»Du klingst merkwürdig. Wo bist du?«, fragte Maja überrascht.

»Bei Kiefersfelden.«

»Wie bitte?«

Theresa konnte sich genau vorstellen, wie ihrer Freundin gerade die großen, mit schwarzem Kajal geschminkten Augen aus dem Kopf fielen.

»Ich bin auf dem Weg nach Gamsenau.«

»Ich glaub's nicht! Wie das denn so plötzlich?«

»Dirk will sich scheiden lassen.«

Stille. Dann hörte Theresa, wie Majas Feuerzeug aufschnappte. Ihre Freundin stieß den Rauch zischend aus. »Das musst du mir erklären.«

»Ich ruf dich gleich zurück.« Theresa fuhr auf die nächste Raststätte und erzählte, was passiert war.

»Unglaublich! Und dann ist er einfach gegangen?«, fragte Maja fassungslos.

»Ich habe ihm gesagt, dass ich ihn erst mal nicht mehr sehen will. Als er weg und ich in dem riesigen Haus allein war, wurde mir schlagartig klar, dass ich es keine Minute länger dort aushalten würde, wo sich die beiden in unserem Ehebett vergnügt haben. Ich habe ein paar Sachen in die Tasche geworfen und bin gefahren.«

Wieder herrschte ein paar Atemzüge lang Schweigen. Theresa hörte, wie Maja an ihrer Zigarette zog.

»Die wollte, dass du es weißt«, meldete sich ihre Freundin wieder zu Wort.

»Ja.«

»Die hatte die Heimlichkeiten satt. Die will ihn für sich allein.«

»Vermutlich.«

»Ich sage dir, wer es ist.«

Theresa zog die Stirn zusammen. »Wer?«

»Jessica.«

Sie zuckte innerlich zusammen. *Jessica? Wie kam Maja denn zuallererst auf die?* Ihr Blick verlor sich auf den mit tiefgrünen Bergkiefern bewachsenen Hügeln des Zahmen Kaisers zu ihrer Linken. Jessica war dreißig, bildhübsch, lebensfroh, unkompliziert und Dirks Sekretärin. Und das seit drei Jahren.

»Hallo? Bist du noch dran?«, weckte Majas Stimme sie aus ihren Gedanken auf.

»Ich weiß nicht ...«, sagte Theresa gedehnt.

»Wer könnte es denn sonst sein?«, fragte Maja im Brustton der Überzeugung.

»Eine Kundin zum Beispiel. Ich glaube eigentlich nicht, dass Jessica mich derart hintergehen würde. Außerdem hat sie ein Kind.«

»Stimmt. Es wäre absurd, wenn er sich jetzt plötzlich der Verantwortung gewachsen fühlen würde«, sagte Maja sarkastisch.

»Maja, bitte ...«, erwiderte Theresa mit Nachdruck.

Doch Maja ließ sich nicht bremsen. »Oder vielleicht ist es gerade das. Vielleicht will er etwas nachholen. Ich erinnere mich noch an die beiden letzten Weihnachtsfeiern in eurer Firma. Weißt du noch, wie Dirk Jessicas Kleine mit Geschenken überhäuft hat? Ich hatte ehrlich gesagt immer den Eindruck, dass zwischen ihm und Jessica was läuft.«

Den Eindruck hatte Theresa zwar auch kurze Zeit gehabt, aber Dirk hatte sie schnell erfolgreich vom Gegenteil überzeugt. Und was die Geschenke für Jessicas Tochter anging: Die hatte sie gekauft. Sie hatte sich auf diese Weise für Jessicas unermüdlichen Einsatz für die Immobilienagentur erkenntlich zeigen wollen.

Ihre Firmenphilosophie lautete: Wir sind alle eine Familie.

»Du sagst nichts mehr«, stellte Maja trocken fest.

»Ich denke nach.«

»Darüber, dass Dirk was mit Jessica hat?«

Theresa seufzte. »Undenkbar ist es natürlich nicht.«

»Du weißt, dass ich die beiden vor einem Jahr zusammen in der City gesehen habe.«

»Das hat Dirk mir damals einleuchtend erklärt.«

Maja lachte auf. »Dirk ist Verkäufer. Der verkauft einem Blinden eine Gleitsichtbrille.« Dann wechselte sie abrupt das Thema. »Und jetzt fährst du also nach Gamsenau.«

»Das Haus ist für mich wie …« Theresa suchte nach Worten. »Es ist irgendwie entweiht«, brachte sie es schließlich auf den Punkt. »Stell dir vor! Dirk mit einer anderen Frau in unserem Ehebett! Das hätte ich ihm niemals zugetraut.«

»Wahrscheinlich hat Jessica ihn dazu verführt, um die Sache endlich auffliegen zu lassen – was ihr ja auch gelungen ist.«

»Vorausgesetzt, Jessica ist es.«

»Womöglich ist Dirk ihr hörig«, fuhr ihre Freundin unbeirrt fort. »Immerhin gibt er ihretwegen sein Leben mit dir auf.«

Theresa schluckte schwer. Dieser Gedanke war nicht ganz abwegig. Dirk war leicht zu beeinflussen. *Ich will noch einmal von vorn anfangen, aus dem Trott der Ehe raus ...,* hatte er gesagt. Mit wem konnte er das besser als mit einer zwanzig Jahre Jüngeren?

»Ich brauche Abstand, Zeit zum Nachdenken«, sagte sie mit fester Stimme. »Die Vorstellung, Montagmorgen wieder in die Firma zu gehen und so zu tun, als wäre nichts, ist für mich undenkbar.«

»Vielleicht ist das gar keine schlechte Idee, dich erst mal zurückzuziehen«, stimmte Maja ihr zu. »Distanz schafft Nähe. Soll Dirk doch sehen, wie er ohne dich klarkommt, und sei es nur, ohne deine herausragenden Fähigkeiten als seine Gesellschafterin und ohne deine Kochkünste. Mit Sicherheit kommt er zurück.«

»Er klang sehr entschlossen. Daraus wird wohl nichts. Außerdem weiß ich im Moment gar nicht, ob ich ihn überhaupt zurückwill.«

»Du stehst noch unter Schock. Du bist tief verletzt. Warte mal ab. Irgendwann kommt die Einsamkeit, die Sehnsucht. Dann sieht die Sache schon ganz anders aus.«

Ja, Maja kannte sich aus mit Trennungen und Liebesleid. Sie hatte aus ihren Erfahrungen gelernt und gab ihre Erkenntnisse gern an ihre Freundinnen weiter.

»Hoffentlich packst du das«, fuhr Maja nun hörbar besorgt fort. »Nach fünfundzwanzig Ehejahren … Anders als ich bist du jemand, der einen Partner an der Seite braucht.«

Theresa zog die Brauen zusammen. *War das wirklich so?*

»Es hat sich einfach so ergeben«, erwiderte sie. »Ich habe mich damals in Dirk verliebt. Und wir sind ja auch immer gut miteinander klargekommen. Wir waren ein gutes Team.«

»Weil du viele Kompromisse gemacht hast.«

»Das stimmt so nicht. Dirk hat auch Zugeständnisse an mich gemacht. Wie oft ist er mir zuliebe nach Gamsenau mitgefahren, obwohl er unsere Heimat hasst. Und zu meinem letzten Geburtstag hat er mir Stella geschenkt, obwohl er nie Haustiere haben wollte. Und einen Schäferhund schon mal gar nicht.«

»Das war sein schlechtes Gewissen. Außerdem hatte er immer Angst vor Einbrechern, trotz eurer Alarmanlage«, erwiderte Maja ungerührt.

»Maja, ich muss Schluss machen«, beendete Theresa nun das Gespräch. All diese Spekulationen wurden ihr plötzlich zu viel.

»Alles klar. Dann fahr vorsichtig. Wirst du wieder bei Anna wohnen?«, erkundigte sich ihre Freundin noch.

»Keine Ahnung. Anna weiß gar nicht, dass ich komme. Aber auf irgendeinem Bauernhof werde ich bestimmt ein Zimmer bekommen. Oder ich gehe in

Ellmau ins Hotel.« Sie atmete tief durch und schob die Erinnerung an den letzten Aufenthalt mit Dirk dort tapfer beiseite. »Ich melde mich bei dir. Versprochen.«

Nur wenige Kilometer hinter der Grenze verließ Theresa die Autobahn. Ihr Herz schlug schneller, als sie in die Bergwelt des Wilden Kaisers eintauchte, der seine zerklüfteten Gipfel in den Himmel streckte. Die Sonne hatte es selbst während des Sommers nicht geschafft, die Spuren des letzten Winters in den tiefen Schroffen wegzuschmelzen. Wie glitzernde, weiße Adern zog sich der Firn durch das steinerne Grau.

Während Theresa durch das enge Tal fuhr, fragte sie sich zum ersten Mal, ob sie wirklich die richtige Entscheidung getroffen hatte. Hals über Kopf hatte sie Frankfurt verlassen. Würde sie tatsächlich in der Bergeinsamkeit ihre verletzte Seele heilen und wieder Kraft schöpfen können? Und wie lange wollte sie überhaupt bleiben? Wie lange würde sie die Firma allein lassen können?

Mit einem Mal breitete sich Panik in ihr aus, Panik darüber, mit dieser Flucht einen riesengroßen Fehler gemacht zu haben. »Eigentlich sollte ich auf der Stelle umkehren und mich meinem Leben in Frankfurt stellen«, murmelte sie vor sich hin. Sie hielt am Straßenrand an, schlang die Arme um sich, versuchte, den so plötzlich auf sie einstürzenden Zweifeln Herr zu werden. Da spürte sie Stellas Schnauze an ihrem

Arm, als wollte die Hündin ihr durch ein sachtes An-
stupsen Mut machen weiterzufahren. Theresa musste
lächeln.

»Du hast recht«, sagte sie zu ihrer Begleiterin. »Wir
beide schauen uns mal an, was uns in Gamsenau erwartet. Zurückfahren können wir morgen immer
noch.«

2

Robert war schon zwei Stunden lang unterwegs. Immer wieder wischte er sich den Schweiß von der Stirn. Hier auf dem Almfeld brannte die Nachmittagssonne erbarmungslos auf ihn herab. Immer wieder blieb er stehen, suchte mit den Augen den unendlichen Himmel ab, rief in die Stille hinein. Doch als Antwort erhielt er nur das Echo seiner eigenen Stimme, das die schroffen Bergwände zurückwarfen. Erschöpft ließ er sich auf einem Findling am Rande des Almrosenfeldes nieder. Er horchte, wartete auf den vertrauten Flügelschlag. Doch er hörte nur den Wind, der mit tausend leisen Stimmen in den längst vertrockneten Blüten flüsterte. Die warme Luft brachte den süßen Heuduft der Wiesen mit sich, der sich hier oben mit dem harzigen der Latschenkiefern mischte. Robert sog ihn tief in sich ein. Er liebte diesen Geruch, der ihn in den vergangenen drei Jahren den von Desinfektionsmitteln, Blut und Tod hatte vergessen lassen. Zumindest die meiste Zeit.

Robert seufzte. Seine Suche war vergebens. Vielleicht lebte Falk ja gar nicht mehr. In der Natur regierte das Gesetz des Stärkeren. Und Falk war schwach. Noch einmal tastete er mit dem Blick das endlose Blau über sich ab. Doch er entdeckte nur ein paar Bergdohlen, die dort oben ihr Spiel trieben. Mit einem Mal spürte er eine tiefe Traurigkeit in sich, die ihn verwunderte. War er inzwischen nicht geübt darin, Verluste emotionslos hinzunehmen? Er hatte Menschen verloren, die er mehr geliebt hatte als sein eigenes Leben.

Er sah auf die Uhr. Es war Zeit, sich um die Tiere zu kümmern. Vielleicht saß Falk bei seiner Rückkehr ja auch längst auf dem Geländer der Holzveranda und wartete auf ein paar frische Stücke Hühnerfleisch.

»Ich kann es immer noch nicht glauben, dass du hier leibhaftig vor mir sitzt«, sagte Anna nun zum zigsten Mal und strahlte mit der inzwischen tief stehenden Sonne um die Wette. »Was für eine schöne Überraschung! Sechs Monate haben wir uns nicht gesehen.«

»Und auch nicht gesprochen«, antwortete Theresa mit schuldbewusstem Lächeln. »Bei uns war so viel los. Ich wollte mich immer melden, aber dann kam wieder irgendetwas dazwischen.«

Die beiden Freundinnen aus Kindertagen saßen auf dem Brandlerhof unter dem großen gestreiften Sonnenschirm. Stella lag souverän neben Theresas Füßen, völlig unbeeindruckt von den Hühnern, die um die Sitzgruppe herum munter nach Futter pickten.

»Da hast du ein tolles Tier«, lobte Anna die Hündin, woraufhin Theresa ihrer vierbeinigen Freundin liebevoll über den Kopf streichelte.

»Ihr Vorbesitzer war ein pensionierter Polizist. Er hat sie ausgebildet. Das war der Grund, warum Dirk sie ausgesucht hat. *Wenn schon ein Hund, dann ein Wachhund, der gut erzogen ist,* hat er gesagt.«

Anna lächelte. »Ich weiß noch, wie sehr du dir all die Jahre einen Hund gewünscht hast.« Bevor sie ein weiteres Stück Bergkäse in den Mund schob, fragte sie mit ernstem Blick: »Glaubst du, dass es endgültig ist?«

Theresa hob die Schultern. »Ich weiß es nicht. Ich weiß nur, dass ich erst einmal Abstand brauche. Das kam alles so plötzlich. Natürlich hat es in unserem Bekanntenkreis in all den Jahren Scheidungen gegeben, aber ich dachte immer, das trifft nur die anderen.«

»Dass du die ganze Zeit über nichts gemerkt hast«, wunderte sich Anna.

»Das kann ich selbst nicht verstehen. Ich habe mich einfach zu sicher gefühlt. Dabei …« Theresa lächelte bitter. »Ein Mann wie Dirk, der das Bad in der Menge liebt, der Aufmerksamkeit braucht, Bestätigung, und das natürlich auch von Frauen … Aber in meinem Beisein hat er nie mit anderen Frauen geflirtet. Im Gegenteil. Er hat mich immer angehimmelt, immer zu mir gestanden.« Theresa seufzte. »In letzter Zeit hatte er zwar öfter Besichtigungstermine am Abend, und er ist häufiger als sonst gereist, aber das ist in unserer Branche nichts Ungewöhnliches. Und dass man nach einem Vierteljahrhundert Ehe nicht mehr jeden Tag miteinander ins Bett geht, ist ja wohl auch nicht unnormal.« Sie schüttelte den Kopf. »Nein, ich habe keinerlei Veränderung in seinem Verhalten festgestellt. Ich hatte keinen Grund, ihm zu misstrauen.« Sie räusperte sich energisch und erkundigte sich betont munter: »Und? Wie läuft es bei euch?«

»Bei Bastian und mir ist alles in bester Ordnung.« Anna bestrich eine Semmel dick mit Butter. »Jetzt, da auch Linda seit einem Vierteljahr aus dem Haus ist, haben wir wieder mehr Zeit füreinander. Und mit Basti lässt sich ja sowieso gut leben.« Sie sah hoch. »Möchtest du noch Schorle?«

Theresa nickte. Sie betrachtete ihre Freundin, während diese aus der großen Karaffe einschenkte. Anna hatte mit den Jahren nichts von ihrem überschäumenden Temperament verloren. Wenn sie lachte, tanzten die Sommersprossen immer noch auf ihrem herzförmigen Gesicht. Ihre rotblonde Lockenpracht, durchwoben von ein paar grauen Strähnen, ließ sich nach wie vor nur schwer bändigen, und ihre blauen Augen blitzten munter in die Welt.

»Es ist immer wieder schön bei euch«, sagte Theresa versonnen. Um nicht melancholisch zu werden, wechselte sie rasch das Thema. »Montag fahre ich zu

Susanne. Stella braucht ein Zeckenmittel. In der Aufregung habe ich die Tabletten zu Hause vergessen.«

Anna lachte. »Womit wir wieder beim Thema *Trennungen* wären: Susanne hat ihren Mann vor drei Monaten verlassen. Sie wohnt jetzt in Scheffau, aber die Praxis in Kufstein hat sie natürlich noch.« Beherzt griff sie zu einem Stück Speck. »Wie lange wirst du bleiben?«

»Ich weiß es nicht«, antwortete Theresa. »Viel entscheidender ist für mich, *wo* ich bleiben kann.« Sie suchte den Blick ihrer Freundin. »Hast du eine Idee?«

»Unsere Ferienapartments sind zurzeit vermietet. Natürlich könntest du bei uns wohnen, in einem der Zimmer der Mädchen, aber ich glaube, ich habe eine viel bessere Idee.«

Theresa rückte auf die Stuhlkante vor. »Und welche?«, fragte sie gespannt.

»Basti und ich haben endlich die alte Sennhütte seines Onkels fertiggestellt. Wir wollen sie als Ferienhaus vermieten. Sie verfügt jetzt über Strom und einen Wasserspeicher, der durch den Bach gespeist wird. Alles ist repariert, und ich habe sogar einen schicken Gasherd gekauft. Es fehlen noch zwei, drei Einrichtungsgegenstände, deshalb ist es nicht vermietet, aber dort kannst du wohnen, so lange du willst. Und da du jetzt einen Bodyguard hast, brauchst du dort oben auch keine Angst zu haben.«

»Das ist ja fantastisch!«, rief Theresa glücklich aus. »Dort fand ich es immer so schön! Weißt du noch, wie oft wir als Kinder auf dem kleinen Weiher Schlittschuh gelaufen sind?«

»Freilich weiß ich das noch!«

»Und ab wann könnte ich rein?«

»Ab sofort, wenn du willst.«

»Wirklich?«

»Ja! Wir packen Bettzeug und etwas zu essen zusammen und fahren hinauf.« Noch während Anna redete, sprang sie auch schon auf. Sie war einfach eine Naturgewalt mit einem großen Herzen.

»So eilig habe ich es nun auch nicht«, bremste Theresa ihre Freundin lachend in ihrem Tatendrang. »Wir haben über so vieles noch gar nicht gesprochen.«

»Da hast du allerdings recht. Und ein Obstler wäre jetzt auch nicht verkehrt.« Anna zwinkerte ihr zu. »Sekunde – ich bin gleich wieder da.«

Theresa sah ihr nach, wie sie in ihrer grünen, viel zu weiten Latzhose im Haus verschwand. »Schön hier, Stella, gell?«, sagte sie leise zu ihrer Hündin. Während sie Stella kraulte, ließ sie ihren Blick über den Hof wandern.

Der Brandlerhof war ein schmuckes Anwesen inmitten grüner Wiesen, vor der Kulisse des Wilden Kaisers. Das große Bauernhaus war bis unters Dach gesäumt von prächtig geschnitzten Balkonen, von denen rote und weiße Geranien wie Wasserfälle herunterflossen. Alles hier strahlte Gemütlichkeit und Wärme aus. *Genauso wie die Sennhütte*, erinnerte Theresa sich und hatte sofort den Duft von Heu in der

Nase. Die Hütte lag oberhalb von Gamsenau und war über eine Forststraße zu erreichen.

»So, jetzt gibt es den besten Obstler, den du je getrunken hast«, sagte Anna in ihre Gedanken hinein. »Selbst gebrannt aus unserem eigenen Obst, das vergangenes Jahr wegen des guten Sommers besonders aromatisch war.« Sie füllte zwei Stamperln, und die beiden Frauen prosteten sich zu.

Vielleicht war es der Obstler, der Theresa den Mut gab, endlich die Frage zu stellen, die ihr die ganze Zeit schon auf dem Herzen lag. »Hast du mal was von Brigitte gehört? Oder über sie?«

Anna warf ihr einen forschenden Blick zu. »Nein, Theresa, seit der Beerdigung eurer Großmutter war sie nicht mehr hier. Ich glaube, niemand aus dem Dorf hat was von ihr gehört. Sonst hätte sich das herumgesprochen.«

»Dann lebt sie wahrscheinlich immer noch auf Teneriffa.«

»Vermutlich. Ihr Mann ist ja einige Jahre älter. Vielleicht hilft er ihr, endlich zur Ruhe zu kommen.«

Theresa seufzte leise. Tief im Innern glaubte sie nicht daran, dass ihre Schwester jemals zur Ruhe kommen würde – woran sie, die Ältere, nicht unschuldig war. »Erzähl mir von deinen Mädchen«, wechselte sie rasch das Thema. »Was gibt es Neues?«

»Tja, Linda ist vor einem Vierteljahr nach St. Moritz gegangen, um dort eine Hotellehre zu machen, und Maike ist jetzt im fünften Semester.«

»Und Lena?«

Anna strahlte. »Die ist mit ihrem Tobias immer noch glücklich und im vierten Monat schwanger – worauf ich schon lange gewartet habe.«

»Dann wirst du ja bald Großmutter«, sagte Theresa überrascht. Einen Sekundenbruchteil später spürte sie einen feinen Stich im Herzen. Nicht einmal ein Kind hatte sie zuwege gebracht. *Dank Dirk*, dachte sie bitter. Und der hatte jetzt wahrscheinlich mit Jessica und deren kleiner Tochter zusammen die Familie, die sie sich immer gewünscht hatte. Nur nicht darüber nachdenken. Sie räusperte sich energisch. »Fühlt ihr euch jetzt nicht ein bisschen einsam in dem großen Haus?«, erkundigte sie sich.

»Wir haben ja Raphael.«

»Raphael?«, fragte Theresa irritiert.

»Er ist seit ein paar Wochen unser Pflegesohn.« Anna lachte. »Er ist sieben und Sozialwaise – so nennt sich das heute. Seine Mutter hat ihn mit siebzehn bekommen. Sein Vater ist unbekannt. Ein paar Jahre nach seiner Geburt hat sie psychische Probleme bekommen. Drogen und so weiter … Raphael ist bei seinen Großeltern aufgewachsen und hat bis vor Kurzem noch ein behütetes Leben gehabt. Dann sind die Großeltern bei einem Autounfall ums Leben gekommen, und seine Mutter hat danach völlig den Halt verloren. Da es keine Alternative gab, hat das Jugendamt ihn einem Kinderheim bei Innsbruck zugewiesen. Unsere Maike hat ihn bei einem

Praktikum dort kennengelernt. Er tat sich in dem Heim sehr schwer, und die Heimleitung suchte dringend einen Pflegeplatz für ihn. Tja, und da haben Bastian und ich beschlossen, ihn fürs Erste aufzunehmen.«

Theresa hatte ihrer Freundin voller Mitleid für den Jungen zugehört. Nur zu gut wusste sie, wie es sich anfühlte, ohne Eltern aufzuwachsen. »Und wo ist Raphael jetzt?«, fragte sie.

»Am Bodensee. Die Eltern seines Freundes haben ihn übers Wochenende zu Verwandten mitgenommen. Wir können doch nicht weg wegen der Tiere.« In einer Geste des Bedauerns hob Anna die Schultern. »Wir wissen auch, dass wir Raphael nicht all das geben können, was er in seinem Alter braucht, aber er hat es bei uns immer noch besser als im Heim. Er ...« Bevor sie weitersprechen konnte, klingelte ihr Handy. Sie warf einen Blick auf das Display. »Das ist Bastian.« Verschwörerisch zwinkerte sie Theresa zu. »Der wird Augen machen, wenn ich ihm erzähle, dass du hier bist.«

Doch dazu kam Anna gar nicht erst. Der Öko-Bauer schien es eilig zu haben.

»In Ordnung. Kein Problem«, sagte Anna und steckte das Handy zurück in die Brusttasche ihrer Latzhose. »Bastian ist auf der Hochalm. Sein Wagen springt nicht an. Ich muss ihn abholen.« Sie wirkte plötzlich unsicher. »Das tut mir leid. Kannst du auch allein zur Hütte fahren? Nimmst Bettzeug und was fürs Abendessen mit. Ich komm dich dann morgen besuchen und bring dir noch ein paar Sachen.«

»Ich komme zurecht, hol du nur Bastian ab. Ich kenne den Weg doch.«

»Super! Dann lass uns zusammenpacken.«

Die Forststraße schlängelte sich bergauf durch blühende Wiesen, auf denen braun-weiße Kühe grasten. Das Läuten ihrer Glocken klang in Theresas Ohren wie eine vertraute Melodie. Die asphaltierte Straße führte in einen dunklen Fichtenwald, aus dem sich nach einigen Serpentinen eine langgestreckte Hochebene erhob. Auf ihr ruhte die Sennhütte. Ihr Anblick spülte Wärme in Theresas verletztes Herz. Ein kleines Paradies! Langsam fuhr sie auf den Weiher zu, der etwa fünfzig Meter vor der Hütte lag. Sein Kristallwasser glitzerte ihr einladend entgegen.

»Willst du mal trinken?« Theresa hielt an und ließ Stella raus, die erst einmal aufgeregt hin- und herlief. Derweil setzte sich Theresa auf einen der Steine am Ufer. Blasslila Glockenblumen wippten im Abendwind, als würden sie ihr grüßend zunicken. Mit allen Sinnen nahm sie die Umgebung in sich auf – die warme Luft auf ihrer Haut, die nach Gras und dem Harz duftete, das die Sonne während des Tages aus den Stämmen getrieben hatte. Aus der hohlen Hand trank sie ein paar Schlucke Wasser. Es schmeckte so prickelnd wie Champagner. Nachdem auch Stella ihren Durst gestillt hatte, entfernte sie sich vom Ufer in Richtung Sennhütte. Theresa folgte ihr – schon ganz neugierig darauf, wie die renovierte Hütte aussehen mochte. Ihren Wagen würde sie später nachholen.

Im Schatten einer Fichtengruppe blieb Stella stehen. Im nächsten Moment wusste Theresa auch, warum. Sie konnte zuerst gar nicht glauben, was sie sah: Ein Mann, groß wie ein Bär, machte sich an der Hüttentür zu schaffen. Sie sah ihn nur von hinten. Die graumelierten Locken waren im Nacken zu einem kurzen Zopf zusammengefasst. Seine Rückenmuskeln zeichneten sich deutlich unter dem schwarzen Shirt ab. Über die Schulter hatte er eine Decke oder einen Sack geworfen. Jetzt ließ er sich gegen die Holztür fallen, die dem Aufprall jedoch standhielt. Ganz offensichtlich wollte dieser Typ in die Hütte einbrechen.

Theresa presste die Hand auf den Hals, auf die Stelle, unter der ihr Puls pochte. *Das fing ja gut an! Von wegen Paradies. Was sollte sie denn jetzt machen?*

Mit angehaltenem Atem beobachtete sie, wie der Mann zur Seitenfront der Hütte ging und hinauf zu dem Fenster im Dachgiebel blickte. Es stand offen. Vermutlich hatte Anna oder Bastian vergessen, es zu schließen. Erwog der Kerl etwa, auf diesem Weg einzudringen?

Bestimmt ein Landstreicher, der einen Platz für die Nacht sucht, schoss es Theresa durch den Kopf. Jetzt rüttelte der Riese an den Fensterläden im Erdgeschoss. Immer noch saß Stella wie eine Statue neben ihr, den Blick auf den Fremden gerichtet.

»Stella – Fuß«, befahl sie mit unterdrückter Stimme, griff in das Halsband und ging energischen Schrittes auf das Holzhaus zu.

»Hey! Was machen Sie da? Verschwinden Sie! Sonst lasse ich meinen Hund los!«, rief sie dem Mann zu – ganz nach dem Motto *Angriff ist die beste Verteidigung.*

Bis jetzt hatte Stella noch kein Knurren von sich gegeben. Aber nur ein Wort von ihr, und ihre Hündin würde den Dieb so lange in Schach halten, bis die Polizei eintraf.

Der Mann blieb mit dem Rücken zu ihr stehen. Regungslos. Zwei, drei, vier Sekunden lang. Dann drehte er sich geradezu aufreizend langsam um.

Über die Entfernung nur noch weniger Schritte hinweg blickte Theresa in ein Gesicht, über dessen rechte Wange sich eine lange Narbe zog. Die helle, gezackte Linie hob sich deutlich von der tief gebräunten Haut ab. Die Falten in dem kantigen Gesicht verrieten, dass sich dieser Mann, den sie um die fünfzig schätzte, im Laufe seines Lebens nicht geschont hatte.

Langsam, geradezu lässig, kam er jetzt die Treppe von der Holzveranda herunter und geradewegs auf sie zu. Ohne ein Wort zu sagen, blieb er vor ihr stehen, so nah, dass sie seinen Geruch von sonnenverbrannter Haut, Heu und Leder wahrnehmen konnte. Ihre Blicke trafen sich. Ihr Herzschlag geriet ins Stocken. Nie zuvor hatte sie solche Augen gesehen. Ihr intensives

Grün erinnerte sie an einen Gletschersee im Hochgebirge. Diese Augen sahen sie völlig ausdruckslos, völlig emotionslos an. Panik erfasste sie.

»Ein Wort von mir, und mein Hund beißt zu«, drohte sie, wobei ihre Stimme zwei Oktaven höher rutschte.

Kaum hatte sie die Warnung ausgesprochen, stand Stella auch schon auf und ging auf den Fremden zu – schwanzwedelnd. Und als wäre das noch nicht genug an Sympathiebekundung, begann sie auch noch freudig zu fiepen. Dabei beschnupperte sie seine speckige Lederhose. Plötzlich geschah etwas Merkwürdiges: Über das Männergesicht legte sich ein Lächeln, das alle Härte in ihm schlagartig auflöste.

»Du bist ja ein schöner Hund«, sagte der Fremde mit tiefer, melodischer Stimme, während er sich zu Stella hinunterbeugte und sie streichelte, was diese sich nur allzu gern gefallen ließ.

Theresas Mund war staubtrocken. Sie fand keine Worte für das, was da gerade vor sich ging. Eines stand fest: Dieser Typ hatte es sehr viel mehr mit Tieren als mit Menschen.

Irgendwann richtete er sich wieder zu voller Größe auf und sah sie an. »Da hast du aber ein kluges Tier. Es weiß genau zwischen Gut und Böse zu unterscheiden. Im Gegensatz zu dir.« Er sprach ein gepflegtes Hochdeutsch mit leichtem Wiener Akzent – und er duzte sie, so wie es unter Bergbewohnern auch heute noch üblich war.

»Was machst du hier?«, fragte sie, wobei ihre Stimme seltsam heiser klang.

»Ich suche seit zwei Tagen meinen Falken. Ich habe ihn eben über der Hütte kreisen sehen. Und dann entdeckte ich das offen stehende Fenster im Dachgiebel. Vielleicht ist er ja reingeflogen.« Während er sprach, glitt sein Blick an ihr herunter – über ihre lichtblaue Seidenbluse, ihre Designerjeans, bis zu ihren silbernen Ballerinas –, um dann zu ihrem Gesicht zurückzukehren. Was er von ihrer Aufmachung hielt, konnte sie sich denken.

»Ich habe den Schlüssel«, kam ihr wie von selbst über die Lippen.

»Dann schließ auf.« Das war keine Bitte. Das war eine Aufforderung, ausgesprochen in einem Ton, der verriet, dass dieser Mann gewohnt war, Anweisungen zu geben.

Wie bitte? Bis gestern war auch sie es gewohnt gewesen, Anweisungen zu geben. Sie streckte sich. Obwohl sie nicht gerade klein war, überragte er sie um einen Kopf. Ihre Blicke prallten aufeinander.

»Mein Falke hat eine Wunde, die versorgt werden muss«, sagte er ruhig und bestimmt. »Schließ bitte auf.«

Sie hätte nicht sagen können, ob dieser Mann ihr unsympathisch oder vielleicht sogar sympathisch war – was in dieser Situation jedoch keine Rolle spielte. Sie liebte Tiere. Warum sollte sie jetzt mit ihm die Klingen kreuzen, wenn es galt, ein Tier zu retten?

Ohne ein weiteres Wort zog sie den Hüttenschlüssel aus ihrer Jeans und kam seiner Bitte nach.

»Du musst mit dem Hund draußen bleiben.« Wieder eine Anweisung.

»Warum?«, fragte sie herausfordernd, obwohl sie durch ihren Großvater wusste, dass Greifvögel sehr scheu waren. Dass dieser Typ einen Falken gezähmt hatte, sprach dafür, dass er äußerst sensibel und geduldig war.

Als hätte er ihre Frage nicht gehört, drückte der Mann behutsam die Holztür auf und verschwand im Innern der Hütte.

Ich könnte jetzt abschließen und die Polizei rufen, ging ihr durch den Kopf, während sie höchst verwirrt auf der Veranda darauf wartete, wie diese Geschichte weitergehen mochte. Stella hatte sich inzwischen neben sie auf die Holzdielen gelegt, als hätte alles seine Richtigkeit.

Nach einer gefühlten Ewigkeit trat der Riese aus der Hüttentür. Auf den Armen trug er etwas, eingewickelt in die Decke, und auf seinem Gesicht lag ein Lächeln. Es machte seine Züge weich, sehr viel jünger, ja sogar attraktiv.

»Er ist tatsächlich in das offen stehende Fenster geflogen«, sagte er mit seiner tiefen Stimme, in der all seine Erleichterung über die gelungene Rettung seines Falken mitschwang.

Theresa atmete ebenso erleichtert aus. Also doch kein Krimineller.

»Was hat er denn?«, erkundigte sie sich, während sie Stella, die neugierig an dem großen Bündel schnuppern wollte, zurückhielt.

»Den Fuß verletzt.«

»Hältst du ihn dir zur Beizjagd?«, erkundigte sie sich. Plötzlich hatte sie das Bedürfnis, mehr über diesen seltsamen Kauz zu erfahren. Über diese Jagdform wusste sie sogar ein wenig Bescheid.

Der Blick, der sie traf, war dieses Mal voller Emotion – jedoch rein negativer.

»Jagd?« Er spukte dieses Wort geradezu aus. »Ich gebe ihm Schutz. Er hat nur noch diesen einen Fuß, und der ist jetzt verletzt.« Dann drehte er sich um und ließ sie einfach stehen.

Fassungslos sah sie ihm nach, wie er mit festen Schritten den Wiesenhang hinaufstieg.

Mit viel Geduld gelang es Robert, die Schnittwunde an Falks Fuß neu zu verbinden. Vor einem Jahr hatte er den Vogel als Jungtier gefunden. Falk hatte einen gebrochenen Flügel gehabt, und ihm fehlte ein Bein. Der Tierarzt hatte den Flügel gerichtet, das eine Bein als »Missbildung« diagnostiziert. Seitdem lebte der Falke bei Robert. Falk kam immer wieder von seinen Beuteflügen zurück, aber er schien ein Pechvogel zu sein. Vor einer Woche war er verletzt zurückgekommen. Und vor zwei Tagen dann gar nicht mehr.

Lächelnd schaute Robert seinem gefiederten Freund zu, wie er mit großem Appetit die saftigen

Fleischstücke verschlang. Die Wunde an seinem Fuß heilte zwar nur langsam, aber sie sah schon besser aus als noch vor zwei Tagen. Wie gut, dass plötzlich diese Frau aufgetaucht war. Nur ungern wäre er in die Brandler-Hütte eingebrochen – zumal er ja gar nicht so sicher hatte sein können, Falk tatsächlich dort zu finden. Irgendwie merkwürdig, dachte Robert belustigt, während er einen Schluck Rotwein trank. Er musste ziemlich unheimlich auf sie gewirkt haben. Immerhin, sie hatte Mut bewiesen. Ob sie die neue Mieterin der Brandlers war? Eindeutig eine Großstädterin, obwohl er meinte, einen leichten Tiroler Akzent in ihrer Stimme gehört zu haben. Offensichtlich war sie sehr tierlieb. Robert nahm einen tiefen Schluck. Er ließ den Zweigelt über die Zunge rollen und schüttelte den Kopf. Die Gedanken an diese Frau waren ihm unangenehm. Sie störten ihn in seiner Ruhe. Er stand auf.

»Kommst du mit?«, fragte er den Vogel, der ihn aus seinen gelb umrandeten Augen ansah, als würde er ihn verstehen.

Er zog den langen, gepolsterten Lederhandschuh an. Mit Falk auf dem Arm schlenderte er gemächlich über den Hof, zu den Ziegen hinüber. Eine Weile blieb er am Zaun stehen und betrachtete voller Stolz seine Herde. Kaschmirziegen waren in Österreich eine Seltenheit. Inzwischen besaß er fünfzehn Tiere. *Wenn ich mit dir nach Deutschland gehen soll, will ich eine Kaschmirziege mitnehmen,* hatte Soma damals gesagt. Ihr Großvater züchtete sie. Robert hatte ihr den Wunsch erfüllt. Auch er hatte sich in die Tiere verliebt. Schlappohren, kleine Hörner und ein verschmustes Wesen. Hübsche, lustige Tiere, und sehr genügsam. Robert blickte hoch zum Himmel. Inzwischen war auch der letzte Sonnenstrahl verglüht. Hinter den Zacken des Kaisergebirges tauchten jetzt ein paar dunkle Wolken auf. Ihnen folgten größere. Sie schoben sich immer höher in das durchsichtige Blau. Ob die Schönwetterperiode nun ein Ende hatte? Pech für die Frau, die hier Urlaub machen wollte. Wie alt mochte sie sein? Anfang bis Mitte vierzig? Noch einmal schüttelte er den Kopf, als könnte er sich so von diesen Gedanken befreien. Was ging ihn diese Frau an?

Jetzt kam Wind auf. Mit einem Mal kühlte sich die Luft ab. Ein Gewitter war im Anzug. Robert liebte Gewitter. Sie reinigten die Atmosphäre und klärten den Kopf.

3

Theresa saß vor der Hütte und beobachtete die Wetterfront, die sich rasch näherte. Die schwarzen Wolken hingen bereits tief über den Bergwänden. Sie warfen Nebelschleier herunter, die wie graue Fetzen an den Felsen klebten. Es war kühl geworden. In der Ferne war das erste Grollen zu hören, woraufhin Stella sich zitternd an ihre Beine schmiegte. Theresa war froh über das Gewitter. Sie hoffte, es würde sie von dem Kopfschmerz befreien, der seit dem Mittag, seit ihrer Flucht aus Frankfurt, wie ein bleiernes Band um ihren Schädel lag.

»Komm, wir gehen ins Haus«, sagte sie zu ihrer Hündin, die ihr so dicht folgte, dass sie fast über sie gestolpert wäre. Sie zündete zwei Kerzen an, setzte sich vor den Kachelofen – das Herzstück der Sennhütte – und horchte auf die Geräusche. Jetzt öffnete der Himmel seine Schleusen. Regen und Hagelkörner prasselten auf das alte Schindeldach. Windböen fauchten um die Hütte, Blitze zuckten, Donnerschläge hallten krachend von den Felswänden wider. Theresa hielt die zitternde Stella fest im Arm. Als Kind der Berge verspürte sie keine Angst, vertraute vielmehr auf die beschützende Kraft dieser uralten Hütte, die bisher alle Unwetter überlebt hatte. Während die Naturgewalten um sie herum tosten, ließ sie ihren Blick durch den Raum schweifen – über die schwarz gerußten Deckenbalken, den Herrgottswinkel über der Holzbank, den Anna liebevoll mit Latschenkieferzweigen geschmückt hatte, das Regal mit dem Kochgeschirr, den bemalten Bauernschrank … Dabei sprach sie immer wieder beruhigend auf Stella ein. Mit einem Mal kam ihr der Mann mit dem Falken in den Sinn. Ob er hier in der Gegend wohnte? Er war kein Allerweltstyp gewesen. Irgendwie geheimnisvoll. Unnahbar und anziehend zugleich.

Irgendwann wurden die Donnerschläge leiser, die Blitze seltener, nur der Regen rauschte weiterhin auf das Almfeld nieder. In dieses Rauschen hinein klingelte ihr Handy. Überrascht darüber, dass sie überhaupt Empfang hatte, nahm sie es aus der Tasche.

»Ich wollte mich nur erkundigen, ob du für diese Nacht ein Bett gefunden hast«, sagte Maja unvermittelt.

Theresa lachte. »Sogar eine ganze Hütte.« Sie erzählte ihrer Freundin, wie sie es in ihrer Heimat angetroffen hatte.

»Dein Ehemann hat mich gerade angerufen«, teilte Maja ihr in sachlichem Ton mit.

»So?« Theresa horchte in die Leitung, wobei ihr Herz sofort wieder schneller schlug.

»Er wollte wissen, wo du bist. Natürlich habe ich es ihm nicht gesagt. Wir haben nur kurz miteinander gesprochen. Er hat mir versichert, dass er fair sein will. Auf meine Frage, wer denn deine Nachfolgerin sei, hat er geschwiegen und ganz schnell Schluss gemacht. Aber jetzt kommt es ...« Maja legte eine bedeutungsvolle Pause ein, die gar kein Ende nehmen wollte.

»Was kommt?«, erkundigte sich Theresa ungeduldig, mit pochendem Puls.

»Ich habe die beiden eben gesehen.«

Hatte Maja sich vor dem Haus auf die Lauer gelegt? Zuzutrauen war es ihr. Theresa hatte einen Kloß im Magen. Wollte sie wirklich so genau wissen, wer die neue Frau an Dirks Seite war? Wusste sie es tief im Innern nicht schon längst?

»Bist du noch dran?«, fragte Maja. »Die Leitung ist irgendwie gestört.«

»Hier war ein Gewitter«, sagte Theresa tonlos. Ein nervöses Zittern breitete sich in ihr aus. »Maja, ich ...«

»Es ist tatsächlich Jessica.«

So, nun wusste sie es ganz genau.

»Sie waren zusammen in der Stadt«, fuhr Maja, die sich als Journalistin stets der Wahrheit verpflichtet fühlte, unbarmherzig fort. »Ich bin an ihnen vorbeigefahren, als sie sich gerade innig umarmten. Mir war Jessica ja nie sympathisch. Das muss man sich mal vorstellen! Die hat dir jeden Tag mit ihren Rehaugen ins Gesicht gesehen und ist abends mit deinem Mann ins Bett gestiegen. Unglaublich!«

Ja, unglaublich, wiederholte Theresa in Gedanken. So viel zu ihrer Geschäftsphilosophie *Wir sind alle eine Familie*. Mit einem Mal fühlte sie sich wie erschlagen. Die vielen neuen Eindrücke in ihrer Heimat hatten ihr zunächst geholfen, die Trennung von Dirk erst einmal wie durch eine beschlagene Scheibe zu betrachten. Indem Maja ihr die Fakten nannte, war die Idylle zerstört, und Theresa hatte ihre Situation wieder glasklar vor Augen: Dirk war mit seiner Sekretärin liiert, wollte sich von ihr scheiden lassen und die Firma veräußern, um sich zukünftig nur noch dem süßen Leben mit der süßen Jessica zu widmen. Mit dieser Tatsache musste sie jetzt leben – und sie musste handeln. Wie gut, dass sie Montag nicht ins Büro zu gehen brauchte. Sie hätte für nichts garantieren können.

Als Theresa weit nach Mitternacht vor die Hütte trat, hatte es aufgehört zu regnen. Die kühle Nachtluft war rein, der Himmel wie frisch geputzt. Abertausend Himmelslichter leuchteten auf sie herab. Es war, als würde jedes einzelne ihr aufmunternd zublinken. Da wusste sie, dass sie mit ihrer Rückkehr nach Gamsenau die richtige Entscheidung getroffen hatte.

Dieser Nacht folgte ein wunderschöner Morgen, der Theresa für den unruhigen Schlaf entschädigte. Ein blitzblanker Himmel zeigte sich über den Gipfeln. Die Morgensonne überzog die Berglandschaft mit goldenem Schein, und in den Fichten sangen die Vögel aus vollen Kehlen.

»Zum Mittagessen fahren wir zum Brandlerhof«, erzählte Theresa ihrer vierbeinigen Gefährtin. Es tat gut, die eigene Stimme zu hören. Und sie bildete sich sogar ein, dass Stella sie verstand. Dirk hatte sie diesbezüglich für verrückt erklärt. Aber Dirk war ja nun nicht mehr da. Außerdem hatte der Mann mit dem Falken ja auch mit seinem Vogel gesprochen.

Nachdem Theresa an diesem Morgen ihren Fast-Ex-Mann erst einmal wieder in ihre Gedanken gelassen hatte, wurde sie ihn nicht mehr los. Er begleitete sie bei ihrem Rundgang mit Stella, unter die Dusche und saß danach sogar noch mit am Frühstückstisch. Das Wochenende war meistens die einzige Zeit gewesen, die sie zu zweit verbracht hatten. Ob Dirk und Jessica an diesem Samstagmorgen auch ...? Schluss jetzt, befahl sie sich energisch. Sich die beiden beim Sex vorzustellen war nicht hilfreich. Sowas machte höchstens krank.

Um sich abzulenken, machte sie sich viel zu früh auf den Weg zum Brandlerhof. Neugierig darauf, ob sich in Gamsenau seit ihrem letzten Besuch etwas verändert hatte, nahm sie den Weg durchs Dorf. In sechs Monaten konnte sich viel tun, aber in Gamsenau gingen die Uhren eben langsamer als anderswo – wie sie bald feststellte. Immer noch unberührt vom Massentourismus, herrschte auf der Dorfstraße die typische ruhige Samstagvormittagsstimmung. Während die Frauen das Mittagessen vorbereiteten, saßen die Männer im Goldenen Ochsen bei einem Glas Roten – oder wie an diesem sonnigen Vormittag unter der großen Linde im Biergarten – und diskutierten über die Welt. Hinter der weißen Kapelle, deren goldener Wetterhahn in der Sonne blitzte, lag in den Wiesen der Hof ihrer Großeltern, wo sie und ihre Schwester groß geworden waren. Brigitte und sie hatten ihn – dieses eine Mal waren sie sich einig gewesen – nach dem Tod der Großmutter an eine Künstlerin aus München verkauft. Obwohl seit ihrem Auszug dort sechsundzwanzig Jahre vergangen waren, versetzte Theresa der Anblick des schmucken Gehöftes immer noch einen Stich ins Herz. Wie viele Erinnerungen hingen daran!

Schnell fuhr sie weiter. Linkerhand, schräg gegenüber von Dorfgemeinschaftshaus und Gemeindeamt, lag der Laden der Krämer-Trudi. Hier kauften die Dörfler Lebensmittel wie auch die kleinen Dinge des täglichen Bedarfs. Den neuesten Dorfklatsch bekamen sie gratis dazu. Während Theresa ihren Wagen langsam durch den Ort rollen ließ, vorbei am Friseursalon, dem Bäcker und Fleischer, all den kleinen, gemütlichen Bauernhäusern, von denen jedes seine eigene Geschichte hatte, breitete sich das Gefühl von

Sicherheit und Beständigkeit in ihr aus, das sie seit gestern Mittag für immer verloren glaubte. Ja, es tat gut, wieder hier zu sein. Gerade jetzt.

Auf dem Brandlerhof wurde Theresa von Bastian genauso herzlich empfangen wie am Tag zuvor von ihrer Jugendfreundin. Annas Mann war ein ruhiger, gemütlicher Mensch – das perfekte Pendant zu seiner quirligen Ehefrau. Nachdem die drei den in den Bergen üblichen Begrüßungsschnaps getrunken hatten, verabschiedete sich Bastian auch schon. »Ich lass euch Frauen mal allein. Ihr habt euch bestimmt viel zu erzählen.«

»Um eins gibt es Essen!«, rief Anna ihm nach, bevor er in der Scheune verschwand. »Wildschweinbraten«, fügte sie mit verschwörerischem Zwinkern an Theresa gewandt hinzu. »Den magst du doch so gern.« Dann schenkte sie noch einmal Kaffee nach und rückte schließlich mit dem Gartenstuhl näher an Theresa heran. »Und? Wie war die erste Nacht? Hattest du Angst bei dem Gewitter?«

»Ich?« Theresa lachte. »Schon vergessen? Ich habe bis zu meinem vierundzwanzigsten Lebensjahr auch hier gelebt.«

»Hätte ich fast vergessen.« Anna blinzelte ihr verschmitzt zu, bevor sie mit ernstem Blick fragte: »Wie geht es denn jetzt weiter? Zum Beispiel mit eurer Firma? Nicht dass dein Mann in deiner Abwesenheit …«

Theresa musste lachen. Ihre Jugendfreundin hatte immer ein Händchen fürs Geschäftliche gehabt. Auch auf dem Hof hielt sie alle Fäden in der Hand.

»Dirk kann nichts veruntreuen, falls du das meinst«, beruhigte sie Anna. »Ich bin Geschäftsführerin. Dirk ist angestellt. Dazu hatte uns damals unser Steuerberater geraten. Bei wichtigen Geschäftsvorgängen kann er ohne meine Unterschrift nichts machen. Deshalb bin ich mir auch sicher, dass er sich bald melden wird, wovor ich ehrlich gesagt ein bisschen Angst habe.«

»Weil es wehtun wird, gell?« Anna sah sie mitfühlend an.

»Ja, und weil mir dann meine Situation wieder klar vor Augen geführt wird. Weißt du … Ich schwanke ständig. Es gibt Minuten, da kann ich alles gut verdrängen. Dann jedoch wird mir wieder bewusst, dass ich mir ein neues Leben aufbauen muss, weil mein altes gestern zerschlagen wurde.«

»Es dauert immer eine Zeit lang, bis man nach einer Trennung neu Fuß gefasst hat«, erwiderte Anna ernst.

Theresa sah sie überrascht an. »Du klingst, als wüsstest du darüber genau Bescheid, obwohl du und Bastian doch …«

»Du glaubst gar nicht, wie oft ich in letzter Zeit mit anderen über Trennung gesprochen habe. Gerade in unserem Alter gehen viele Ehen auseinander. Die Kinder sind aus dem Haus, und viele Paare wissen dann nicht mehr, was sie miteinander anfangen sollen. Übrigens, Martin ist auch getrennt.«

»Martin?«, fragte Theresa verblüfft. Der Brixner-Martin, ihr Jugendfreund, mit dem sie damals wegen Dirk Schluss gemacht hatte?

»Wir waren auch alle überrascht. Martin und Jutta hatten nach außen hin immer eine Bilderbuchehe geführt. Zwei gelungene Kinder, ein hübsches Häuschen in Kufstein, Fernreisen, Kulturtrips nach London und Paris, beide gute Berufe – und dann plötzlich das Ehe-Aus.«

»Hat Martin sich getrennt?«

»Nein, Jutta. Martin hätte vermutlich bis zum Sankt-Nimmerleins-Tag durchgehalten, allein schon wegen der Leute.« Anna lachte. »Wie ich das bisher mitbekommen habe, sind es meistens eher die Frauen, die sich trennen.«

»Bis auf meinen Ehemann«, erinnerte Theresa ihre Freundin mit einem bitteren Lächeln.

»Hinter ihm wird eine starke Frau stehen, die ihn auf raffinierte Art dazu gebracht hat.«

»Das kann man wohl sagen«, erwiderte Theresa trocken.

Eigentlich hatte sie Jessica bisher nicht als eine solche Frau kennengelernt, ging ihr kurz durch den Sinn.

»Ich bin mir fast sicher, dass Dirk zurückkommen wird«, sagte Anna sanft.

Theresa streckte ihr Kinn vor. »Die Frage ist nur, ob ich ihn dann noch will.«

»Das ist tatsächlich die Frage.«

»Und was macht Jutta jetzt?«

»Sie hat einen Zahnarzt aus Innsbruck und ist zu ihm gezogen.«

»Einen Zahnarzt?«

»Das wurmt Martin natürlich. Er war ja schon immer ein schlechter Verlierer.«

»Das ist bestimmt nicht leicht für ihn.«

»Vorsicht! Martin ist zurzeit auf Freiersfüßen. Mitleid könnte er leicht falsch verstehen. Oder würdest du etwa …?«

»Bist du verrückt?«, wehrte Theresa ab. »Das ist doch Jahrzehnte her.«

4

Klar und rot spannte sich der Abendhimmel über dem Kaisergebirge. Theresa saß auf der Holzveranda und ließ den Tag Revue passieren. Welch ein schöner Samstag! Für ein paar Stunden hatte sie all ihre Probleme vergessen können. Gedankenverloren führte sie das Weinglas zum Mund, schnupperte an dem fruchtigen Kirscharoma des Zweigelt. Sie liebte diesen österreichischen Wein. Dirk dagegen bevorzugte schwere französische Burgunder. Er lehnte ja alles ab, was ihn an seine Heimat erinnerte.

Während sie den Wein über die Zunge rollen ließ, fiel ihr ein, dass sie versäumt hatte, Anna nach dem Mann mit dem Falken zu fragen. Vielleicht kannte ihre Freundin diesen merkwürdigen Typen ja. Aber das konnte sie noch nachholen. So wichtig war es nicht. Nur ein Herzschlag später zerriss der durchdringende Ton ihres Handys die Abendstille. Als sie den Namen des Anrufers auf dem Display las, breitete sich ein leichtes Zittern in ihr aus. Dirk! Wollte sie nach diesem schönen Tag überhaupt mit ihm reden? Er hatte in ihrem Paradies nichts verloren. Der Klingelton riss fordernd an ihren Nerven. Obwohl sie das Handy am liebsten ausgestellt und nie wieder eingeschaltet hätte, riet ihr ihr Verstand, sich der Situation zu stellen. Irgendwann musste sie ja mit Dirk sprechen.

»Wo bist du?« Die Stimme ihres Noch-Ehemannes klang vorwurfsvoll und besorgt zugleich.

Sie schwieg erst einmal.

»Ich war heute im Haus. Wo bist du denn?«, fuhr Dirk mit Nachdruck in der Stimme fort.

»Weg«, antwortete sie einsilbig.

»Das habe ich gemerkt. Aber wo, weg?«

Sie überlegte kurz. Nicht, dass er noch auf die Idee kommen würde herzukommen. Sie wollte ihn erst einmal nicht mehr sehen. Schließlich antwortete sie sibyllinisch: »Dort, wo du immer so gerne bist.«

Es folgte ein tiefes Schweigen am anderen Ende der Leitung. Vor ihrem inneren Auge sah sie Dirk verwirrt blinzeln – was sie mit Genugtuung erfüllte.

»Etwa auf Sylt?« Er klang erstaunt, wusste er doch nur zu gut, dass sie diese Insel nicht mochte.

Sie schwieg, korrigierte ihn nicht.

»Also, ich weiß nicht …«, murmelte er hörbar konsterniert. »Wie lange willst du denn bleiben?«

»Mal sehen.«

»Ich bin ins Hotel gezogen«, sagte er eilfertig. »Du kannst ruhig zurückkommen.«

Sie musste lächeln. »Würde ich auch, wenn ich wollte. Also – warum rufst du an?«, fragte sie dann sachlich.

»Warum ich anrufe?« Jetzt wurde er aggressiv. »Entschuldige mal! Ich muss doch wissen, wo du bist. Du kannst doch nicht so einfach von hier verschwinden und alles stehen und liegen lassen.«

»Kann ich das nicht?« Sie hörte selbst, wie sarkastisch sie klang. »Du lässt doch auch alles stehen und liegen. Unser ganzes gemeinsames Leben. Über fünfundzwanzig Jahre. Ich dagegen nur das Haus.«

Dirk schwieg. Sie war ihm rhetorisch immer überlegen gewesen. Darum hatte er bei Streitigkeiten meistens schnell seine Charmekarte gezogen – und sie hatte sich oft genug darauf eingelassen.

»Ich verstehe ja, dass du verletzt bist«, lenkte er auch jetzt mit sanfter Stimme ein. »Aber ich sorge mich um dich. Mir ist doch nicht plötzlich gleichgültig, wie es dir geht.« Wieder schwieg er ein paar Atemzüge lang. Dann kam in hörbar zerknirschtem Ton die Frage: »Wie geht es dir denn?«

»Gut«, erwiderte sie leichthin. »Die Luft ist toll, die Landschaft auch. Nette Leute …«

»Man könnte meinen, du machst Urlaub.«

»So fühle ich mich auch.« Denk bloß nicht, ich sitze hier und weine mir die Augen aus, fügte sie in Gedanken hinzu, während sie einen Schluck trank.

»Theresa, jetzt mal im Ernst: Wir müssen reden. Es gibt einiges zu klären. Geschäftlich.«

Klar. Privat war ja alles geklärt.

»Dann rede, Dirk«, forderte sie ihn freundlich auf.

»Ich brauche für alles deine Unterschrift. Ich kann nichts allein regeln«, hielt er ihr vorwurfsvoll entgegen. »Die Abwicklung neuer Objekte, den Verkauf der Firma ...«

Dirk war ein Top-Verkäufer, verfügte jedoch über keinerlei betriebswirtschaftliches Denken. Das musste ihr Steuerberater damals schon erkannt haben. Deshalb glaubte sie ihm sogar, dass er keinen Rosenkrieg führen wollte. Er hätte noch nicht einmal gewusst, wie er es anstellen müsste, sie finanziell zu benachteiligen.

Theresa stand auf und lehnte sich ans Geländer. Über den Gipfeln war der rote Schein erloschen. Der Himmel hatte sich in ein dämmriges Rosa gehüllt. Unter ihr rauschte leise der Wald, und unten im Tal leuchteten die ersten Lichter auf, als wären ein paar Sterne auf die Erde gefallen. Mit einem Mal fühlte sie sich wieder sicher und geborgen in der friedlichen Stille der Natur. Und dieses angenehme Gefühl ließ sie entschlossen sagen: »Hör zu, Dirk: Du willst die Scheidung. Du willst die Firma verkaufen. Ich bin einverstanden. Das ist vielleicht jetzt wirklich der richtige Zeitpunkt, in unserem Alter noch etwas Neues zu beginnen.«

Dirk schwieg erst mal. Wahrscheinlich war er überrascht, dass sie ihm keinerlei Schwierigkeiten machte. Dann räusperte er sich und sagte hörbar unsicher: »Ich habe vor ein paar Wochen Kontakt zu einer Schweizer Immobilienagentur aufgenommen. Ich hatte deren Kopf vor Längerem kennengelernt. Professioneller Typ. Seit zwanzig Jahren im Geschäft. Gute Referenzen. Die wären an einem Kauf interessiert.«

Theresa schluckte. Den Deal hatte er also bereits hinter ihrem Rücken eingeleitet – zu einem Zeitpunkt, als sie noch dachte, alles wäre in bester Ordnung.

»Moment mal«, sagte sie mit belegter Stimme. »So einfach geht das nicht. Dafür müssen wir erst mal ein Firmenexposé erstellen. Umsatz, Gewinn, Kundenstruktur, Wettbewerbsanalyse und so weiter.«

»Das macht ein Unternehmensmakler. Da gibt es in Frankfurt mehr als genug von. Die kommen, sehen sich die Bilanzen an, unsere Kundenkartei und errechnen einen Verkaufspreis. Darüber können die Schweizer dann nachdenken.«

Innerlich zitternd, aber nach außen hin ruhig erwiderte sie: »Okay, dann kümmere dich drum. Wenn du das Verkaufsexposé von dem Unternehmensmakler auf dem Tisch hast, maile es mir zu. Ich werde es mir ansehen und melde mich dann.«

Wieder herrschte Schweigen in der Leitung.

»Und was machen wir mit der Verwaltung unserer Häuser?«, erkundigte sich Dirk. »Dafür warst du zuständig.«

»Bin ich auch immer noch. Die Hausmeister haben meine Handynummer, für den Fall, dass es etwas Wichtiges zu regeln geben sollte.«

»Und all unsere Angestellten, was wird aus denen bei einem eventuell schnellen Verkauf?«, hörte sie ihren Mann fast kläglich fragen. Er tat ja gerade so, als hätten sie davon eine Hundertschaft.

»Wir haben nur fünf, Dirk.«

»Jessica hat gekündigt.«

Der Name – von Dirk so selbstverständlich ausgesprochen – schnitt ihr wie ein Messer durchs Herz. Klar, Jessica hat es jetzt nicht mehr nötig, Geld zu verdienen, wollte sie schon hämisch erwidern, doch sie konnte sich gerade noch beherrschen. Hätte sie Jessica erst einmal zum Thema zwischen ihnen gemacht, wäre ein Damm in ihr gebrochen, und sie hätte Dirk all ihre Verletzung entgegengeschleudert. So antwortete sie nur knapp: »Dann sind es ja nur noch vier. Drei Makler und Hilde.« Deine Sekretärin ist ja jetzt in eine andere Rolle geschlüpft, hätte sie am liebsten hinzugefügt.

»Vielleicht können die Schweizer sie übernehmen.«

Theresa straffte die Schultern. »Vorausgesetzt, die haben tatsächlich ernsthaftes Interesse.«

»Ich kümmere mich um alles«, sagte er eilfertig. »Wann kommst du zurück?«

Sie biss sich auf die Lippe. »Wie bereits gesagt: Das weiß ich noch nicht. Was zu regeln ist, kann ich von hier aus regeln. Ich habe hier Handy und Internet. Ich schlage vor, dass Hilde ab Montag erst mal interimsmäßig auch das Nötigste meiner Arbeit im Büro übernimmt – bis auf die Kontenverwaltung natürlich. Wenn was ist, kann sie mich um Rat fragen. Bis dann.« Kurzentschlossen legte sie auf und schaltete das Handy aus. Dann trank sie den Rotwein in einem Zug aus. Dabei zitterte sie am ganzen Körper.

5

Nach dem Wochenende fuhr Theresa nach Wörgl, um einzukaufen. Sie brauchte Lebensmittel, passende Kleidung, einen Internetstick und Bücher. Darunter auch ein paar Trennungsratgeber. Vielleicht würde sie ja von den Erfahrungen anderer etwas lernen können. Zwei Stunden später hatte sie alle Einkäufe erledigt. Auf dem Rückweg brachte sie Anna die Monatsmiete für die Hütte. Ihre Freundin sträubte sich zwar, das Geld anzunehmen, aber Theresa setzte sich durch.

»Du kannst bleiben, solange du willst«, versicherte Anna ihr nochmals. »Auch ohne Miete.«

Theresa umarmte sie herzlich. »Vielleicht bleibe ich wirklich ein paar Wochen. Ich muss mir ja auch überlegen, was ich in Zukunft machen werde, wenn die Firma verkauft ist.«

Anna strich ihr liebevoll über die Wange. »Manches im Leben fügt sich ganz von selbst. Das sagte immer meine Mutter. Und sie hatte oft recht damit. Was hast du dir für die nächsten Tage vorgenommen?«

»Morgen fahre ich mit Stella zu Susanne, ansonsten Wandern, Lesen und Nachdenken«, antwortete sie mit fester Stimme.

Anna sah sie ernst an. »Hast du schon mal darüber nachgedacht, die Firma allein weiterzuführen?«

»Das ist keine Option für mich«, erwiderte Theresa entschieden. »Dirk ist der Makler gewesen. Ich eigne mich nicht für den Verkauf, aber zusammen waren wir halt ein sehr gutes Team.« Sie schlang die Finger so fest ineinander, dass ihre Knöchel weiß hervortraten. »Nein, das ist vorbei. Wir wollten ja eigentlich immer mit Anfang fünfzig aufhören. Wir wollten reisen …« In ihrem Hals bildete sich ein Kloß, der sie daran hinderte weiterzusprechen. Als sie Annas Hand auf ihrem Arm spürte, räusperte sie sich und fuhr tapfer fort: »Ich werde mir eine Aufgabe suchen. Ich kann ja nicht bis an mein Lebensende nur durch die Berge wandern und Romane lesen«, fügte sie mit gespielter Forschheit hinzu.

»Als Diplombetriebswirtin bist du doch vielseitig einsetzbar«, machte ihr Anna viel zu offensichtlich Mut. »Vielleicht hast du ja auch Lust, dich in der Lokalpolitik zu betätigen.«

Theresa musste lachen. »Darüber habe ich noch nicht nachgedacht.«

»Habe ich dir nicht erzählt, dass Martin seit einem halben Jahr Bürgermeister bei uns ist?«

»Das ist ja ein Ding!« In diesem Zusammenhang erfuhr Theresa dann auch noch so manch andere Neuigkeit und hätte beinah wieder vergessen, ihre Freundin nach dem Mann mit dem Falken zu fragen. Erst in der Tür fiel es ihr ein.

»Klar kenne ich den«, sagte Anna. »Jeder kennt ihn – und auch wieder nicht. Vor knapp einem Jahr ist er hier aufgetaucht und hat den Einsiedlerhof gekauft. Er züchtet Kaschmirziegen.«

»Kaschmirziegen?«

»Ein komischer Kauz halt. Er lebt völlig zurückgezogen. Nur ab und zu sieht man ihn in seinem schwarzen Geländewagen durchs Dorf fahren.«

»Ein Einsiedler …«, sagte Theresa lächelnd. War sie nicht gerade dabei, auch einer zu werden?

Bevor sie zur Hütte zurückfuhr, hielt Theresa bei der Krämer-Trudi, um die Tageszeitung zu kaufen – und nicht zuletzt, um ein bisschen mit der älteren Frau, die sie seit ihrer Kindheit kannte, zu plaudern.

Trudi war jenseits der siebzig. Ihre blitzblanken, blauen Äuglein leuchteten auf, als Theresa den Laden betrat, dessen Einrichtung von alten Zeiten erzählte. In dem kleinen Raum, der vollgestopft war mit Waren aller Art, schlug ihr der so vertraute Geruch von Bohnerwachs, Tiroler Bauernspeck und Waschmittel entgegen. Wie schon seit jeher hatte Trudi auch heute wieder eine schneeweiße Rüschenschürze um ihre Leibesfülle gebunden, und ihre roten Apfelbäckchen glänzten in dem Eifer, es jedem Kunden recht machen zu wollen.

»Wie schön, dass du wieder mal im Tal bist!«, rief sie erfreut aus. »Wie geht's dir denn?«

»Gut«, schwindelte Theresa tapfer lächelnd.

»Und deinem Mann? Der lässt sich ja kaum mehr hier sehen.«

Theresa lachte gezwungen. »Du weißt doch, dass es Dirk immer in die große Welt hinausgezogen hat.«

Trudi nickte mit wissender Miene. Dabei nickten ihre weißen Löckchen mit. »Mit seinen Eltern war das ja nicht anders. Die leben ja auch schon seit Jahren auf Mallorca.«

»Was gibt es denn hier im Dorf Neues?«, erkundigte sich Theresa betont munter.

Trudi beugte sich über die Ladentheke zu ihr herüber und antwortete mit unterdrückter Stimme: »Ich befürchte, dass es bei uns bald vorbei sein wird mit der Ruhe.«

Verdutzt sah Theresa sie an. »Warum?«

»Da gibt es so Gerüchte …«

»Welche denn?«

»Na ja, dass der Brixner-Martin, unser neuer Bürgermeister, im ganz großen Stil den Tourismus ins Dorf holen will. Details weiß freilich noch keiner – außer dem Gemeinderat und Martin natürlich.«

»Bettenburgen und Skipisten? Das fände ich sehr schade. Die Ruhe und Ursprünglichkeit zeichnen unser Tal ja gerade aus.«

»Du weißt doch, Madel, es geht heute immer nur ums Geld«, sagte Trudi mit einem tiefen Seufzer. Dann begann sie wieder zu strahlen und fragte dienstbeflissen: »Was darf es denn für dich heute sein?«

Theresa schaltete den Motor an. Dabei blickte sie zum Dorfgemeinschaftshaus hinüber. Das war doch …! Sie ließ die Fensterscheibe herunter. »Martin?« Sie traute ihren Augen kaum, als sich der Mann mit dem graumelierten Haarkranz und dem stattlichen Bierbauch tatsächlich umdrehte.

Martins rundes Gesicht begann zu strahlen. »Theresa! Dann bist du also tatsächlich hier. Man hat dich durchs Dorf fahren sehen.« Seine Stimme war immer ein bisschen zu hoch gewesen für einen Mann, jetzt war sie auch noch viel zu laut, als wollte er sicher sein, auch gehört zu werden. »Wie lange haben wir uns nicht mehr gesehen!«, rief Martin voller Inbrunst aus, als er sich breitbeinig, die Hände in die Hüften gestemmt, vor ihrer Fahrertür aufbaute. »Du glaubst gar nicht, wie ich mich freue.«

»Es ist sicher drei Jahre her«, erwiderte sie. »Bei meinen letzten Besuchen haben wir uns immer verpasst.« Natürlich freute sie sich über dieses Wiedersehen – aber genauso überraschte es sie, dass sich ein Mensch binnen weniger Jahre so sehr verändern konnte.

»Du siehst total klasse aus«, fuhr er nun forsch fort. »Wohnst du bei Anna?«

»Oben in der Sennhütte von Bastians Onkel.«

»Bei uns hat sich allerhand getan. Vielleicht hast du es schon von Anna gehört.«

Meinte er die Trennung von seiner Frau? Doch bevor sie fragen konnte, plauderte er schon bestens gelaunt weiter: »Ich und Jutta haben uns getrennt. Das ist total okay und easy für mich. Irgendwann passte es nicht mehr. Unser Haus in Kufstein haben wir vermietet. Ich wohne zurzeit in einer der Ferienwohnungen vom Reischenbach-Bauern. Mal sehen, wohin es mich langfristig verschlägt.« Mit selbstgefälligem Lächeln fügte er hinzu: »Ich bin ja jetzt wieder auf Freiersfüßen, was nach der langen Zeit verdammt viel Spaß macht. Es gibt so viele Frauen in deinem Alter, die dankbar sind, wenn man mal mit ihnen ausgeht.«

Theresa schluckte. Wie bitte?

»Apropos ausgehen ...« Martins Gesicht hatte inzwischen die Farbe einer überreifen Tomate angenommen. »Ich bin zurzeit öfter in Kitzbühel. Ich lade dich gern mal in einen der schicken Schuppen dort ein.«

Himmel! Was war denn mit Martin passiert? Die Trennung musste seinem Ego stark zugesetzt haben.

Plötzlich wurden seine Augen schmal. »Ist Dirk auch mitgekommen?«

»Einer von uns muss immer in der Firma sein«, erwiderte sie.

Martin lachte dröhnend. »Dann haben wir beide da oben ja sturmfreie Bude.«

Theresa lächelte dünn. »Ich muss weiter, Martin«, sagte sie hastig und hob die Hand. »Bis dahin.«

»Ich komme in den nächsten Tagen mal rauf!«, rief er ihr in ungebremstem Eifer nach.

Oh nein!, dachte sie. Hoffentlich würde sie jetzt nicht noch ein zusätzliches Problem bekommen. Von denen hatte sie ja nun wirklich genug mitgebracht.

6

Dienstagmorgen fuhr Theresa mit Stella zu Susanne, um bei der Tierärztin das Zeckenmittel zu holen. Ihre ehemalige Klassenkameradin war immer noch so ernst und wortkarg wie jeher. Im Café Edelweiß, in das Theresa sie in ihrer Mittagspause einlud, bestellte sie nur ein Mineralwasser, und Theresa wunderte sich nicht, dass sie so mager war wie noch nie. »Es braucht seine Zeit, bis man wieder festen Boden unter den Füßen hat«, sagte Susanne nur, als sie kurz über ihre jeweilige persönliche Situation sprachen. »Ich sehe das so: Vielleicht hat mir das Schicksal etwas genommen, um mir etwas anderes zu geben. Vielleicht sogar etwas Besseres.«

An diese Worte musste Theresa in den nächsten Tagen noch oft denken. Trost konnten sie ihr nicht geben. Sie hatte das gemeinsame Leben mit Dirk gemocht. Sie wollte nichts Besseres. Dass Dirk jetzt mit Jessica zusammen die Familie hatte, die er ihr verweigert hatte, schmerzte am meisten. Die vielen Reisen, die sie in all den Jahren gemacht hatten, die große Gründerzeitvilla am Rande der Stadt, ihre teure Einrichtung, die Mitgliedschaft im Golfclub … All das hätte sie zu jeder Zeit für Kinder eingetauscht.

Du hättest Dirk verlassen können, mahnte da wieder einmal ihr Verstand. Ja, das hätte sie tun können, aber sie hatte die Sicherheit und Geborgenheit in ihrer Ehe zu sehr genossen. Was an ihrer Kindheit liegen mochte … Aber was half jetzt das Psychologisieren.

In den nächsten Tagen hatte Theresa viel Ruhe und Zeit zur inneren Einkehr. Dirk meldete sich erst einmal nicht mehr. Maja, mit der sie sonst wenigstens einmal am Tag telefonierte, war auf Reportage in Italien, Anna und Bastian unten im Dorf arbeiteten rund um die Uhr, um den ersten Schnitt einzubringen, und Martin ließ sich zu Theresas Erleichterung auch nicht blicken. Sie nutzte die Zeit zum Lesen. Aus den drei Ratgebern, die sie in der kleinen Buchhandlung in Wörgl unter den mitleidigen Blicken der Verkäuferin erstanden hatte, erfuhr sie, dass es vier Trennungsphasen gibt: das Nicht-Wahrhaben-Wollen, die Trauer, die Wut und letztendlich die Akzeptanz. Die erste Phase war bei ihr überraschend kurz gewesen – dank Dirks entschlossener Haltung, dachte sie nicht ohne Ironie. Die drei anderen Phasen wechselten sich bei ihr ständig ab. Nein, sie gehörte nicht zu den Verlassenen, die um den verlorenen

Partner kämpften. Nein, sie wollte auch nicht ihre Rivalin kennenlernen. Genauso wenig appellierte sie an Dirks Schuldgefühl. Sie wollte niemanden an ihrer Seite haben, der nicht aus Liebe, sondern nur aus schlechtem Gewissen zu ihr zurückgekommen war. Und ja, sie hatte einfach das Feld geräumt. Jede Trennung hatte eben ihren individuellen Charakter. Zum Teufel mit diesen Ratgebern! Letztendlich konnten sie ihr den beißenden Schmerz nicht nehmen. Nur auf ihren stundenlangen Wanderungen, beim Anblick der unverrückbaren Bergriesen, die mit gelassener Würde in den grenzenlosen Himmel ragten, fühlte sie eine gewisse Erleichterung. Da kamen ihr ihre Probleme mit einem Mal klein und nichtig vor. Wenn sie jedoch abends wieder allein vor der Hütte saß, fielen alle düsteren Gedanken erneut über sie her.

An einem dieser Abende ließ ein Geräusch sie zusammenzucken. Auch Stella hob den Kopf, spitzte die Ohren. Theresa drehte sich langsam um. Keine zwei Meter von ihr entfernt hockte der Falke auf dem Geländer. Der weiße Verband an seinem Fuß leuchtete in der Dämmerung. Er ließ den scharfen Blick aus seinen gelb umrandeten Augen kreisen, als wollte er prüfen, ob sich seit seinem letzten Besuch etwas verändert hatte. Dann fasste er sie ins Auge. Sie hielt den Atem an, zog die graue Lodenjacke enger um sich. Die Nähe zu dem Raubvogel war ihr unheimlich. Dennoch hielt sie seinem Blick stand. Schließlich sprach sie ihn mutig an: »Hallo Falk, was machst du denn hier?«

Falk legte den Kopf schief, ohne sie aus den Augen zu lassen.

»Hast du uns mal besuchen wollen?« Aus dem Augenwinkel nahm sie wahr, wie Stella das Tier ebenfalls beobachtete, ohne einen Laut von sich zu geben. Dass sich der scheue Vogel knapp zwei Meter von ihr entfernt niedergelassen hatte, überraschte Theresa. Er schien den Menschen zu vertrauen, was nur der Verdienst seines Besitzers sein konnte. Ob der Einsiedler auch gleich auftauchen würde? Seinen Namen kannte sie immer noch nicht. Der Einsiedlerhof lag nur etwa hundert Meter Luftlinie von der Sennhütte entfernt. Sie waren sozusagen Nachbarn, die einzigen hier oben. Und Nachbarn besuchten einander. Zumindest schien Falk das so zu sehen.

»Vielleicht sollte ich für deinen nächsten Besuch etwas zum Fressen für dich hier haben«, sagte sie zu dem Vogel, der wieder den Kopf schief legte, als würde er ihr genau zuhören. Aber bevor sie sich ihn weiter vertraut machen konnte, breitete er ein paar Lidschläge später seine Flügel aus und erhob sich in den Himmel. Theresas Gedanken gingen in die Richtung, in die Falk verschwunden war. Wer war dieser Einsiedler? Warum hatte er sich vor einem Jahr hierhin zurückgezogen? Hatte auch er einen Bruch in seinem Leben erfahren? Sie musste lächeln. Irgendwie hatte dieser Mann ihre Neugier geweckt.

Die letzte Septemberwoche hatte in den Bergen angenehmes Frühherbstwetter gebracht. Die Tage waren mild gewesen, die Nächte bereits kühl. Als Theresa jedoch am Samstagmorgen vor die Hütte trat, prallte sie zurück. Das Wetter hatte sich verändert. Es herrschte Föhn, jener schmeichelnd-warme Fallwind aus dem Süden, der die Menschen seit jeher auf eine wunderliche Weise anrührte, verwirrte oder gar verzauberte. Alles war möglich an Tagen mit Föhn, so erzählten es die alten Bergbewohner. Die Gipfel des Kaisergebirges waren zum Greifen nah. Wolkenschuppen bedeckten den Himmel und ließen die Sonnenstrahlen kaum durch. Schwer und schwül lag die Luft zu dieser frühen Stunde über dem Almfeld. Es war unnatürlich still, so als würde die Welt in Erwartung auf etwas Großes den Atem anhalten.

Durch diesen Wetterwechsel seltsam berührt, begab sich Theresa auf ihre tägliche Wanderung. Stella, die an der langen Laufleine lief, gab ihr den Weg vor, der, an dem kleinen Weiher vorbei, in den Fichtenwald führte. Sie gingen bergauf, unweit des Wildbaches, der an diesem Vormittag auch leiser zu fließen schien als sonst. Mückenschwärme schwebten über dem Unterholz, Zitronenfalter taumelten durch die feuchtwarme Luft, die bereits nach Laub und feuchter Erde roch. Wo die diffusen Sonnenstrahlen durchs Geäst dringen konnten, webten Spinnen ihre Fäden.

Hinter dem Bergwald ging es über die von der Sommersonne ausgedörrten Grasflächen weiter bergan, vorbei an Latschenkieferbüschen und verblühten Alm-rosenfeldern. Bei einer Felsformation machte Theresa schließlich Rast und gab Stella zu trinken. Während auch sie Schluck für Schluck ihren Durst stillte, ließ sie den Blick wandern und ihre Gedanken reisen.

Aus dieser Höhe wirkte das langgestreckte Tal unter ihr mit seinen Bauernhäusern wie eine Spielzeug-welt. Die Nöte und Sorgen unter manch einem der alten Schindeldächer kamen nicht bis hier oben hin. Dieser Ort war dem Himmel näher als der Erde.

Der schrille Pfiff eines Murmeltieres riss Theresa aus ihren Gedanken. Die Warnung des Tieres an sein Rudel – Gefahr im Verzug! – war ganz aus ihrer Nähe gekommen. Der Bau musste vor ihr bei den Latschenkieferbüschen liegen. Im nächsten Moment fragte sie sich, wo Stella war. Unruhe erfasste sie. Sie wollte gerade aufstehen, da kam ihre Gefährtin auch schon schwanzwedelnd um den Felsen herum auf sie zugelaufen. Sie kam nicht allein. Sie brachte den Einsiedler mit.

Was machte der denn hier? Zur gleichen Zeit, am gleichen Ort wie sie? Wie bei ihrer ersten Begegnung vor gut zwei Wochen trug er wieder die speckige Lederhose und Bergstiefel. Um seinen Hals baumelte eine Kamera, auf seiner Schulter lag ein Stativ.

»Dein Hund hat mich aufgespürt«, lautete seine Begrüßung ohne jedes Lächeln.

Du hättest ja nicht folgen müssen, hätte sie ihm am liebsten geantwortet, stattdessen sagte sie, wie es sich gehörte: »Grüß dich.« Mehr nicht. Bei jedem anderen Menschen hätte sie wahrscheinlich seine Fotoausrüstung als Aufhänger für einen Smalltalk genommen, aber warum sollte sie sich bei diesem hölzernen Typen Mühe geben? Sie hatte ihn nicht gerufen. Also schwieg sie, sah ihn genauso stumm an wie er sie. Warum ihr dabei plötzlich die Hitze zu Kopf stieg, hätte sie nicht sagen können. Wahrscheinlich lag es an dem warmen Wind. Nach ein paar Sekunden hielt sie diesen Blickaustausch nicht länger aus. Das war doch kindisch!

»Das ist ein schöner Platz hier oben«, hörte sie sich mit belegter Stimme sagen, was in ihren Ohren ziemlich steif klang.

»Dem Himmel nah«, erwiderte der Einsiedler, was sie so verblüffte, dass ihr Blick zu ihm zurückkehrte. Er hatte genau ihren Gedanken ausgesprochen! Außerdem – eine so poetische Ausdrucksweise hätte sie ihm nun wirklich nicht zugetraut.

»Hast du auch das Murmeltier gehört?« Er ging auf sie zu und setzte sich ganz selbstverständlich mit etwas Abstand neben sie auf den Felsen. Aus einem ersten Impuls heraus wollte sie schon von ihm abrücken, besann sich dann jedoch. Das wäre wohl unhöflich gewesen.

»Ja«, beantwortete sie seine Frage. »Es hat sein Rudel gewarnt. Vermutlich vor dir.«

»Der Bau muss hier in der Nähe sein.«

»Ich glaub, dort!« Sie zeigte mit der Hand in die Richtung, in der sie die Höhle vermutete.

Sein Blick folgte ihrer Bewegung. Dann nickte er und begann, an der Kamera herumzufingern. Es war eine analoge Kamera, ziemlich verschrammt und sicher recht alt. Erneut breitete sich Schweigen zwischen ihnen aus, das ihr mit jedem weiteren Herzschlag unangenehmer wurde. Ihre Kopfhaut kribbelte. Sie schwitzte. Lag das etwa alles an der Nähe zu diesem Typen? Sie wollte aufstehen und gehen, aber nicht nur. Sie wollte auch sitzen bleiben. Stella hatte sich inzwischen neben sie gelegt und die Augen geschlossen. Sie schien sehr zufrieden damit zu sein, diesen komischen Kauz zu ihr geführt zu haben. Am Himmel zog jetzt ein kleines Flugzeug seine Bahn. Sein surrendes Geräusch durchbrach für kurze Zeit diese unangenehme Stille. Und dann ereignete sich ein kleines Wunder: Dort, wo sie den Bau der Murmeltiere vermutete, erschien ein schwarzgraues Köpfchen mit kleinen, behaarten Ohren. Ihm folgte ein buschiger, braungrauer Körper, etwa vierzig Zentimeter lang. Ein Murmeltier! Tatsächlich! Langsam kam es aus dem Erdloch heraus, äugte, witterte, gab der Welt da draußen erst einmal einen Vertrauensvorschuss. Der Einsiedler neben ihr musste es auch gesehen haben. Sie warf ihm einen Blick zu. Im gleichen Moment sah auch er sie an. Ihre Blicke trafen sich, verfingen sich drei, vier Herzschläge lang. In diesen Augenblicken fühlte sie sich diesem Fremden auf seltsame Weise nah. Und sie glaubte, in den grünen Männeraugen zu lesen, dass es ihm ähnlich erging. Dann sahen sie beide gleichzeitig wieder schnell weg, so, als hätten sie sich gegenseitig bei etwas ertappt, was nicht sein sollte. Entgegen ihrer Erwartung, er würde jetzt seine Kamera in Position bringen und dadurch das Tier vermutlich vertreiben, blieb er genauso bewegungslos sitzen wie sie – was für ihn sprach. Nach und nach kamen die anderen Tiere aus dem Bau, zehn an der Zahl, knabberten an den Blättern der verblühten Almrosen, kratzten auf der Suche nach Insekten und Regenwürmern mit ihren langen Krallen den Boden auf. Währenddessen saß der Späher des Rudels aufrecht auf einem Stein und behielt die Umgebung im Auge. Theresa wusste, dass Murmeltiere keinen ausgeprägten Geruchssinn besaßen. Nur gut, dass er sich nicht umdrehte.

Theresa wagte kaum zu atmen. Ihr war nur allzu bewusst, dass dieses Schauspiel Seltenheitswert hatte. Sie dachte kurz an Stella, die einen sehr guten Geruchssinn besaß. Aber wahrscheinlich schlief der im Augenblick auch. Voller Faszination beobachtete sie die putzigen Tierchen. Die Idylle währte jedoch nur kurz. Dann schrie unten im Bergwald ein Eichelhäher auf. Den Bruchteil einer Sekunde später pfiff der Späher. Auf sein Kommando hin verschwanden alle wieder ruckzuck in ihrem Bau.

»Was sagt uns das?« Der Einsiedler sah sie lächelnd an. Mit einem Mal funkelten seine grünen Augen, und wieder stellte sie fest, wie attraktiv er war.

»Was uns das sagt? Wie meinst du das?«

»Das Verhalten der Tiere gerade.«

»Ich weiß nicht.« Seine Frage verwirrte sie.

»Dass man zwei Möglichkeiten hat.«

»Und die sind?«

»Entweder man bleibt von vornherein in seinem Bau und verpasst das Leben da draußen; oder man traut sich hinaus, aber dann tunlichst wie das Murmeltier mit aller Vorsicht, denn überall lauern Gefahren.«

Sprachlos sah sie ihn an. Keinem der Männer aus ihrem Bekanntenkreis wäre so etwas in den Sinn gekommen. Dass er aus dem Verhalten der Tiere einen solchen Vergleich zog, konnte nur mit seiner Lebenserfahrung zu tun haben. Mit einem Mal wurde ihr klar, dass er sich nicht nur eine Wunde an der Wange zugezogen hatte.

»Du sagst nichts. Was wählst du?« Seine tiefe, warm klingende Stimme riss sie aus ihren Gedanken. Sein intensiver Blick schien ihre Seele lesen zu wollen.

Völlig verunsichert sah sie ihn an. »Ich glaube, ich bevorzuge die zweite Möglichkeit. Ich möchte auf das, was die Welt zu bieten hat, nicht verzichten, auch wenn ich mich dadurch Gefahren aussetze und vielleicht verletzt werde.«

Sie wollte seinen Blick festhalten, auch in ihm lesen. Aber es gelang ihr nicht. Die grünen Männeraugen fixierten längst einen Punkt irgendwo am Horizont. »Und du?«, wagte sie dennoch zu fragen. »Wie hältst du es?« Schließlich hatte er ein so persönliches

Thema angesprochen, jetzt sollte er sich auch dazu äußern.

Da zuckte er mit den Schultern und stand auf. »Es wird Zeit. Ich muss los. Servus.« Er strich Stella über den Kopf und tauchte dann mit seiner Fotoausrüstung ohne ein weiteres Wort hinter den Felsen ab.

Fassungslos blieb sie sitzen. Was war denn das gewesen? Sie schüttelte den Kopf. Ihr Herz pochte so laut, dass sie es hören konnte. Diese merkwürdige Begegnung wühlte sie auf, ließ das Blut schneller durch ihren Körper kreisen. Unwillig zog sie die Stirn zusammen. Wie war es möglich, dass dieser Mann sie derart verwirren konnte? Das konnte doch nur an ihrer gegenwärtigen Situation liegen, die sie so dünnhäutig machte. Oder am Föhn.

7

Idiot! Er war ein kompletter Idiot. Robert eilte bergab zu seinem Hof, als wollte er vor sich selbst davonlaufen. Welch einen Schwachsinn hatte er da geredet! Er kannte diese Frau doch gar nicht.

Atemlos blieb er stehen, verlagerte das Stativ von einer Schulter auf die andere. Ein paarmal atmete er tief durch. Er war den Kontakt zu Menschen einfach nicht mehr gewohnt, hatte das unverbindliche, nichtssagende Plaudern verlernt. Und der Umgang mit Frauen war für ihn noch schwieriger geworden als der mit Männern. Warum nur war er dem Hund gefolgt? Als das Tier ihn aufgespürt hatte, hätte er es kurz streicheln und zurückschicken können. Er wusste doch, es war der Hund der Touristin aus der Sennhütte. Und doch war er ihm bis zu ihr gefolgt.

Kopfschüttelnd ging er weiter bergab. Gut hatte sie in der blau-weiß karierten Bluse und der Kniebundhose ausgesehen. Anders als bei ihrem letzten

Zusammentreffen. Das hochgebundene Haar hatte ihre klaren Gesichtszüge betont. Und sie hatte eine angenehme Ausstrahlung.

Mit voller Wucht trat er gegen einen der Steine, die den Weg so holprig machten. Sein Kopf schmerzte. Das war das Wetter. Schluss jetzt, sagte er sich und schlug die Richtung zu seinem Hof ein, der ihm in seiner Alleinlage wie eine rettende Insel vorkam. Diese Frau würde er zukünftig meiden. Genauso wie ihren Hund, so sehr er Hunde auch liebte. Hoffentlich war ihr Urlaub bald zu Ende. Das Wissen, dass sie nur unweit von ihm wohnte, war ihm unangenehm. Es nahm ihm die innere Ruhe. Irgendetwas hatte sie an sich, das ihn berührte. War es der schmerzliche Ausdruck in ihren großen, rauchgrauen Augen? Sie strahlte eine Verletzlichkeit aus, obwohl sie auf den ersten Blick das Auftreten einer selbstbewussten, erfolgreichen Geschäftsfrau hatte. Aber für Verletzungen – körperliche wie seelische – hatte er eine Antenne. Viel zu lange hatte er damit umgehen müssen.

Theresa musste auf dem Rückweg immer wieder an diese Begegnung denken. Welch ein merkwürdiger und wenig umgänglicher Mann! Aber zweifellos war er auch sehr anziehend. Die dunkle, melodische Stimme, der muskulöse Körper, seine seegrünen Augen, dieses besondere Lächeln ließen sie nicht mehr los …

Nach der Wanderung duschte sie lange, ließ das Wasser über ihren Körper laufen und genoss den Duft der Lindenblütenseife, die sie unten im Dorf gekauft hatte. Dann zog sie Jeans und T-Shirt an und ging in die Küche. Während Stella sich hungrig über ihr Futter hermachte, bereitete sich Theresa eine Brotzeit aus Käse, Speck und Tomaten zu. Dazu gab es das Brot, das sie am Vortag nach dem Rezept ihrer Großmutter gebacken hatte. Ein Bauernbrot mit Kümmel und Koriander und knuspriger Kruste, dessen Duft sie an ihre Kindheit erinnerte. Viel zu lange schon hatte sie nicht mehr gebacken. Mit der Jause setzte sie sich vor die Hütte. Während sie in Ruhe aß, ließ sie den Blick über die Berge wandern, die wie steinerne, stumme Wächter auf das kleine Seitental hinabblickten. Der Hausberg von Gamsenau, der größte dieser *Wächter*, hatte in ihrem Leben eine schicksalhafte Rolle gespielt. Er hatte sie und Brigitte zu Waisen gemacht. Aber daran wollte sie jetzt nicht denken. Viel lieber erinnerte sie sich an die vielen Ausflüge mit ihren Eltern dorthin. Ein Freund ihres Vaters hatte dort, wo Lärchen und Latschenkiefern kargen Grasflächen und grauem Gestein wichen, ein Stück Land besessen. Xaver wohnte in einer Hütte unterhalb des Gipfels und verdiente sich seinen Lebensunterhalt durch kunstvolle Schnitzereien, in den Sommermonaten auch durch die Bewirtung von Wanderern und Bergsteigern. Um Xaver rankten sich viele Geschichten. Die wahre hatte ihr Vater nie erzählt. *Dafür bist du noch zu jung,* hatte es stets geheißen. Mit dem langen Bart, dem wilden Haarschopf und seiner schweigsamen Art war Xaver ihr immer ein bisschen unheimlich gewesen. Brigitte jedoch hatte ihn geliebt. Vielleicht, weil er so außergewöhnlich gewesen war.

Theresa trank von ihrem Apfelsaft, während immer mehr Kindheitserinnerungen auf sie einströmten. Am Fuße des Hausbergs hatte es damals eine Rodelbahn gegeben. Von den Wiesen des Reischenbach-Bauern hinunter bis zur Kirche. Mit ihrem halsbrecherischen Tempo war Brigitte immer schneller gewesen als die anderen. Wie oft hatte Theresa Angst um ihre kleine Schwester gehabt! Besonders später, wenn sich Brigitte furchtlos mit den Jungen im Dorf anlegte. *Lasst bloß Theresa in Ruhe,* hatte sie mit erhobener Faust gedroht, wenn die Jungen ihrer großen Schwester nachgestellt hatten. Damals war Brigitte gerade mal zehn und sie selbst vierzehn gewesen – und ihre Eltern waren schon drei Jahre tot. In diesen Jahren waren sie noch enger zusammengewachsen. Aber dann …

Theresa hielt in ihren Gedanken inne. Ein weißer Geländewagen mit schwarzem Schriftzug zog ihre Aufmerksamkeit auf sich. Er fuhr den ehemaligen Rodelhang hinauf. Wahrscheinlich wollte er zum Reischenbach-Bauern, bei dem Martin zurzeit wohnte. Warum sie das Auto im Blick behielt, hätte sie im Nachhinein nicht sagen können. Vielleicht nur, weil es in dem Landschaftsgemälde vor ihren Augen die einzige Bewegung darstellte.

Der Wagen fuhr am Reischenbachhof vorbei und blieb oben am Waldrand stehen. Zwei Männer in orangefarbenen Overalls stiegen aus. Sie packten lange Stangen aus. Merkwürdig. Theresa nahm das Fernglas von der Fensterbank. *Ingenieurbüro Gruber – Vermessungstechnik,* lautete der Schriftzug auf dem Jeep. Was sollte denn dort oben vermessen werden? Die Wiesen gehörten dem Reischenbacher. Das Gebiet darüber teilten sich zwei andere Bauern aus Gamsenau. Was aus Xavers Land, das bis zum Gipfel reichte, nach dessen Tod geworden war, wusste sie nicht. Die Männer breiteten eine Karte auf der Motorhaube aus, beugten sich darüber, besprachen sich. Dann schlugen sie in Abständen die Stangen in den Boden. Wollte der Reischenbacher etwa dort bauen? Er war einer der Reichsten im Tal und dafür bekannt, sein Geld immer wieder in Immobilien anzulegen. In Wörgl besaß er Mehrfamilienhäuser und zwei Hotels. Wollte er etwa ein drittes hier im Tal bauen?, schoss es Theresa durch den Kopf. Hatte Martin ihn womöglich dafür gewinnen können mitzuhelfen, den Tourismus im großen Stil nach Gamsenau zu holen? Ihr Herz begann schneller zu schlagen. Vielleicht hatte Martin sogar vor, langfristig den ganzen Hang zu bebauen? Sie hob das Fernglas wieder vor die Augen. Das sah tatsächlich nach Vermessungsarbeiten aus. Und das an einem Samstag! Sonderbar.

Sie stand auf und brachte das Holzbrett in die Hütte. Stella, die eben noch leise schnarchend neben ihr gelegen hatte, folgte ihr. Nachdem Theresa das Besteck und ihr Glas gespült hatte, ging sie wieder nach draußen. Die Männer waren immer noch bei der Arbeit. Wenn der Reischenbacher erst einmal sein Land bebauen würde, mochten andere schnell folgen – und schon bald würde ihr Heimatdorf für den Massentourismus geöffnet sein und seinen ursprünglichen Charakter verlieren.

Theresa atmete tief durch. Unruhe machte sich in ihr breit. Sie sah zu Stella herunter, die neben ihr am Geländer saß. »Hast du Lust, mit mir zu Anna zu fahren?«

»Das ist Gedankenübertragung!«, rief Anna begeistert aus. »Ich wollte dich anrufen und zum Abendessen einladen. Heute haben wir das letzte Heu eingefahren. Jetzt wird gefeiert. Außerdem dachte ich, dass du vielleicht auch Raphael mal kennenlernen möchtest.«

Wie auf eine Regieanweisung hin, trat da auch schon ein Junge mit braunem Lockenkopf aus der Haustür.

Anna winkte ihn her. »Schau mal! Wir haben Besuch. Das ist meine Jugendfreundin Theresa. Sie wohnt in der Sennhütte.« Und an Theresa gewandt fügte sie zwinkernd hinzu: »Oben bei dir hat Raphael tüchtig mitangepackt. Er hat Basti beim Verlegen der Holzböden geholfen. Ohne ihn wären wir nicht so schnell fertig geworden.«

»Hallo Raphael«, begrüßte Theresa den Jungen. »Das hast du toll gemacht. Ich finde, das Haus ist wunderschön geworden. Du wirst sicher einmal ein guter Handwerker werden.«

»Grüß dich.« Große, karamellbraune Augen strahlten sie an. »Ob ich Handwerker werde, weiß ich aber noch nicht. Ich will eigentlich viel lieber Arzt werden«, stellte der Kleine richtig. »So wie mein Opa.« Dann sah er Stella an, die brav neben Theresa saß. »Ist das dein Hund?«

»Ja. Sie heißt Stella.«

»Darf ich sie streicheln?«

»Natürlich. Sie ist sehr lieb.«

Treuherzig blickte Raphael zu ihr hoch. »Ich habe keine Angst. Ich wollte auch gerne einen Hund haben. Kurz bevor mein Opa mir einen kaufen wollte, ist er tödlich verunglückt.«

Die Worte des Siebenjährigen, so erwachsen ausgesprochen, berührten Theresas Herz. Sie wusste, wie es sich anfühlte, als Kind die wichtigsten Menschen zu verlieren.

Nach wenigen Minuten schon waren Raphael und Stella beste Freunde. Rasch fand sich ein Ball, den Raphael unermüdlich warf und den Stella genauso unermüdlich auffing und ihm brachte.

»Wie fühlst du dich?«, erkundigte sich Anna mit ernstem Blick, als die beiden Frauen unterm Sonnenschirm saßen.

»Manchmal gut, manchmal weniger gut«, antwortete Theresa tapfer. Dass sie sich in den ersten Tagen in der Hütte jeden Abend in den Schlaf geweint hatte, verschwieg sie ihrer Freundin. »Inzwischen habe ich mit Dirk telefoniert«, fuhr sie fort und erzählte kurz von dem Gespräch. »Übrigens, Martin bin ich auch begegnet«, fiel ihr dann ein. Sie schüttelte den Kopf. »Niemals hätte ich gedacht, dass er sich so sehr verändern würde. Nicht nur äußerlich.«

»Stimmt, er hat sich schon sehr verändert. Einige im Ort sind von ihm inzwischen in seiner Rolle als Bürgermeister auch sehr enttäuscht.«

»Die Krämer-Trudi sagte, er wolle das Dorf für den Massentourismus öffnen.«

»So wird gemunkelt.«

»Munkelt man auch, wie er das machen will?«

Anna hob die Schultern. »Das weiß noch keiner. Zumindest nicht wir Dörfler.«

Da erzählte Theresa ihr von ihrer Beobachtung und Vermutung.

»Damit könntest du recht haben«, sagte Anna schließlich mit besorgter Miene. »Der Reischenbacher wäre bestimmt einer der Ersten, die hier Hotelkästen hinsetzen würden.«

»Wenn Martin mich besucht, werde ich ihn darauf ansprechen. Sollte ich tatsächlich mit meiner Vermutung richtigliegen, dürfen wir keinesfalls zusehen, wie unser Dorf seinen Charakter verliert.« Theresa verdrehte die Augen. »Eigentlich ist mir ja nicht besonders daran gelegen, Martin wiederzusehen. Ich war froh, dass er sich bisher nicht hat blicken lassen.«

Anna lachte ihr herzerfrischendes Lachen. »Ich glaube, ich kenne den Grund. Vor ein paar Tagen habe ich bei der Krämer-Trudi gehört, er sei jetzt mit

Monika liiert. Dadurch ist er wahrscheinlich abgelenkt.«

»Monika Aichinger?«, fragte Theresa ungläubig.

»Das verstehe ich genauso wenig wie du«, sagte Anna in ihrer offenen Art. »Monika sieht doch gut aus und ist clever. Dass sie ...«

»*Es gibt so viele Frauen in unserem Alter, die dankbar sind, wenn man mal mit ihnen ausgeht*«, wiederholte Theresa Martins Worte.

»Wie bitte?« Anna sah sie pikiert an.

Theresa lachte. »Das stammt nicht von mir. Das hat Martin zu mir gesagt.«

»Spinnt der?«, polterte da ihre Freundin los. »Kein Wunder, dass Jutta ihn verlassen hat. Martin scheint auch einer von denen zu sein, die erst durch Feuer und Wasser gejagt werden müssen, damit sie die richtige Form bekommen.«

Theresa lachte. »Ist das auch eine Redewendung deiner Mutter?«

Anna nickte ernst. »Und auch eine, die stimmt.«

»Darf Stella ein Stück Wurst haben?«, unterbrach Raphael das Gespräch der beiden Freundinnen.

»Darf sie.« Theresa lächelte ihn herzlich an.

»Ich habe ihr beigebracht, wie sie Sitz machen soll«, erzählte Raphael voller Stolz.

»Das hast du gut gemacht«, lobte sie ihn.

»Wie alt ist Stella?«

»Zwei Jahre. Komm, setzt dich mal neben mich«, bat sie ihn. Sie verspürte große Lust, sich mit dem aufgeweckten kleinen Mann zu unterhalten. »Sag mal ... Kannst du eigentlich schon lesen?«

»Natürlich!«, rief Raphael aus. »Ich bin doch schon in der zweiten Klasse. Außerdem übe ich auch immer. Wenn du willst, lese ich dir mal was vor«, bot er ihr großzügig an.

»Das ist eine tolle Idee!« Sie konnte nicht anders – sie musste ihm einmal schnell über die glänzenden Locken streichen.

»Ich sehe, ihr beide versteht euch«, sagte Anna mit strahlenden Augen. Und an Raphael gewandt, fuhr sie fort: »Theresa würde sich bestimmt freuen, wenn du sie mal oben in der Hütte besuchen würdest.«

»Ja, das würde ich wirklich«, bestätigte Theresa.

»Kannst du Karten spielen?«, wollte Raphael wissen.

»Kann ich. Was spielst du denn gern?«

»Mau-Mau. Das habe ich von meiner Oma gelernt.«

Theresa musste erst einmal schlucken, bevor sie antwortete: »Mau-Mau spiele ich auch sehr gern. Dann werde ich am Montag mal Spielkarten besorgen, damit ich auf deinen Besuch vorbereitet bin.«

Oktober

8

In der ersten Oktoberwoche schlug das Wetter um. Schwarze Wolken verhüllten die Gipfel des Kaisergebirges. Es regnete drei Tage lang. Die Fluten unterspülten Baumwurzeln und Wiesen und ließen den Bach, der sonst so gemütlich nahe der Sennhütte vorbeiplätscherte, zum reißenden Wildwasser anschwellen. Der Regen ließ aber auch die Pilze aus dem Boden schießen, und als sich Samstagmorgen die Sonne wieder zeigte, machte sich Theresa auf die Suche. Stella, die sich freute, endlich wieder draußen sein zu können, lief ihr voran. Die Wege im Bergwald waren matschig, das Moos fühlte sich an wie nasser Schwamm, und die Luft roch herrlich nach fruchtbarer Erde und Herbst. Theresa wurde auch bald fündig. Am oberen Waldrand entdeckte sie eine Steinpilzkolonie. Als sie die dickbauchigen, hellen Stiele vorsichtig über dem Boden abschnitt und einen Pilz nach dem anderen in ihren Korb legte, hörte sie einen

Schrei. Sie hielt in der Bewegung inne. Stella spitzte die Ohren, hob die Rute.

»Hilfe!«, schallte es ein zweites Mal durch den Wald, gellend und von Angst erfüllt. Der Schrei kam aus der Richtung, wo der Bach rauschte.

Das war doch Raphaels Stimme! Theresa stockte der Atem. Wie konnte das sein? Was machte der Junge hier oben?

»Hilfe!«, rief die Jungenstimme nochmals – dieses Mal schon deutlich erschöpft.

Theresa ließ den Korb fallen und rannte zwischen den Stämmen hindurch bergauf, stolperte über Steine und Wurzeln, kam viel zu langsam voran, doch sie lief unbeirrt weiter. Stella hatte längst Witterung aufgenommen und wies ihr den Weg, der sie zum Gebirgsbach führte. Der Anblick, der sie dort erwartete, ließ Theresa das Blut in den Adern gefrieren.

Der Bach, dessen Strömung an dieser Stelle besonders stark war, führte Steine und Geröll mit sich. Inmitten dieser schlammigen Masse entdeckte sie Raphael, der von dem reißenden Wasser wie eine Puppe hin- und hergeworfen wurde. War er ohnmächtig? Oder gar …? Nein! Daran wollte sie gar nicht erst denken. Als Stella zum Sprung ansetzte, rief Theresa sie voller Panik zurück. Das Wildwasser hätte die Hündin sofort mit sich bergab gerissen.

Verzweifelt blickte sich Theresa nach allen Seiten um. »Lauf! Dort oben!« Sie zeigte mehrmals in die Richtung, wo der Einsiedlerhof über dem Hügel noch halb zu erkennen war. »Los, Stella, los!«

Ohne sich zu vergewissern, ob die Hündin ihrem Befehl tatsächlich folgte, watete Theresa in den kalten, tosenden Strom. Während sie die Arme ausbreitete, um den Jungen, der wie ein Kleiderbündel auf sie zutrieb, abzufangen, suchten ihre Füße Halt zwischen den glitschigen Steinbrocken. Dann passierte es: Die Kraft des herabrauschenden Baches war so stark, dass sie das Gleichgewicht verlor. Sie fiel zur Seite, schlug mit der Schulter auf einen Stein auf – und gab der Strömung den Weg frei, Raphael an ihr vorbei talabwärts zu treiben.

»Nein!«, schrie sie auf, kroch ungeachtet des scharfen Schmerzes in der Schulter auf allen vieren ans Ufer, wo sie, immer wieder stolpernd und strauchelnd, parallel zum Wasser bergab rannte. Sie hatte nur einen Gedanken im Kopf: Sie musste Raphael überholen, um ihn an einer anderen Stelle aufzuhalten. Ein dünner Stamm, den die Wassermassen mit sich führten, entschied schließlich Theresas Kampf gegen die Naturgewalten. Er stellte sich quer zur Strömung, verkeilte sich. Blitzschnell erkannte Theresa ihre Chance. Mit einem verzweifelten Schluchzer sprang sie zurück ins Wasser. »Raphael!« Haltsuchend presste sie den Rücken gegen den Stamm und empfing den Jungen einen Sekundenbruchteil später mit ausgebreiteten Armen. Der Aufprall seines Körpers auf ihren ließ sie erneut das Gleichgewicht verlieren.

Doch dieses Mal konnte sie sich an dem Stamm festhalten. Noch bot er ihr und dem Jungen Halt. Aber wie lange noch?

»Hilfe!«, schrie sie mehrmals aus Leibeskräften gegen das Donnern des Wassers an. Ob Stella sie verstanden hatte und zum Einsiedler gelaufen war? Theresa hatte panische Angst, den Jungen nicht länger halten zu können. Sie musste sich mit dem ohnmächtigen Kind im Arm an dem Stamm vorbei ans Ufer hangeln.

All diese Gedanken überschlugen sich in ihrem Kopf. Da hörte sie Stellas aufgeregtes Bellen. Sie blickte hoch ... und entdeckte den Einsiedler. Er kam den Hang heruntergelaufen, direkt auf sie zu. Schließlich ging alles ganz schnell. Diesem großen Mann schien die Kraft des wild gewordenen Gebirgsbaches nichts anhaben zu können. In wenigen Schritten stand er neben ihr in den Fluten und zog Raphael und sie gleichzeitig ans Ufer.

Nass bis auf die Haut torkelte Theresa hinter ihrem Retter in den Wald, wo er Raphael aufs Moos legte, nach seiner Halsschlagader tastete und sein Ohr an seinen Mund hielt.

»Er atmet«, hörte sie ihn ruhig sagen. Er drehte Raphael so auf die Seite, dass dessen Kopf überstreckt höher lag. An der Schläfe des Jungen rann Blut herab. Der Einsiedler zog seinen Janker aus und breitete ihn über das Kind. Dann erst sah er sie prüfend an. »Alles in Ordnung?«

»Alles okay«, antwortete sie mit klappernden Zähnen.

»Bist du verletzt?«

Sie schüttelte den Kopf. Der Schmerz in ihrer Schulter war jetzt unwichtig. Um den konnte sie sich später kümmern. Sie beobachtete den Einsiedler, wie er Raphael untersuchte. Seine Hände waren muskulös – breiter Handrücken, ausgeprägte Adern und kräftige Finger – Hände, die zupacken, die beschützen konnten. Behutsam tasteten sie Raphaels Körper ab. Überraschend routiniert prüfte der Einsiedler den Pulsschlag und untersuchte die Schleimhäute auf innere Blutungen hin. Sein zufriedenes Nicken gab ihr Entwarnung. Da rannen ihr auch schon die Tränen über die Wangen. Es waren Tränen der Erschöpfung, der Erleichterung. Ihr fehlte die Kraft, sie zurückzuhalten. Sie nahm Stella in den Arm und verbarg ihr Gesicht in dem weichen Fell. »Das hast du gut gemacht, meine Schöne«, sagte sie halblaut.

»Das habt ihr beide gut gemacht«, sagte ihr Retter und drehte sich dabei halb zu ihr um.

Sie sah ihn an, sah sein warmherziges, ja sogar bewunderndes Lächeln. Verwirrt senkte sie den Blick. Doch der Mann hatte sich längst wieder Raphael zugewandt. In diesem Moment begann der Junge zu husten und Wasser zu spucken. Der Einsiedler nahm ihn in die Arme, beruhigte ihn mit leisen Worten und half ihm, seine Lungen vom Wasser zu befreien.

Es dauerte eine Weile, bis Raphael wieder Farbe im Gesicht hatte und ruhig atmete.

»Die Wunde am Kopf muss ich verbinden«, sagte sein Lebensretter zu ihm. »Hast du Kopfschmerzen? Ist dir übel?«

Der Kleine schüttelte stumm den Kopf. Die Augen hielt er immer noch geschlossen, als könnte er dadurch den Unfall ungeschehen machen.

»Es ist wichtig, dass du mir sagst, wenn dir übel wird«, sprach der Einsiedler sanft auf ihn ein. »Du könntest eine Gehirnerschütterung haben. Und damit ist nicht zu spaßen.« Er sah zu Theresa hinüber. »Ich lasse euch kurz allein, hole meinen Wagen und fahre euch zur Sennhütte.«

Bevor er den Hang hinaufstieg, sagte er zu ihr: »Übrigens – ich bin Robert.«

»Ich heiße Theresa«, erwiderte sie mit klopfendem Herzen. Voller Bewunderung sah sie ihm nach, wie er festen Schrittes zu seinem Hof zurückeilte.

»Das war falsch von mir«, flüsterte Raphael in diesem Moment mit heiserer Stimme. »Jetzt bist du auch ganz nass.«

Da kam Theresa ein befreiendes Lachen über die Lippen. »Das ist das kleinste Übel, Raphael, glaub mir.« Sie nahm den Jungen in die Arme. »Sag mir lieber mal, was du hier oben gemacht hast.«

»Ich wollte dich besuchen«, antwortete der Junge mit schuldbewusster Miene. »Anna hat doch gesagt, du würdest dich freuen.«

»Aber du bist doch viel zu weit den Berg hinaufgestiegen.«

»Ich habe mich verlaufen. Ich bin durch die Wiesen hoch. Und auf der falschen Seite des Baches.«

»Und dann wolltest du den Bach überqueren?«

Raphael nickte schniefend.

»Wissen Anna und Bastian, dass du mich besuchen wolltest?«, fragte sie, obwohl sie glaubte, die Antwort bereits zu kennen.

»Nein.«

Sie seufzte. »Das war wirklich falsch.«

»Sie sind nach Wörgl gefahren, und da dachte ich ...« Seine Mundwinkel verzogen sich und kündigten die nächsten Tränen an. »Anna hat doch gesagt, du würdest dich freuen ...«, wiederholte er mit schuldbewusstem Blick.

Sie drückte den Jungen an sich. »Das tue ich auch, aber nicht, wenn Anna es nicht weiß. Du kannst nicht einfach vom Hof weglaufen«, fuhr sie liebevoll fort. »Anna und Bastian machen sich doch Sorgen, wenn du weg bist.«

Mit gesenktem Kopf schluchzte der Kleine erneut auf. Theresa biss sich auf die Lippe. Sie musste Anna sofort benachrichtigen. Ihr Handy lag jedoch in ihrem Pilzkorb.

»Ich werde Anna gleich anrufen«, sagte sie, um sich selbst zu beruhigen.

»Wirst du ihr erzählen, dass ich in den Bach gefallen bin?«

»Na ja ...« Sie zögerte. »Ganz verschweigen können wir es ihr nicht. Aber sie wird bestimmt nicht schimpfen, wenn du versprichst, das nächste Mal vorsichtiger zu sein.«

Da legte Raphael die Arme um sie und schmiegte den Kopf an ihre Schulter. »Ich verspreche es.« Ein paar Atemzüge lang saßen die beiden engumschlungen auf dem Waldboden. Dann fragte Raphael: »Hat Stella mich gerettet?«

»Sie hat Hilfe geholt. Ohne diese Hilfe weiß ich nicht ...« Theresa verstummte. Das wollte sie sich gar nicht erst ausmalen.

»Wer ist der Mann?«

»Er wohnt oben auf dem Einsiedlerhof.«

»Er ist nett«, murmelte Raphael in ihrem Arm.

Theresa lächelte. Ja, das war er. Netter, als sie gedacht hatte.

9

Die Motorhaube des schwarzen Pick-up dampfte, die grobstolligen Reifen rochen nach Gummi, als Robert auf seinem Hof ankam. Keine Minute länger hatte er es in der Sennhütte ausgehalten. Den angebotenen Kaffee, das Wasser – alles hatte er abgelehnt. Nachdem er Raphaels Kopfwunde versorgt und sich nochmals vergewissert hatte, dass der Kleine sein Abenteuer gut überstanden hatte, war er sofort gefahren – was mehr den Charakter einer Flucht gehabt hatte. Dennoch würde er sich am Abend erkundigen müssen, wie es dem Jungen ging. Dafür hatte Theresa ihm ihre Handynummer gegeben. Er hatte ihr seine nicht angeboten. Sie hatte ihn aber auch nicht danach gefragt. Nach dieser Rettungsaktion, die sie ihm näher gebracht hatte, als er wollte, würde er umgehend den Status quo wiederherstellen. Keinerlei Kontakt mehr.

Robert stieg aus. Er atmete ein paarmal tief durch. Gemütlich hatte es bei ihr ausgesehen – eine charmante Unordnung aus Büchern, Zeitungen und Fundstücken aus der Natur. Auf dem Kaminsims lag eine mit Flechten bewachsene Wurzel. Daneben stand eine Vase mit dunkelroten und gelben Astern. Die breite Tonschale auf dem Tisch teilten sich Fichtenzapfen und Äpfel, und in dem Sessel neben dem Kamin lag ein aufgeklappter Laptop, der einzige Gegentand in der Hütte, der an die heutige Zeit erinnerte. Es hatte herrlich nach frisch gebackenem Brot gerochen. Diese Frau … Sie war mutig, stark. Eine reife Frau. Eine sehr schöne Frau. Ein nordischer Typ. Wenn sie lächelte, schien auf ihrem Gesicht die Sonne aufzugehen. Die kleinen Fältchen um ihre Augen gaben ihr einen ganz besonderen Charme. Unwillig schüttelte er den Kopf. Diese Frau und der Junge … Er war sieben, hatte er ihm erzählt. Er war in Davids Alter.

Robert schlug die Haustür hinter sich zu, als könnte er so die beiden aus seinen Gedanken aussperren. Während sein Herz in ungesundem Rhythmus schlug, schenkte er sich einen Whisky ein – was er normalerweise niemals um diese Uhrzeit tat. Er stürzte ihn herunter und spürte der Wirkung nach. Wärme durchflutete ihn. Er wurde ruhiger. Mit dem Tumbler in der Hand blickte er aus dem Fenster, auf seine kleine Herde. Auf dem Zaun saß Falk, der sie bewachte. Robert sah hinüber zu den Almen, die zu seinem Hof gehörten – weitläufige Wiesen, die Abstand schafften zum Rest der Welt. Wie nur war es passiert, dass diese Frau namens Theresa plötzlich in sein abgeschiedenes Leben eingedrungen war? Sie gehörte nicht zu dem Frauentyp, der aufdringlich war. Vielmehr schien sie das Gegenteil zu sein. Wer sich in eine einsam gelegene Hütte zurückzog, wollte allein sein. Und trotzdem hatten sich ihre Wege nun schon zum dritten Mal gekreuzt. Und alle drei Male war es kein einfaches »Grüß dich« und »Servus« gewesen. Diese Begegnungen hatten etwas Schicksalhaftes an sich gehabt. Hoffentlich würde sie bald abreisen. Wie lange war sie eigentlich schon hier? Waren es vier Wochen oder länger? So lange machte doch niemand Urlaub, oder doch?

Abrupt wandte er sich vom Fenster ab und ging wieder nach draußen. Zuerst würde er die Ziegen melken und Falk Futter geben, nahm er sich vor. Dann würde er sich in seine Dunkelkammer zurückziehen und den Film der vergangenen Tage entwickeln. Bei dieser Arbeit konnte er alles vergessen. Die Bilder, die er schoss, waren erst einmal nur ein neutrales Abbild der Wirklichkeit. Ohne jede Deutung. Es lag an ihm, welche Stimmungen er ihnen durch den Entwicklungsprozess einhauchte. Er besaß die Kontrolle − anders als in seinem Leben. Das hatte er ja gerade wieder einmal gesehen.

»Wie ist die Reportage gelaufen?«, fragte Theresa ihre Freundin, als diese sich per Telefon von der Reise zurückmeldete.

Das war der Auftakt zu einer minutenlangen, detaillierten Schilderung von Majas Recherche auf einer Bohrinsel in der Nordsee. »Ein Ingenieur der Crew ...«, schwärmte Maja, und Theresa sah sie dabei im Geiste verzückt die dunklen Augen verdrehen. »Ich sage dir, das war vielleicht ein Mann! Zehn Jahre jünger, und wie er mich angesehen hat ... Wenn ich noch ein paar Tage geblieben wäre, dann ...« Maja lachte gurrend – und Theresa wusste Bescheid. »Wir haben heftig miteinander geflirtet, und ich habe mal wieder gemerkt, dass Fünfzig das neue Dreißig ist. Wir brauchen also noch keine Torschlusspanik zu bekommen.« Majas Feuerzeug klickte, ein langer Zug, und dann fuhr ihre Freundin fort: »Und bei dir? Jetzt bist du schon die vierte Woche weg. Ist dir nicht inzwischen langweilig in dieser Bergeinsamkeit?«

»Überhaupt nicht«, entgegnete Theresa. »Ich habe inzwischen wieder ein Stück zu mir selbst zurückgefunden. Es geht mir besser. Außerdem habe ich hier bisher mehr erlebt als in den letzten Monaten zu Hause. Vor ein paar Tagen wäre Raphael fast ertrunken ...«

»Wer ist Raphael?«, unterbrach Maja sie.

In knappen Sätzen erzählte Theresa von dem Jungen und schilderte seine Rettung aus dem Gebirgsbach. »Dass Stella auf meinen Befehl hin zum Einsiedlerhof gelaufen ist und Hilfe geholt hat, ist für mich immer noch ein kleines Wunder. Wenn Robert nicht gekommen wäre ...«

»Robert?«

»Der Einsiedler. Er ist Arzt.« Ihre Frage, ob er Mediziner sei, schließlich habe er bei Raphaels Rettung so professionell gewirkt, hatte Robert widerwillig bejaht – und mit so offensichtlicher Abwehr, dass sie keine weiteren Fragen diesbezüglich zu stellen gewagt hatte.

»Und dieser Arzt lebt auf einem Einsiedlerhof?«, setzte Maja unerbittlich ihr Interview fort.

»Er züchtet Kaschmirziegen.«

Ein paar Atemzüge lang herrschte Schweigen in der Leitung. Maja stieß den Rauch scharf aus. »Ein Aussteiger also«, meinte sie dann.

»Wenn du so willst …«

»Aus welchem Grund?«

»Keine Ahnung.«

»Hast du ihn nicht gefragt?«

»Natürlich nicht.« Er hätte mir bestimmt auch keine Antwort gegeben, fügte Theresa in Gedanken hinzu.

»Wie alt ist er?«

»Etwa in unserem Alter.« Sie nagte an ihrer Lippe. Blöd von ihr, Robert überhaupt erwähnt zu haben. Eigentlich hatte sie gar nicht über ihn reden wollen. Auch nicht mit ihrer besten Freundin.

»Wie sieht er denn aus?«

»Normal«, schummelte sie. Hätte sie Roberts Äußeres beschrieben – seinen Körperbau, seine außergewöhnlichen Augen, dieses anziehende Lächeln –, hätte sie Majas Neugier noch mehr geweckt.

»Und wie ist er so?«

»Weiß ich nicht.« Sie bemühte sich, ihrer Stimme einen betont desinteressierten Ton zu geben. »Ich kenne ihn ja kaum. Und will ihn auch gar nicht näher kennenlernen.«

Wieder war es ein paar Sekunden lang still in der Leitung. »Weißt du, was ich glaube?«, fuhr Maja dann fort – und Theresa bildete sich ein, sie am anderen Ende verschmitzt lächeln zu sehen. »Ich glaube, dass das, was du mir über diesen Mann nicht erzählst, viel wichtiger ist als das, was du gerade über ihn gesagt hast.«

Theresa musste lachen. Da hatte ihre Freundin nicht ganz unrecht.

»Du lachst. Also habe ich recht.«

»Maja, bitte, ich kann dir nicht erzählen, was du jetzt am liebsten hören würdest. Nämlich, dass ich gerade eine heiße Affäre mit ihm angefangen habe. Außerdem werde ich übernächste Woche erst mal nach Frankfurt zurückfahren«, wechselte sie das Thema. »Dirk hat inzwischen auf meine Mail geantwortet. Wir haben einige Termine. Einen Notartermin für unsere Scheidungsvereinbarung, einen Termin mit dem Unternehmensmakler und einen mit einer Hausverwaltungsgesellschaft, um die Verwaltung unserer Häuser zu delegieren. Ich habe keine Lust mehr darauf. Außerdem müssen wir darüber reden, was wir mit der Villa und dem Inventar machen. Dirk hat schon einen Kaufinteressenten fürs Haus.«

»Ihr legt ja ein Tempo vor«, staunte Maja.

»Dirk legt dieses Tempo vor.«

»Man könnte meinen, Jessica sei schwanger und wolle so schnell wie möglich klare Verhältnisse.«

»Das kann wohl kaum sein, da Dirk zeugungsunfähig ist.«

»Ach ja, stimmt.« Maja räusperte sich, bevor sie weitersprach. »Die bürokratische Abwicklung eurer Trennung ist ja eine Sache, aber wie sieht es mit deinen Gefühlen aus? Bist du etwa schon darüber hinweg?«

Theresa stieß die Luft scharf aus. »Ganz sicher nicht, aber es gibt kein Zurück mehr. Ich würde es auch nicht mehr wollen. Hier oben, wo alles nur aufs Nötigste reduziert ist – ich habe zum Beispiel nur einen Topf und eine Pfanne, etwa insgesamt vierzig Quadratmeter Raum und nur ein paar Kleidungsstücke –, komme ich mir selbst wieder nah. Inzwischen habe ich erkannt, dass ich unser überfrachtetes Leben in Frankfurt, mit all den vielen Dingen, den vielen Menschen, den vielen Reisen und Events, gar nicht brauche. Zumindest nicht in dieser Lebensphase. Ich habe mich schon lange nicht mehr so unbelastet, so frei gefühlt wie jetzt. Deshalb werde ich auch noch eine Weile hierbleiben. Und damit meine ich nicht nur in Gamsenau, sondern hier in der Hütte«, schloss sie mit fester Stimme ihren Monolog ab.

Und wieder schwieg ihre Freundin. Dieses Mal besonders lange. »Donnerwetter«, sagte Maja schließlich. »Du klingst so, als würdest du das alles auch genauso meinen.«

Theresa lachte. »So ist es ja auch!«

»Sehen wir uns, wenn du kommst?«

»Natürlich. Ich wollte dich fragen, ob ich zwei oder drei Nächte bei dir übernachten kann.«

»Was für eine Frage!«

10

Eine Woche später fuhr Theresa nach Kitzbühel. Sie wollte für Maja ein Mitbringsel kaufen. Raphael wollte sie unbedingt begleiten, nachdem er gehört hatte, dass es dort Pferdekutschen gab, in denen man den Ort erkunden konnte.

Wie Theresa schon erwartet hatte, herrschte an diesem sonnigen Samstagvormittag viel Betrieb in dem idyllischen Dorf am Fuße des Kitzbühler Horns. Aber sie hatten Glück. Eine Kutsche schien auf sie gewartet zu haben.

»Grüß dich, Berni«, sagte Theresa zu dem Mann auf dem Bock, der den Hut vor ihr zog. »Das ist ja ein Zufall!«

»Was machst denn du hier?«, fragte der ältere Mann aus Gamsenau genauso erstaunt wie sie. »Bist du mal wieder im Lande?«

Sie lachte. »So schaut's aus. Wir möchten gern eine Kutschfahrt machen. Bist du frei?«

»Freilich. Steigt ein. Ist das dein Sohn?«, erkundigte sich Berni.

Theresa war viel zu verblüfft, um darauf antworten zu können. Diese Aufgabe nahm ihr jedoch dann Raphael ab. »Theresa ist meine große Freundin«, erklärte er stolz.

»Da hast du ja eine hübsche Freundin«, meinte der Kutscher zwinkernd.

Raphael strahlte übers ganze Gesicht, als Berni ihn auf den Kutschbock einlud und ihm die Zügel in die Hand drückte. »Jetzt fahr du mal«, forderte er den Jungen auf – wohl wissend, dass seine beiden Braunen den Weg durch Kitzbühels Vorderstadt ganz von allein fanden.

Theresa lehnte sich zurück und genoss die gemächliche Fahrt über das Kopfsteinpflaster, vorbei an den alten Häusern mit der Lüftlmalerei, in denen sich Nobelboutiquen und Cafés aneinanderreihten. Sie mochte Kitzbühel eigentlich lieber im November, wenn Nebensaison war. Dann gehörte das Dorf wieder den Einheimischen.

Während sie ihren Gedanken nachhing, zog eine zierliche Blondine, die gerade eines der Hotels betrat, ihre Aufmerksamkeit auf sich. Sie sah die Frau nur wenige Lidschläge lang von der Seite, bevor sie im Eingang verschwand. Wenn sie nicht blond gewesen wäre und ihr Haar nicht so kurz … Man hätte fast meinen können … Dazu die zierliche Figur … Nein, sagte sich Theresa energisch. Sie sah Gespenster. Das konnte nicht Brigitte gewesen sein. Niemals hätte sich ihre Schwester die taillenlangen Schneewittchenlocken abschneiden lassen, auf die sie immer so stolz gewesen war.

Theresa schluckte. Ihr Herz krampfte sich zusammen. Wie gerne würde sie Brigitte wiedersehen! Vielleicht wäre ja inzwischen sogar ein halbwegs entspanntes Gespräch zwischen ihnen möglich. Längst hatte sie es aufgegeben, im Hotel von Brigittes Ehemann auf Teneriffa anzurufen. Er war freundlich gewesen, hatte sympathisch geklungen, hatte ihr ausgerichtet, seine Frau wolle sie leider nicht sprechen.

Die Kutschfahrt ging jetzt leicht bergab, und Berni übernahm wieder die Zügel. Raphael durfte jedoch neben ihm auf dem Bock sitzen bleiben. Der Junge genoss sichtlich seine erhöhte Position, die ihm einen viel besseren Blick als aus der Kutsche gab. Als sie in die Josef-Pirchl-Straße einbogen, rief er Theresa über die Schulter hinweg zu: »Schau mal! Da geht unser Bürgermeister!«

Tatsächlich! Theresa sah gerade noch, wie Martin um die Ecke bog. Unwillkürlich musste sie lächeln. Von Anna wusste sie, dass Monika Aichinger seit Kurzem hier wohnte und arbeitete. Wahrscheinlich war Martin gerade auf dem Weg, »ein gutes Werk zu tun«, indem er Monika heute zum Essen einlud.

Die Gedanken an ihren Jugendfreund machten schnell wieder denen an ihre Schwester Platz. Wann hatte sich eigentlich ihr einst so inniges Verhältnis verändert? Letztendlich durch Dirk, erinnerte sie sich. Wenn sie damals im Teenageralter von ihren ersten Verabredungen mit einem Jungen zurückgekommen war, hatte Brigitte sich an sie gekuschelt und gesagt: *Gib zu: Mit mir ist es doch viel schöner.* Um ihr nicht wehzutun, hatte sie ihr zugestimmt. Martin, ihr erster fester Freund, hatte ihre kleine Schwester wohl oder übel als ständiges Anhängsel akzeptieren müssen, weil sie Brigitte nicht aus ihrem Leben hatte ausschließen wollen. *Der Brixner-Martin ist wieder mit seinen beiden Madeln unterwegs,* hatte es im Tal spöttisch geheißen. Dann jedoch hatte sie Dirk kennengelernt, und alles wurde anders. *Erzähl doch mal, küsst er besser als die anderen? Habt ihr miteinander geschlafen?,* hatte Brigitte wissen wollen. *Dafür bist du noch zu jung, das verstehst du doch gar nicht,* hatte sie damals energisch geantwortet. Das süße Gefühl der ersten großen Liebe hatte sie nicht mehr mit ihrer kleinen Schwester teilen wollen. Es sollte nur ihr und Dirk gehören. Leider hatte sie nicht bemerkt, wie weh sie Brigitte damit getan hatte. Und wie sich ihre Schwester von ihr entfernte. Auch hatte sie nicht gemerkt, mit wem ihre Schwester Umgang hatte. Von da an hatte sich Brigittes Verhalten ihr gegenüber verändert. Ihre Schwester hatte jede Situation genutzt, um sie zu verletzen. Schließlich war Brigitte sogar so weit gegangen, hemmungslos mit Dirk zu flirten – der dies nur onkelhaft belächelt und amüsant gefunden hatte.

Unwillig schüttelte Theresa den Kopf. Lieber nicht daran denken, sagte sie sich. Und als hätte Raphael ihre wehmütige Stimmung gespürt, drehte er sich um und erzählte ihr mit so todernster Miene, er wolle später Kutscher werden, dass sie hellauf lachen musste.

»Ich glaube, das ist besser als Handwerker oder Arzt«, meinte er treuherzig.

»Auf alle Fälle bequemer«, pflichtete Berni ihm bei.

Raphael war wirklich besonders. Obwohl er einen schweren Verlust erfahren hatte, war er stets fröhlich und unkompliziert. Brigitte war im gleichen Alter gewesen, als ihre Eltern verunglückt waren. Der Gedanke versetzte Theresa erneut einen Stich. Ob sie das Gefühl der Schuld je würde überwinden können?

Auf dem Rückweg setzte Theresa Raphael bei einem Schulkameraden ab. Statt zur Sennhütte zu fahren, machte sie kurz auf dem Brandlerhof Halt. Sie musste unbedingt mit jemandem reden. Der Verdacht, ihre Schwester in Kitzbühel gesehen zu haben, brachte sie ganz durcheinander.

»Blond und kurzes Haar?« Anna schüttelte den Kopf. »Das kann ich mir nicht vorstellen. Obwohl ...« Sie hielt in ihrer Arbeit inne. »Ich erinnere mich, dass Brigitte mir früher mal erzählt hat, sie wolle lieber so blond sein wie du. Aber damals war sie vielleicht vierzehn.«

Theresa seufzte. »Ich war immer ihr Vorbild. Ich hätte mich besser um sie kümmern sollen. Dann wäre es erst gar nicht so weit gekommen«, fügte sie leise hinzu.

Während Anna mit beiden Händen den Brotteig bearbeitete, sagte sie energisch: »So ein Quatsch. Brigitte hat in der Schule einfach die falschen Leute kennengelernt. Hör auf, dir ein schlechtes Gewissen zu machen. Eure Großmutter war auch viel zu nachgiebig. Sie hätte strenger mit ihr sein müssen.«

»Oma wollte nur unser Bestes«, erwiderte Theresa, während sie das Glas Apfelsaft auf ihrem Handteller drehte, ohne bisher davon getrunken zu haben. »Weißt du, heute denke ich manchmal, ich hätte Dirk nicht nach Deutschland folgen und Brigitte sich selbst überlassen dürfen. Zumal sie ja mit mir gehen wollte.«

»Wenn ich mich richtig erinnere, warst du vierundzwanzig, als du nach Frankfurt gezogen bist.«

Theresa nickte.

»Und Brigitte zwanzig. Volljährig. Du warst nicht mehr für sie verantwortlich. Sie wohnte da doch auch schon gar nicht mehr bei eurer Großmutter, oder?«

»Sie wohnte in Wörgl bei irgendwelchen Typen, vor denen ich sie hätte bewahren sollen. Aber sie hat sich ja nichts sagen lassen. Und als sie mitwollte, fühlte ich mich völlig überfordert. Ich wollte endlich mein Leben mit Dirk führen.«

»Du hättest in Frankfurt genauso wenig Einfluss auf sie gehabt wie hier. Und in so einer Großstadt … Wer weiß, ob das gut gegangen wäre.« Anna wandte sich wieder dem Teig zu, während Theresa wie zu sich selbst sagte: »Brigitte hat mich dafür gehasst, dass ich nach Deutschland gegangen bin. Sie war ja eigentlich diejenige, die es immer in die große Welt hinausgezogen hat.«

Anna sah sie bedeutsam an. »Sie war neidisch auf dich, hat dir dein Glück nie gegönnt.«

»Wahrscheinlich würde sie sich freuen, wenn sie wüsste, dass Dirk und ich jetzt getrennt sind.«

Mit einem Mal fühlte sie sich erschöpft. Nach langer Zeit hatte es ihre Schwester wieder einmal geschafft, ihren Kopf zu besetzen und ihr Herz zu beschweren.

Nach dem kurzen Besuch bei Anna ging Theresa mit Stella spazieren. Die Luft roch nach feuchtem Moos, Pilzen und welkem Laub. Irgendwo hämmerte ein Specht, ansonsten war es still und friedlich im Bergwald. Hier, inmitten der Natur, fühlte Theresa, wie sich die Klammer um ihre Brust langsam löste. Brigitte hatte, als sie älter war, ganz im Gegensatz zu ihr, nicht mehr viel für die Natur übriggehabt. Ihre Schwester hatte früh die materiellen Werte den immateriellen vorgezogen. Theresa blieb stehen. Bloß nicht wieder an Brigitte denken, ermahnte sie sich energisch.

Als sie an der Hütte ankam, war die Sonne bereits untergegangen. Sie hatte am Himmel einen orangefarbenen Glanz hinterlassen, der das Licht golden machte. Von den Wiesen unterhalb des Bergwaldes klang das harmonische Läuten der Herdenglocken herauf, in das sich die Klänge der Vespergottesdienstglocke mischte. Dann wurde es wieder still. In einer Woche bin ich in Frankfurt, ging es Theresa durch den Sinn. In einer ganz anderen Welt. Da hörte sie einen Flügelschlag. Als sie sich umdrehte, sah sie den Falken auf dem Geländer sitzen.

»Was machst du denn hier?« Sie freute sich, dass er gekommen war. Er schien sie und Stella als Nachbarn zu akzeptieren und pflegte Kontakt mit ihnen – was man von seinem Halter nicht sagen konnte. Sie wollte gerade ein paar Stücke Fleisch holen, als der schrille Ton ihres Handys den Vogel verscheuchte. Schade, dachte sie, während sie ihr Telefon aus der Hosentasche zog.

Anrufer unbekannt las sie auf dem Display. Noch zögerte sie, den Anruf entgegenzunehmen. Doch ihre Neugier siegte. Zuerst knisterte es in der Leitung, dann rauschte es, und dann hörte sie eine Frauenstimme fragen: »Frau Huber? Hören Sie mich?«

Die Verbindung war so schlecht, dass Theresa die Stimme nicht erkennen konnte. »Moment bitte.« Sie ging ans andere Ende der Veranda. Mit einem Mal war die Leitung störungsfrei. »Theresa Huber. Mit wem spreche ich?«

»Hier ist Jessica. Ich hoffe, ich störe nicht. Haben Sie einen Moment Zeit?«

Theresa hatte plötzlich das Gefühl, die Holzdielen unter ihr würden schwanken. Sie musste sich am Geländer festhalten. Woher nahm diese Frau den Mut, sie anzurufen? Was wollte sie? Ihren Segen? Außerstande, etwas zu sagen, spürte sie dem Zittern nach, das durch ihren Körper lief.

»Ich musste Sie anrufen«, hörte sie Jessica jetzt mit Inbrunst plappern. »Da ich vor einem neuen Lebensabschnitt stehe, möchte ich zwischen Ihnen und mir Klarheit schaffen. Ich bin nämlich schwanger, und wir heiraten bald. Deshalb ist mir wichtig, dass zwischen uns kein Gift zurückbleibt. Wegen des schlechten Omens ... Sie wissen schon.« Jessica hielt inne, schien abzuwarten, wie sie reagieren würde.

Theresas Mund fühlte sich strohtrocken an. Jessica war schwanger? Hatte Dirk ihr etwa all die Jahre seine Zeugungsunfähigkeit vorgelogen? Wie war das möglich? Die Veranda begann zu schaukeln, während Theresas Verstand unter dem Schwall an Emotionen aufzugeben drohte.

»Bitte hören Sie mir einen Moment zu«, drang Jessicas Stimme erneut wie durch Watte an ihr Ohr. »Dirk, ich meine, Ihr Mann, hat mir erzählt, dass Sie sich scheiden lassen werden und die Agentur verkauft wird. An dem Abend, als Sie gefahren sind. Er hatte mich zum Essen eingeladen. Ich sollte es als Erste aus unserem Team erfahren. Ich möchte, dass Sie wissen, dass nicht ich der Scheidungsgrund bin. Dirk und ich ...« Wieder war es zwei, drei Sekunden lang still in der Leitung, bis Jessica mit fester Stimme fortfuhr: »Wir hatten zwar eine kurze Affäre, aber Anfang des

Jahres hat Dirk mit mir Schluss gemacht. Er wollte die Ehe mit Ihnen nicht gefährden. Und da habe ich auch schon bald meinen zukünftigen Mann kennengelernt. Bitte, Frau Huber, glauben Sie mir, ich hatte damals immer ein schlechtes Gewissen Ihnen gegenüber, aber irgendwie hat es sich so ergeben. Dirk kann ja sehr überzeugend sein, und das zwischen ihm und mir ist auch gar nicht lange gelaufen. Und ich bin total froh, dass er mit mir Schluss gemacht hat, obwohl man zuerst ja immer in seiner Eitelkeit getroffen ist. Aber das war das Beste, was mir passieren konnte.« Wieder hing ein paar Atemzüge lang Schweigen in der Leitung. Dann fügte Jessica leiser und langsamer hinzu: »Ich wollte nur, dass Sie das wissen. Und ich wünsche Ihnen alles Glück der Welt. Sie haben es verdient. Ich habe Sie immer sehr bewundert. Also dann ... machen Sie es gut.« Noch einmal ein paar Sekunden Stille. Und dann erklang Jessicas verzagt klingende Stimme: »Frau Huber? Sind Sie noch dran? Haben Sie gehört, was ich gesagt habe?«

Theresa schluckte. Dann drückte sie die Schultern durch und sagte so ruhig, dass es sie selbst überraschte: »Ja, ich habe Sie verstanden, Jessica. Ich wünsche Ihnen auch alles Gute. Und Danke für Ihre Offenheit.«

Mit dem Handy in der Hand ging sie ans andere Ende der Veranda zurück und ließ sich auf die Holzbank fallen. In ihrem Kopf herrschte Chaos. Sie konnte keinen klaren Gedanken fassen. Mehrmals schüttelte sie den Kopf. Unfassbar!

»Unfassbar«, sagte auch Maja ein paar Minuten später. »Da haben wir aber gründlich danebengelegen – und dann auch wieder nicht.«

»Stell dir vor: Dirk macht mit Jessica Schluss, weil er angeblich unsere Ehe nicht gefährden will. Dabei hatte er längst eine andere. Wie verlogen ist denn das?«, wetterte Theresa los.

»Ich habe ihm ja nie so richtig über den Weg getraut«, entgegnete Maja trocken.

»Wer mag diese Frau sein?«

»Wahrscheinlich eine Kundin … wie du ja schon vermutet hattest.«

»Oder jemand aus unserem Bekanntenkreis. Eine, die er bereits kannte.«

»Auch möglich.«

»Wie dem auch sei«, sagte Theresa schließlich. »Falls ich nächste Woche in die Firma gehen sollte, ist die Begegnung mit Jessica keine so große Hürde mehr für mich. Ich finde es mutig von ihr, dass sie mich angerufen hat. Und dass die beiden eine Affäre hatten, ist mir inzwischen egal. Ich befürchte, dass sie nicht Dirks einzige Affäre in den vergangenen Jahren gewesen ist. Dass ich ihm so blind vertraut habe, macht mir inzwischen fast mehr zu schaffen, als dass er mich betrogen hat. Wie konnte ich nur so naiv sein!«

11

Am letzten Freitag im Oktober packte Theresa in aller Früh ihren Wagen. Während unten im Tal noch die Dämmerung lag, erstrahlten hier oben die Gipfel der Berge ringsum immer heller. Über dem Almfeld lag noch die Kälte der Nacht. Die Luft war frisch und prickelnd. Theresa trat ihre Reise nach Frankfurt in Jeans, Blazer und halbhohen Pumps an – ihrem Geschäftsoutfit, das für ihre Termine am Nachmittag genau passend war. Sie war mit Dirk in der Villa verabredet. Noch sah sie dieser ersten Begegnung mit ihm gelassen entgegen. Sie war sich jedoch nicht sicher, ob diese Stimmung so stabil sein würde, wie sie sich wünschte. Das neue Leben in ihrer Heimat hatte ihr ihre innere Sicherheit zurückgegeben. Würde sie diese in Frankfurt erneut verlieren, wenn sie mit den Trümmern ihres dortigen Lebens konfrontiert werden würde? Und wie würde sie auf Dirk reagieren, wenn er zum ersten Mal nach den vielen Wochen wieder vor ihr stand?

»In den nächsten Tagen musst du gut auf mich aufpassen«, sagte sie über die Schulter hinweg zu Stella, bevor sie losfuhr. Ihre weiße Schäferhündin saß so aufrecht auf dem Rücksitz, als wäre sie sich dieser Aufgabe bereits bewusst.

Kaum richtete sie ihren Blick wieder nach vorne, musste sie scharf bremsen. Sie nahm den schwarzen Pick-up erst in letzter Sekunde wahr, der gerade von der Forststraße kam. Seinem Fahrer musste es genauso ergehen. Bremsen quietschten, Schottersteine spritzten auf, beide Autos schlidderten auf dem unbefestigten Boden. Theresa schlug das Herz im Hals, als sie durch die Windschutzscheibe in Roberts Gesicht blickte, der sie ebenso erschrocken ansah, wie sie selbst aussehen musste. Sie stiegen aus.

»Entschuldige, ich habe nicht nach rechts geschaut, als ich einbiegen wollte«, sagte Theresa schuldbewusst und mit pochendem Herzen.

»Und ich war viel zu schnell«, räumte Robert ein.

Die Art, wie er sie ansah – mit klarem, offenem Blick, als würde er sie zum ersten Mal richtig sehen –, machte ihr jäh bewusst, dass Robert in ihrem Herzen etwas zum Schwingen brachte. Noch ganz erstaunt über diese Regung, hielt sie seinem Blick ein paar Atemlängen stand – bis sie den Flügelschlag vernahm. Gleichzeitig mit Robert blickte sie hoch zum Himmel, wo Falk über ihren Köpfen seine Runden drehte.

»Wusstest du eigentlich, dass dein Falke uns schon öfter besucht hat«, sagte sie in das Schweigen zwischen ihnen hinein.

»Ja, ich weiß«, erwiderte Robert. »Vorher ist er nie zur Hütte geflogen.«

»Er pflegt halt den nachbarschaftlichen Kontakt«, versuchte sie zu scherzen. »Und Stella kommt gut damit klar.«

Robert lächelte sie mit diesem besonderen Lächeln an, das sein Gesicht weich werden ließ. »Sie ist ein kluges Tier.« Dann sah er seinem Falken nach, der zum Einsiedlerhof zurückflog.

»Wir fahren heute nach Hause«, sprach Theresa weiter, um irgendetwas zu sagen. Sie wollte die Unterhaltung fortsetzen, wollte Robert noch nicht loslassen.

Als sein Blick ihren wiederfand, hatten sich seine Augen verdunkelt. Er trat zwei Schritte zurück, als hätte er sich zu nah an sie herangetraut. »Dann wünsche ich dir und deiner Hündin eine gute Reise«, erwiderte er steif und öffnete die Fahrertür. Bevor er einstieg, fügte er, ohne sie anzusehen, hinzu: »Passt auf euch auf. Falk wird euch beide hier oben vermissen.«

Das klang gar nicht mehr steif, sondern geradezu besorgt, ja sogar etwas wehmütig. Ging er davon aus, dass sie für immer abreiste? Stimmte ihn das etwa traurig? Und dann sah sie nur noch die Staubwolke, die der Pick-up zurückließ. Wie angenagelt blieb sie stehen. *Passt auf euch auf* ... Nein, das konnte Robert nicht wirklich gesagt haben! Hatte er bei ihren Begegnungen auch gespürt, dass da irgendetwas zwischen ihnen war, etwas seltsam Vertrautes, das sich jeder rationalen Deutung entzog?

Während Theresa ins Tal fuhr, fiel ihr das Gespräch mit Robert über die Murmeltiere wieder ein. *Entweder man bleibt von vornherein in seinem Bau und verpasst das Leben da draußen; oder man traut sich hinaus, aber dann tunlichst wie das Murmeltier mit aller Vorsicht, denn überall lauern Gefahren.* Hatte er sie die ganze Zeit über als Gefahr empfunden und sich deshalb zurückgezogen? Welche Gefahr hatte sie für ihn dargestellt? Wie auch immer. Seine Abschiedsworte hatten ihr gutgetan. Sie waren Proviant für ihre Seele, auf einer Reise, die ihr nicht leichtfiel. Sie fuhr nach Frankfurt, um ihr altes Leben aufzulösen. Das würde wehtun. Das Wissen jedoch, dass sie in wenigen Tagen schon zur Sennhütte zurückkehren und diesen geheimnisvollen Mann wiedersehen würde, machte sie neugierig auf die Zukunft.

Hatte er jetzt völlig den Verstand verloren? *Passt auf euch auf. Falk wird euch beide hier oben vermissen* ... Als wenn er diese Frau näher kennen würde! Als wenn ihm ihr Schicksal am Herzen liegen würde! Ganz im Gegenteil. Er war doch froh, dass sie abreiste und er nicht mehr mit ihr konfrontiert wurde. Dennoch hatte sie etwas an sich, das ihn jedes Mal aus der Fassung brachte. Ihr Lächeln fing ihn ein. Es umhüllte ihn wie ein wärmender Mantel. Ganz deutlich hatte er auch gerade wieder die Energie zwischen ihnen gespürt. Und jetzt war ihr Urlaub zu Ende. Natürlich war er erleichtert. Obwohl ... Wie sollte er dieses Gefühl, das in der hintersten Ecke seines Herzens nistete, benennen? Enttäuschung? Traurigkeit? Alles Unsinn! Er war an Soma und David gebunden. Und zwar sein Leben lang.

In Frankfurt regnete es. Der feine Nieselregen machte das Licht grau und trübe. Je näher Theresa der Villa am Stadtrand kam, desto beklemmender wurde ihr zumute. Nasses Laub bedeckte die Zufahrt zu ihrem ehemaligen Zuhause. Die mächtigen Kastanien in ihrem Park reckten ihre kahlen Äste wie hilfesuchend in den grauen Himmel. Das schmiedeeiserne Doppeltor war offen, und Dirks schwarzer Porsche stand in der Auffahrt. Sein Anblick versetzte ihr einen Stich. Vor erst einem Vierteljahr waren sie bei schönstem Sommerwetter mit dem Cabrio ins Elsass gefahren – und sie hatte sich glücklich gewähnt. Bloß keine Sentimentalität!, befahl sie sich und parkte neben Dirks Wagen. Als sie ausstieg, sah sie ihn in der Eingangstür stehen. Ja, sie war spät dran. Sie hatte Stella vorher noch zu Maja gebracht. Mit hämmerndem Herzen ging sie auf Dirk zu. »Hallo.«

»Hallo.«

Jetzt standen sie einander gegenüber. Dirk schien genauso unsicher, wie sie sich begrüßen sollten. Und genau wie sie schien auch er darauf bedacht zu sein, jeden Körper- und Blickkontakt nach Möglichkeit zu vermeiden.

»Wir müssen gleich los«, sagte Dirk ein wenig atemlos. »Oder willst du vorher noch ins Haus?«

»Nein, später«, antwortete sie fröstelnd. Am liebsten hätte sie dieses Haus, in dem Dirk sie so geschmacklos betrogen hatte, bis an ihr Lebensende nicht mehr betreten, aber sie musste ja zumindest ihre persönlichen Sachen herausholen.

»Lass uns mit meinem Wagen fahren«, schlug Dirk vor. »Im Kofferraum sind alle Unterlagen.« Er machte einen gestressten, fahrigen Eindruck, was sie von ihm nicht kannte. Dirk war ein Lebenskünstler, sah die Welt immer positiv und war nicht so leicht aus der Ruhe zu bringen.

Die Fahrt zu dem Unternehmensmakler legten sie größtenteils schweigend zurück – was genauso wenig zu Dirk passte. Normalerweise plauderte er gern beim Autofahren. Hätte sie doch bloß ihren eigenen Wagen genommen! Dann wäre ihr diese spannungsgeladene Situation erspart geblieben.

Im Laufe des Nachmittags jedoch kam Theresa nicht mehr dazu, sich weitere Gedanken über Dirks Verhalten zu machen. Und nachdem sie schließlich beim Notar den Gütertrennungsvertrag ausgehandelt und unterzeichnet hatten, war sie so erschöpft, dass ihr das Schweigen zwischen ihnen auf dem Weg zum Parkplatz sogar ganz gelegen kam.

»Lass uns etwas essen«, schlug Dirk vor, als sie an einem Lokal vorbeigingen, das sie in all den Jahren häufig besucht hatten. »Ich habe heute nur ein Brötchen gegessen.«

Theresa verspürte zwar keinen Hunger, aber ihr Verstand riet ihr, etwas zu sich zu nehmen. Sie hatte an diesem Tag nicht einmal ein Brötchen gegessen.

Sie bestellten Sauerbraten. Und aßen beide nur die Hälfte. Schließlich hielt Theresa das Schweigen am Tisch nicht länger aus.

»Du siehst schlecht aus«, sagte sie, wobei sie zugeben musste, dass dies nicht gerade der beste Einstieg in eine lockere Unterhaltung war. Wusste sie doch nur zu gut, wie eitel Dirk war. Aber es war die Wahrheit. Dirks himmelblaue Augen hatten das Strahlen verloren, mit dem er alle Menschen sofort für sich gewann. Dunkle Schatten lagen unter ihnen, die sich von seiner blassen Haut abhoben. Zu beiden Seiten seines Mundes hatten sich zwei scharfe Linien eingegraben. Dirk hatte abgenommen. Sah so ein glücklicher Mann aus?

Ihr Noch-Ehemann lehnte sich zurück und legte den Kopf in den Nacken. Mit einem tiefen Seufzer strich er sich die Locke aus der Stirn. Seine Gesten wirkten müde. Als er sie wieder ansah, dieses Mal blickte er ihr in die Augen, sagte er mit einem für ihn ungewöhnlichen Ernst: »Das ist momentan alles sehr viel. Ich meine, unser gemeinsames Leben aufzulösen und alles andere …«

Nanu? Bereute er seine Entscheidung etwa schon? *Du wolltest es so*, hätte sie am liebsten geantwortet, doch sie befürchtete, schnippisch zu klingen.

»Es ist doch bis jetzt alles nach Plan gelaufen«, erwiderte sie stattdessen in aufmunterndem Ton. »Wenn die Schweizer den geschätzten Marktpreis für unsere Agentur tatsächlich bezahlen sollten, können wir uns nicht beklagen. Wobei wir ja noch ein bisschen Handelsspanne nach unten haben. Die Scheidungsvereinbarung ist fair für uns beide, und den Vertrag mit der Hausverwaltungsgesellschaft haben wir auch unter Dach und Fach bringen können.«

Er schenkte ihr ein schwaches Lächeln. »Wir beide sind eben ein gutes Team – was hauptsächlich an dir liegt.« Sein Lächeln wurde weich. »Du bist effizient, und deine Logistik stimmt. Du hast einen klaren Kopf. Ich hätte die Termine heute nicht alle unter einen Hut bekommen.«

So viele Komplimente auf einmal? Gleichermaßen überrascht wie auch erfreut, lächelte sie zurück. Dabei schlich sich ein Anflug von Wehmut in ihr Herz. Plötzlich fühlte sie sich Dirk wieder nah. *Warum zerschlägst du dann dieses Team?*, wollte sie schon fragen, konnte es sich jedoch gerade noch verbieten – wusste sie doch nur zu gut, dass es kein Zurück mehr gab. Er hatte sie zu sehr verletzt.

»Und was das Haus angeht …«, fuhr sie tapfer fort. »Ich möchte nur einige wenige Möbelstücke haben. Ich habe vor, mich zukünftig zu verkleinern.«

»Wirklich?«

Sie musste über seine erstaunte Miene lächeln. »Ja, wirklich. Seien wir mal ehrlich, dieser große Kasten mit der pompösen Einrichtung war doch von Anfang an mehr dein Geschmack als meiner.«

Betreten sah er sie an. »Ich dachte, du hättest dich dort wohlgefühlt.«

»In unserem Reihenhaus damals habe ich mich wohler gefühlt. Und das weißt du auch. Aber du wolltest ja unbedingt etwas Repräsentativeres haben. Natürlich ist die Villa rein architektonisch gesehen ein Traum«, räumte sie schnell ein, als sie sah, dass er sich durch ihre Worte verletzt fühlte. »Dennoch ist sie für nur zwei Personen eigentlich viel zu groß. Die hohen Räume brauchen Kinderlachen, der Park herumtollende Hunde.«

Seine Miene vereiste. Oh weh, jetzt hatte sie ihn an seiner wunden Stelle getroffen. Warum nur hatte sie nicht den Mund halten können? War das die Rache ihres Unterbewusstseins?

Dirk lockerte den Knoten seiner gelbgrau gestreiften Seidenkrawatte. Dabei entgegnete er kühl: »Du wusstest von Anfang an, dass das nicht drin ist bei mir.«

»Wir hätten ein Kind adoptieren können«, kam es ihr ungewollt über die Lippen. Und schlagartig wurde ihr bewusst, dass sie Dirk seine Haltung bis heute nicht wirklich verziehen hatte. Sie hatte das Thema nur verdrängt, um ihre Ehe nicht zu gefährden. Und jetzt hatte sie es wieder aufgebracht, obwohl es längst der Vergangenheit angehörte. Idiotin!

Als hätte er ihre Bemerkung nicht gehört, bedeutete Dirk der Kellnerin an, dass er zahlen wollte.

Draußen war es bereits dunkel. Es regnete immer noch. Dirk blieb unter dem überdachten Eingang stehen. »Wie geht es denn jetzt weiter?«, fragte er mit unsicherer Miene.

Sie runzelte die Stirn. »Womit?«

Er sah auf seine goldene Armbanduhr. »Willst du jetzt noch ins Haus oder ...?«

»Heute nicht mehr.«

Er nickte, stellte den Kragen seines Trenchcoats auf. Sie hatte den Eindruck, dass er es plötzlich eilig hatte. Wahrscheinlich wartete die Neue schon. Mit einem Mal schoss eine Wut in Theresa hoch, die ihr viel besser gefiel als die Anflüge von Wehmut, die sie im Laufe des Nachmittages einige Male überfallen hatten.

Sie berührte Dirk am Ärmel und sagte: »Ich nehme mir ein Taxi. Du musst mich nicht zu meinem Wagen bringen.«

Verwirrt sah er sie an. »Okay, wie du willst«, meinte er dann. Wenn sie sich nicht täuschte, war er über ihre Entscheidung erleichtert. »Tja, dann ...« Er wirkte abwesend, sah den vorbeifahrenden Autos hinterher, deren Scheinwerferlicht der nasse Asphalt reflektierte.

Sie schluckte, spürte, wie sich ihr Hals verengte. Da standen sie nun nach mehr als zwei Jahrzehnten vor dem Lokal, wo sie unzählige Male zusammen gegessen hatten, und ihr war zumute, als würden sie auf zwei unterschiedlichen Planeten stehen, Lichtjahre voneinander entfernt. Dirks offensichtliche Gleichgültigkeit ihr gegenüber gab ihr das Gefühl grenzenloser Einsamkeit. Ja, es war vorbei. Ihre Zweisamkeit für immer beendet. Mit dieser Erkenntnis ergriff eine schmerzhafte Sehnsucht nach der Sennhütte von ihr Besitz, die ihr die Geborgenheit und Sicherheit schenkte, welche sie mit der Ehe verloren hatte. Übermorgen …

Theresa spannte den Regenschirm auf. »Also dann, mach's gut«, sagte sie zu ihm und zwang sich zu einem Lächeln. »Falls nötig, können wir ja telefonieren.«

Ohne Dirks Reaktion abzuwarten, lief sie unter dem Regen hinweg zum Taxistand.

»Und?« Maja sah sie mit ihren großen, schwarz geschminkten Augen erwartungsvoll an.

»Das erzähle ich dir gleich«, erwiderte Theresa. Sie wollte erst einmal Stella beruhigen, die vor Freude über ihre Rückkehr ganz aus dem Häuschen war.

»Wodka oder Rotwein?«, fragte Maja.

»Einen Kamillentee bitte.«

»Dann war es schlimm.«

Maja trat hinter die Theke ihrer Küche und schaltete den Wasserkocher ein. »Trotz des schlechten Wetters waren wir eine Stunde lang am Main spazieren«, erzählte sie voller Stolz. »Stella hat mit anderen

Hunden herumgetollt, danach ihr Futter gefressen und ...« Sie spitzte die dunkelrot geschminkten Lippen, als würde sie überlegen, wie sie fortfahren sollte. »Und natürlich auf dich gewartet«, beendete sie ihren Bericht mit strahlendem Lächeln.

Theresa musste lachen. »Das hoffe ich doch. Ich müsste ja sonst eifersüchtig auf dich werden.«

»Wenn ich mehr Zeit und ein Häuschen im Grünen hätte, würde ich mir auch einen Hund anschaffen«, sagte Maja mit versonnener Miene, während sie den Teebeutel in die Tasse hängte. »Ich sage dir, mit einem Hund lernst du sofort Leute kennen. Ich bin mit einem unheimlich netten Mann ins Gespräch gekommen. Er hatte einen Husky. Ein Mann in unserem Alter. Schade, dass es so geregnet hat, sonst hätten die Hunde länger miteinander spielen können.«

»Und du hättest dich länger unterhalten können«, fügte Theresa augenzwinkernd hinzu.

»Komm, wir setzen uns«, schlug Maja vor. »Anders als du brauche ich jetzt was Hochprozentiges. Sozusagen als Erkältungsprophylaxe.« Mit dem Wodkaglas in der Hand ließ sie sich Theresa gegenüber auf dem knallroten Ledersofa nieder und zog die Beine unter sich. Dann steckte sie sich in aller Ruhe eine Zigarette an und sah Theresa durch den Rauch hindurch an. »So, jetzt erzähl! Wie war es?«

»Trink erst mal.«

Maja lachte. »Muss ich?« In einem Zug leerte sie ihr Glas, schüttelte mit gequälter Miene den schwarzen

Pagenkopf und murmelte: »Was man nicht alles für seine Gesundheit tut.«

Theresa begann zu erzählen. Sie ließ nichts aus.

»Entweder sieht Dirk so schlecht aus, weil er mit der Neuen die Nächte durchmacht, oder die beiden haben die ersten Probleme miteinander«, psychologisierte Maja mit wissender Miene. »Überleg doch mal: Die sind jetzt seit Anfang des Jahres zusammen. Da ist bei vielen schon der Lack ab. Die erleben jetzt den ganz normalen Alltag zusammen. Und der öffnet die Augen.«

»Möglich.« Theresa nippte vorsichtig an dem heißen Tee.

»Hast du nicht mal gefragt, wer diese Frau ist, die dir auf so pikante Weise untergejubelt hat, dass dein Mann fremdgeht?«

Theresa sah ihrer Freundin fest in die Augen. »Ich will es nicht wissen, Maja. Es interessiert mich nicht.« Sie nagte an ihrer Lippe. »Sag mal, glaubst du, Dirk weiß inzwischen, dass ich in Gamsenau bin?«

Maja zog die schwarzen Brauen zusammen. »Von wem? Von mir nicht. Und sonst weiß es doch keiner, oder?«

»Nur du.«

»Vielleicht hat Dirk noch Kontakt zu Leuten aus eurer Heimat, die es ihm erzählt haben.«

»Das glaube ich nicht. Den Kontakt wollte er doch nie. Nein …« Theresa schüttelte den Kopf. Dann lachte sie kurz und hart auf. »Stell dir vor: Dirk hat nicht einmal gefragt, wo ich mich zurzeit aufhalte. Er kann doch nicht ernsthaft davon ausgehen, ich sei immer noch auf Sylt. Oder ich würde hier bei dir wohnen. Es scheint ihn einfach nicht zu interessieren.«

»Wahrscheinlich hat er zurzeit viel zu viel mit seinem eigenen Leben zu tun«, erwiderte Maja. »Vielleicht will er es auch gar nicht wissen. Er war doch nie jemand, der viel hinterfragt hat – aus Angst vor den Antworten. So, wie sich ihm die Welt zeigt, ist es für ihn gut – oder eben schlecht. Der Philosoph und Psychologe in eurem Zweierteam warst doch immer du.«

Theresa musste lächeln. Wieder einmal hatte Maja in ihrer klaren Sicht der Dinge den Nagel auf den Kopf getroffen.

»Wie geht es denn jetzt weiter?«, fragte Maja. »Du wirst doch sicher ein paar Sachen mitnehmen wollen, oder?«

»Morgen werde ich ins Haus fahren und …«

»Ich begleite dich.«

»Wirklich?« Theresa sah ihre Freundin dankbar an.

»Das ist doch klar!«

»Ich werde Kleidung mitnehmen und ein paar persönliche Dinge.«

»Und all die Möbel, die Gemälde, deine Hightech-Küche?«

»Die Küche werden wir mitverkaufen. Und was die Möbel und Bilder angeht …« Theresa seufzte. »Ich weiß doch noch gar nicht, wohin es mich langfristig verschlägt. Ich werde an die Stücke, die mir wichtig sind, Zettel hängen und eine Spedition beauftragen, sie abzuholen und erst mal einzulagern.«

»Guter Plan. Sag mal, wo wohnt Dirk eigentlich jetzt?«

»Keine Ahnung. Im Hotel oder bei seiner Freundin. Das interessiert mich genauso wenig, wie ich ihn interessiere.« Theresa atmete tief durch, als wollte sie sich von all diesen belastenden Fragen befreien. »Du glaubst gar nicht, wie sehr ich mich auf Sonntag freue, wenn ich zurückfahre«, sagte sie in sehnsuchtsvollem Ton. »Zurück in mein neues Leben.«

Sonntagvormittag schien in Frankfurt die Sonne. Die Stadt zeigte sich zum Abschied noch einmal von ihrer besten Seite. Theresa und Maja umarmten sich.

»Welche Rolle werde ich zukünftig in deinem neuen Leben spielen – so viele Kilometer entfernt?«, wisperte die sonst so taffe Maja mit tränenerstickter Stimme.

»Du wirst immer ein Teil meines Lebens bleiben. Ganz gleich, wo sich dieses abspielen wird«, versprach Theresa, während sie ihre Freundin, die mehr als einen Kopf kleiner war als sie, fest in die Arme schloss. »Auch wenn wir uns nicht mehr so oft sehen können, mal schnell nach Büroschluss oder so, werden wir genauso oft miteinander telefonieren wie vorher. Außerdem kannst du mich doch jederzeit besuchen.«

»Hört sich gut an«, meinte Maja schniefend, aber zufrieden.

12

Je weiter sich Theresa von Frankfurt entfernte, desto befreiter fühlte sie sich. Sie reiste mit drei Kisten. Alle Etuikleider und Kostüme, alle Pumps und Sandaletten hatte sie in Koffer gepackt und mit Zetteln für die Spedition versehen. Nicht ein einziges Foto hatte sie mitgenommen. Sie wollte sich nicht mit Erinnerungen belasten. Die würden sowieso immer wieder von selbst kommen.

Als sie hinter Irschenberg die Alpenkette am Horizont liegen sah, weitete sich ihr Herz. Bald würde sie zu Hause sein! Und als sie schließlich die Forststraße zur Sennhütte hinauffuhr, erkannte ihre Nase den so typischen Geruch ihrer Heimat wieder, den nach frisch geschlagenem Holz und würziger Bergluft. In den drei Tagen ihrer Abwesenheit war der Herbst hier sehr fleißig gewesen. Ein bunter Blätterteppich bedeckte die kurvenreiche Straße. Das Dunkelrot des Bergahorn und das Safrangelb der Lärchen im Bergwald waren verblasst. Die Wiesen hatten ihr Grün verloren. Langsam fuhr Theresa über die Serpentinen bergauf. Während sich im Tal bereits die Dämmerung ausbreitete, aus der sich hauchfeine Nebelschleier erhoben, ließ die untergehende Sonne hier oben die firnbedeckten Gipfel des Kaisergebirges rosenrot glühen. Ihre letzten müden Strahlen tauchten die Hütte in ein goldenes Licht. Es war ein Bild tiefen Friedens.

Als Theresa an dem kleinen Weiher vorbeikam, entdeckte sie den Vogel, der über dem Hüttendach kreiste. Falk! Wie ein Scherenschnitt zeichnete er sich vor dem gläsernen Abendhimmel ab. Ob er sie und Stella tatsächlich vermisst hatte? Vielleicht war Robert ja auch in der Nähe. Die Vorstellung, sie könnte ihm gleich gegenüberstehen, ließ ihr Herz gleich schneller schlagen.

Als sie aus dem Wagen stieg, ließ Falk sich auf dem Schornstein nieder. Mit seinen gelb umrandeten Augen, denen nichts entging, sah er auf sie herab, als wäre er neugierig darauf, was jetzt da unten passieren würde. Theresa wollte Stella gerade aus dem Wagen lassen, als sie Schritte hörte. Schwere Schritte. Auf der Rückseite der Hütte. Voller Erwartung drehte sie sich um.

»Da bist du ja! Ich wollte gerade gehen.« Mit strahlender Miene stapfte Martin mit einem Wanderrucksack auf dem Rücken auf sie zu.

Martin? Ernüchterung breitete sich in Theresa aus. »Grüß dich«, sagte sie trotzdem freundlich, nachdem sie sich wieder gefangen hatte. »Was machst du denn hier?«

»Auf dich warten«, erwiderte er ganz selbstverständlich. »Anna hat gesagt, du würdest am Spätnachmittag zurückkommen.«

Und jetzt war es bereits sechs! Aber Martin hatte schon früher immer viel Geduld gehabt – eine Eigenschaft, die sie an ihm gemocht hatte.

»Wo warst du denn? Ich war gestern schon mal hier.«

Sie zögerte kurz. »In Frankfurt.«

Martin reckte den Kopf, um ins Wageninnere sehen zu können. »Hast du Dirk mitgebracht?«

»Siehst du ihn?«

»Na, nur einen Hund. Bist du jetzt auf den Hund gekommen?« Er lachte über sein Wortspiel.

»Wie du siehst.«

»Und Dirk?« Ein forschender Ausdruck trat in seine Augen.

»Der ist in Frankfurt geblieben«, antwortete sie knapp.

»Alles noch okay bei euch?«

Sie holte tief Luft. Irgendwann würde er es ja doch erfahren.

»Dirk und ich lassen uns scheiden, aber ich will jetzt nicht darüber reden«, erwiderte sie in energischem Ton, während sie die hintere Autotür öffnete.

Stella sprang heraus, schüttelte sich und ging auf Martin zu. Langsam, mit erhobener Nase und Rute umkreiste sie ihn in einem Meter Abstand. Danach lief sie, scheinbar unbeeindruckt, die Treppe zur Veranda hinauf.

»Beißt der?«, erkundigte sich Martin mit skeptischem Blick auf Stella, die jetzt wie eine weiße Sphinx auf dem Treppenabsatz saß und ihn im Auge behielt.

»*Er* ist eine *Sie*«, korrigierte sie ihn. »Und nein, sie beißt nicht. Nicht, wenn du sie nicht reizt«, fügte sie zwinkernd hinzu.

»Das werde ich ganz bestimmt nicht«, versicherte Martin ihr im Brustton der Überzeugung. »Kann ich mich also bewegen?«

Da musste sie lachen. »Ja, du kannst dich bewegen. Du könntest mir zum Beispiel beim Ausladen helfen.«

»Das mach ich doch gern«, erwiderte er eilfertig, befreite sich von seinem Rucksack und trug ihr die Kisten aus dem Kofferraum auf die Veranda, deren Zugang Stella auf Theresas Kommando freigegeben hatte.

»Du bist bestimmt sehr kaputt nach der Fahrt, oder?«, fragte Martin nach getaner Arbeit mit besorgtem Blick.

Sie lächelte ihn an. »Es geht, wir können gern noch ein Glas zusammen trinken – nachdem du hier so lange gewartet hast.«

»Ich habe dir einen Selbstgebrannten vom Reischenbach-Bauern mitgebracht. Der ist saugut.«

»Aber nur einen.« Der Reischenbach-Bauer … Theresa kamen die Vermessungsarbeiter wieder in den Sinn. Das war vielleicht eine gute Gelegenheit, mehr darüber zu erfahren. »Lass uns noch ein paar Augenblicke draußen sitzen«, schlug sie vor. »Nach der Autofahrt ist mir nach frischer Luft zumute. Ich gebe Stella nur rasch ihr Futter. Du kannst ja schon mal die Stamperl rausbringen.«

Als Theresa wieder vor die Hütte trat, war das Glühen auf den Gipfeln erloschen. Die Luft war kalt und klar. Theresa empfand sie wie ein Lebenselixier.

Martin hatte bereits eingeschenkt. Seine Wangen waren gerötet, und seine hellgrauen Augen glitzerten verräterisch. Hatte er etwa schon gekostet?

»Auf uns!« In einem Zug kippte er den Hochprozentigen herunter.

Theresa nippte erst einmal nur. »Der ist wirklich gut.«

»Sag ich doch.« Martin nickte zufrieden. Dann fragte er fürsorglich: »Ist dir nicht zu kalt hier draußen?«

Sie schüttelte den Kopf. »Und dir?«

Er lachte. »Ein richtiges Mannsbild friert nicht. Darf ich?« Er zeigte auf die Flasche.

Sie zuckte mit den Schultern. »Bitte.«

»Ich frag nur, weil ich sie dir ja mitgebracht habe.«

»Ich teile gern.«

Schwungvoll füllte er sein Glas aufs Neue und leerte es genauso auf einen Zug. »Wenn wir nicht über dich und Dirk reden dürfen, dann möchte ich dir gern meine und Juttas Geschichte erzählen«, begann er, während er das leere Stamperl energisch von sich wegschob. »Immerhin kennen wir beide uns seit Jahrzehnten, und du sollst wissen, wie es in mir aussieht.«

So erfuhr Theresa alle Details von Martins Leidensgeschichte.

»Uns ging es doch gut«, ereiferte sich ihr Jugendfreund. »Als Direktor der Grundschule verdiene ich ganz ordentlich. Wir hatten ein gutes Leben, unsere Kinder, ein Haus, einen Freundeskreis, haben Reisen gemacht … Dann kommt da so ein Typ mit Geld und einem Doktortitel daher, und schon ist sie weg. Dem sieht man doch schon an, dass er's nicht ehrlich meint. Mit dem Geld kriegt der doch jede. Auch Jüngere. Das wird Jutta auch noch merken, aber dann bin ich nimmer mehr da für sie.« Den Blick in die Ferne gerichtet, atmete er einmal tief durch, bevor er leicht lallend fortfuhr: »Die Jutta weiß gar nicht, was sie an mir verloren hat. Frau Bürgermeisterin hätte sie werden können. Und nicht nur das. Der werde ich's zeigen. Von wegen ›kleiner Lehrer‹.« Er beugte sich über den Tisch zu Theresa herüber und vertraute ihr mit unterdrückter Stimme an: »Ich habe nämlich mit Gamsenau Großes vor. Mein Name wird amal in die Dorfchronik eingehen.«

Theresa wurde hellhörig. »Was hast du denn vor?«

Martin lehnte sich wieder zurück. Seine Miene verschloss sich. »Darüber darf ich nicht reden.«

»Die Krämer-Trudi hat angedeutet, dass du im großen Stil Touristen ins Tal holen willst.«

»Woher weiß denn die das?«, fragte er erstaunt.

»Keine Ahnung. Sie sprach von einem Gerücht, das rumgeht.«

Martin schien zu überlegen. Dann schenkte er sich noch einmal ein, trank und legte die Ellbogen auf den Tisch. Mit vorgestrecktem Kopf und zusammengekniffenen Augen sagte er: »Na, Theresa, das ist kein Gerücht. Das werde ich wirklich. Glaubst du etwa, ich mach so weiter wie meine Vorgänger? Ich hab verstanden, dass neue Zeiten hermüssen. Die anderen Gemeinden, von Kufstein bis Kitzbühel, sind alle viel reicher als wir. Und warum? Nur durch den Tourismus. Dort gibt's exklusive Hotels, Golfplätze, Skilifte. Warum nicht wir? Das kann ich dir sagen: Weil meine Vorgänger alle nicht den Schneid gehabt haben, solche Projekte anzufassen.« Trotz der kalten Abendluft standen ihm Schweißtropfen auf der fliehenden Stirn. Er griff noch einmal zur Flasche.

»Welches Projekt schwebt dir denn vor, um die Gemeindekasse zu füllen?«, erkundigte sich Theresa, nach außen hin ruhig, obwohl ihr Herz vor Aufregung schneller schlug. Inzwischen war es auch hier oben dunkel geworden. Sie fror, wagte jedoch nicht aufzustehen. Würde Martin ihr jetzt das Geheimnis, das er und der Gemeinderat hüteten, verraten?

Er ließ das Glas sinken, ohne getrunken zu haben. »Das sage ich dir, wenn du mir versprichst, es für dich zu behalten.«

Entschlossen schüttelte sie den Kopf. »Ich verspreche dir gar nichts, Martin«, erwiderte sie ernst. »Dann behalt es lieber für dich.« Und ich bin mit ziemlicher Sicherheit gegen euer blödes Projekt, fügte sie in Gedanken hinzu.

Nachdem Martin dem Obstler noch einmal zugesprochen hatte, sagte er mit schon schwerem Zungenschlag: »Ich sag's dir trotzdem. Wir kennen uns schon so lang. Lass uns reingehen.«

Als Theresa ihren Jugendfreund nach Hause fuhr, stand der Mond wie eine silberne Scheibe am Himmel. In einigen Häusern brannte noch Licht. Rauch fächelte aus den Kaminen. Irgendwo bellte ein Hund, anderswo muhte eine Kuh. Der Reischenbacher-Bauer, bereits im Schlafanzug, half ihr, Martin in seine Wohnung zu bringen. Ihr Jugendfreund konnte kaum mehr gehen. Danach wäre sie am liebsten noch zum Brandlerhof gefahren. Sie musste unbedingt mit Anna reden. Doch sie wusste, dass die Brandlers immer früh zu Bett gingen. Also machte sie sich auf den Rückweg.

Ihr Atem zeichnete kleine Wolken in die feuchte Nachtluft, als sie mit Stella gedankenverloren zum Weiher hinüberging. Sie fror. Es musste um die null Grad sein. Wie eine kreisrunde Lampe spiegelte sich der Mond in dem stillen Wasser. Hinter dem Wald wuchsen die Schatten der Bergriesen hoch in den mit Sternen übersäten Himmel, der dieses friedliche

Fleckchen Erde gegen die Unendlichkeit des Weltalls abschloss. Nur das leise Gurgeln des Baches und der Ruf eines Waldkauzes unterbrachen die Stille. Wie klein und unwichtig stand der Mensch doch in diesem gewaltigen Schweigen der Natur, ging es Theresa durch den Sinn. Und dennoch gab es Menschen, die sich anmaßten, all das zu zerstören. Menschen wie Martin, einige Bauern aus dem Dorf, irgendwelche Investoren, die er erwähnt hatte. Und das nur des Geldes willen oder um sich selbst ein Denkmal zu setzen.

Niemals würde sie das zulassen, sagte Theresa sich mit wilder Entschlossenheit, als sie den Rückweg zur Hütte antrat. Mit einem Mal wanderten ihre Gedanken dorthin, wohin ihr Blick ging – zum Einsiedlerhof, der oberhalb des Hochwaldes lag. Robert liebte die Natur doch auch. Wie würde er reagieren, wenn er von Martins Plänen erfuhr? Würde er sie auch bekämpfen wollen? Mit ihr zusammen vielleicht, Seite an Seite?

»Störe ich?«, fragte Theresa, als sie am nächsten Morgen ihre Freundin besuchte.

»Überhaupt nicht«, versicherte Anna ihr. »Ich bin gerade mit der Stallarbeit fertig geworden. Bastian ist beim Morgengrauen schon zur Hochalm gefahren, um sie winterfest zu machen, und Raphael ist in der Schule.« Sie breitete die Arme aus und lachte. »Also habe ich Zeit.«

»Geht es Raphael gut?«, fragte Theresa mit weicher Stimme, als sie sich auf die Eckbank setzte.

»Sehr gut. Aber er hat dich vermisst.« Anna lächelte sie an, während sie sich die nassen Hände an der Latzhose abwischte. »Inzwischen ist er ja schon fast daran gewöhnt, dich am Wochenende zu sehen.«

»Ich kann ihn diese Woche von der Schule abholen und zu mir mitnehmen«, schlug Theresa vor. »Ich hatte auch ein bisschen Sehnsucht nach ihm.«

Anna nickte. »Gute Idee! Trinken wir einen Kaffee? Dann erzählst du mir, wie es in Frankfurt war.«

»Gern.« Theresa lehnte sich an den grünen Kachelofen, der eine heimelige Wärme abgab. Es roch nach kuhwarmer Milch, so wie früher bei ihrer Großmutter, wo der Kuhstall auch von der Küche aus zu erreichen war. Doch anders als in dem Haus ihrer Großeltern verrieten hier nur die rußgeschwärzten Deckenbalken und schiefen, weiß getünchten Wände, dass man in einem über einem Jahrhundert alten Haus saß. Die Kücheneinrichtung war supermodern, mit allen technischen Raffinessen.

Anna sah Theresa forschend an. »Du wirkst müde.«

»Bin ich auch«, gab diese lächelnd zu.

»Ist doch klar. Immerhin hast du einiges hinter dir.«

»Und als ich gestern zurückkam, stand auch noch Martin vor der Hütte.«

Anna verzog das Gesicht. »Tut mir leid. Er hat mich gefragt, wann du wiederkommen würdest. Ich wollte ihn nicht belügen.« Sie hob die Hand wie zum

Schwur. »Aber ich habe ihm nicht verraten, dass du in Frankfurt warst.«

»Ich weiß, mach dir keine Gedanken.« Theresa nickte ihr beruhigend zu. »Die Sache mit Dirk hat mich natürlich mitgenommen, aber wir haben alles in Frieden regeln können. In der vergangenen Nacht hat mir was ganz anderes den Schlaf geraubt. Martin hat mir gestern etwas anvertraut …« Sie seufzte.

»Geht es um das Gerücht?«, fragte Anna.

»Genau darum. Es ist kein Gerücht, wie Martin mir gestern nach ein paar Schnäpsen stolz erzählte.«

Mit der Kaffeekanne in der Hand ließ sich Anna auf den Stuhl fallen. »Jetzt bin ich aber gespannt.«

»Es geht auch nicht nur um ein Hotel, wie ich zuerst vermutet habe. Es ist viel schlimmer«, begann Theresa. »Geplant ist außerdem ein Skiliftprojekt im großen Stil. Auf unserem Hausberg. Eine Gondelbahn fährt ganzjährig vom Tal bis zum Gipfel. Die ehemalige Hütte vom Xaver soll einem Selbstbedienungsrestaurant mit der Kapazität für dreihundert Tagesgäste weichen. Zusätzlich zwei Sessellifte sowie Schlepplifte und Schneekanonen.«

»Was?«, rief ihre Freundin entsetzt aus. »Auf dem Hausberg? Aber das ist doch viel zu gefährlich! Wer sind denn diese Investoren?«

»Angeblich kennt Martin sie nicht persönlich. Ein international agierendes Konsortium. Er hatte bis jetzt nur mit einem Unterhändler zu tun – wenn man ihm glauben darf.«

»Ja, aber …« Anna sah sie sprachlos an.

»Die Investoren wollen den halben Hausberg kaufen. Das Land vom Reischenbacher, das der beiden Bauern darüber und das vom Xaver, beziehungsweise von dessen Erben.« Theresa hob die Brauen. »Weißt du, wem der Xaver seinen Grund vermacht hat?«

»Keine Ahnung. Der hat ja die letzten zwei Jahre vor seinem Tod in einem Pflegeheim in Innsbruck gelebt und hatte zu niemandem aus dem Dorf Kontakt.«

»Wie dem auch sei … Weißt du, was das bedeutet?« Voller Sorge sah Theresa ihre Jugendfreundin an. »Unser Dorf wird in wenigen Jahren von Touristen überschwemmt werden. Dann ist es vorbei mit der Ruhe und Idylle. Aber das ist ja nicht alles. Viel schlimmer ist …«

Sie musste gar nicht weitersprechen. Anna wusste, was sie sagen wollte, und fuhr fort: »Wenn der Hausberg für das Projekt gerodet wird, ist das ganze Dorf nicht mehr sicher. Martin und die Gemeinderäte wissen doch auch, dass gerade dieser Hang lawinengefährdet ist. Und die beiden Bauern oben auch. Die haben es doch alle schon erlebt. Wie können die das denn zulassen? Und das nur aus Geldgier! Nein, das darf nicht passieren«, ereiferte sie sich. »Das Risiko ist zu groß. Und überhaupt. Es wird die wunderschöne Natur zerstören. Und für die Infrastruktur eines solchen Projektes sind gigantische Flächen notwendig. Wir wollen hier keinen Massentourismus.«

»Wir müssen handeln, Anna«, sagte Theresa mit fester Stimme. »Ich habe mir auch schon was überlegt.« Ruhig und sachlich legte sie ihren Plan dar.

»Ich bin dabei«, versprach Anna. »Und Basti bestimmt auch. Gemeinsam werden wir etwas bewirken können.«

13

Nach dem Besuch bei Anna fuhr Theresa weiter nach Kufstein, um einzukaufen. Auf dem Rückweg zu ihrem Wagen war sie so sehr in den Gedanken an das Skiliftprojekt versunken, dass sie am Ende der Marktgasse jemanden anrempelte.

»Entschul...«, setzte sie zerstreut an. Doch das Wort erstarb ihr auf den Lippen. Die Frau vor ihr war hellblond und hatte kurzes Haar. Dennoch erkannte Theresa sie auf den ersten Blick.

Ihre Schwester fand als Erste die Sprache wieder. »Du bist hier?«, fragte Brigitte sichtlich geschockt, als stünde ein Geist vor ihr.

Theresa ging es nicht anders. Auch sie konnte es nicht fassen, ihrer Schwester nach all den Jahren so unvermittelt gegenüberzustehen. Das glatt aus der Stirn gebürstete Haar gab Brigitte etwas Strenges, etwas Maskulines. Das eng geschneiderte, anthrazitfarbene Kostüm brachte als Kontrast dazu ihre weiblichen Formen reizvoll zur Geltung. Brigittes makellose Beine steckten in hohen, schwarzen Pumps. Zur Komplettierung ihrer Garderobe trug sie eine große Schultertasche mit dem Monogramm einer französischen Luxusmarke. Dieses Monogramm fand sich auch auf dem lässig umgeschlungenen Seidentuch wieder. Das geschäftlich wirkende Outfit machte aus ihrer Schwester eine ganz andere Frau als die, die Theresa kannte.

»Was machst du hier?«, fragte Brigitte jetzt in fast vorwurfsvollem Ton.

Ungläubig lachte Theresa auf. »Du klingst ja so, als wenn das nicht in Ordnung wäre. Ich bin doch regelmäßig hergekommen.«

Die Fältchen um Brigittes große, tiefbraune Augen und um den kirschrot geschminkten Mund verrieten, dass die Jahre an ihrer Schwester nicht spurlos vorübergegangen waren. Dennoch erkannte Theresa in dem reifen Frauengesicht das des jungen, einst so übermütigen Mädchens wieder. Und jäh überfiel sie die Erinnerung an die Zeit, als sie beide sich so nahegestanden hatten. Sie rang um Fassung. Am liebsten hätte sie Brigitte umarmt, doch der distanzierte Ausdruck in deren Augen hielt sie davon ab. Jetzt trat ihre Schwester auch noch einen Schritt von ihr zurück.

»Und du?«, erkundigte sich Theresa ernüchtert. »Was machst du hier?« Brigittes Abwehrhaltung verletzte sie. Sechs Jahre. Seit der Beerdigung ihrer

Großmutter hatten sie sich nicht mehr gesehen. Ein bisschen Wiedersehensfreude wäre wirklich nicht zu viel verlangt gewesen. Immerhin waren sie Geschwister, die sich einmal geliebt hatten.

Brigitte lächelte flüchtig. Dieses Lächeln erreichte jedoch nicht ihre Augen, in denen immer noch Abwehr zu lesen war. »Ich bin nur auf einen Sprung hier«, beantwortete sie die Frage. »Ein paar Dinge erledigen.«

»Wollen wir vielleicht einen Kaffee …?« Unsicher hielt Theresa inne.

»Tut mir leid.« Brigitte klang höflich und kalt. »Ich habe keine Zeit.«

Theresa schluckte, sah sich betroffen um, als würde sie von irgendwoher Hilfe erhoffen. Sie standen mitten auf dem Bürgersteig, an einer belebten Straßenecke. Autos zwängten sich durch die enge Gasse, Passanten drängten sich an ihnen vorbei, und jetzt erklang die Heldenorgel der Festungskirche – wie jeden Mittag um zwölf Uhr in Kufstein. Viele Leute hielten inne, hörten Mozarts Requiem zu. Manche schenkten sich sogar, gleichermaßen im Herzen berührt, gegenseitig ein Lächeln. Theresa suchte Brigittes Blick. Wie oft hatten sie als Kinder mit ihren Eltern hier gestanden und der Musik gelauscht. Das musste Brigitte doch auch noch wissen. Endlich sah Brigitte sie an.

»Weißt du noch?«, fragte Theresa mit brüchig klingender Stimme. Tränen verengten ihr den Hals.

Rasch blickte ihre Schwester an ihr vorbei und blieb ihr die Antwort schuldig. Stattdessen sagte sie: »Mein Mann ist gestorben. Ich habe das Hotel auf Teneriffa verkauft.«

»Das tut mir leid. Und was machst du jetzt?«, fragte Theresa verwirrt.

Ein Anflug von Unsicherheit huschte über Brigittes gebräuntes Gesicht. Schließlich antwortete sie: »Ich werde wahrscheinlich ein Hotel in Südtirol übernehmen. In nächster Zeit …« Dann ging ein Ruck durch ihre Gestalt. »Ich muss jetzt weiter. Mach's gut.« Mit diesen Worten drehte sie sich kurzerhand um und mischte sich unter die Menschen, die an diesem kalten Herbsttag die kleine Stadt am Inn bevölkerten.

Mozarts Requiem verklang. Die Leute gingen weiter, auch Theresa. Doch im Herzen nahm sie ihre kleine Schwester mit. Mit leerem Blick erreichte sie schließlich ihren Wagen, in dem Stella schon auf sie wartete und voller Freude die Wurst verschlang, die sie ihr aus der Fleischerei mitgebracht hatte. Erst der Verkehr auf der Salurner Straße weckte wieder Theresas Aufmerksamkeit. Kurz vor dem Kreisel an der Innbrücke entdeckte sie Martin, der in Jeans, Janker, einen langen Schal um den Hals geschlungen, schnellen Schrittes in Richtung Altstadt ging. Wahrscheinlich hatte er nach Schulschluss noch einen wichtigen Termin und war spät dran. Den Blick auf den Bürgersteig gerichtet, sah er sie nicht. Und sie unterließ es, auf sich aufmerksam zu machen.

Nachdem Theresa ihre Einkäufe weggeräumt hatte, setzte sie sich, dick eingepackt in ihre Lodenjacke, mit einem Becher Kaffee auf die Veranda an die Hüttenwand. Mit geschlossenen Augen hielt sie ihr Gesicht der bereits müden Sonne entgegen. Obwohl sie für den Verkauf der Firma noch ein paar Papiere durchsehen und mit dem Steuerberater telefonieren musste, fühlte sie sich an diesem Tag nicht mehr dazu in der Lage. Zu viel ging ihr durch den Kopf – das Wiedersehen mit ihrer Schwester, aber auch das Skiliftprojekt. Beides machte sie gleichermaßen betroffen.

Mit einem tiefen Seufzer, der sie jedoch nicht von ihrer seelischen Last befreite, ließ sie den Blick über die Landschaft gleiten. Die Rot- und Orangetöne des Bergwaldes verblassten immer mehr, genauso wie der Himmel täglich mehr seine Farbe verlor. In lichtem Blau wölbte er sich über den weißen Gipfeln. Am Morgen hatte zum ersten Mal Reif auf den Almen gelegen. Es war nicht mehr zu leugnen: Die Natur rüstete sich für den Winter. Theresa erinnerte sich an ihre Kindheit. Damals hatte der Winter hier oben in den Bergen oft bereits Ende Oktober Einzug gehalten.

Ein schneidendes Geräusch über ihrem Kopf ließ Theresa hochsehen. Falk! Der Vogel kreiste einmal über dem Hüttendach und ließ sich dann am Ende der Veranda auf dem Geländer nieder – mit Blick in ihre Richtung. Stella, die zu ihren Füßen lag, hob den Kopf.

»Platz!«, befahl Theresa ihrer Hündin leise. Mit ruhigen Bewegungen stand sie auf, um ihrem gefiederten Gast ein paar Stücke Hühnerfleisch zu holen, die sie aufs Geländer legte. Voller Freude sah sie Falk zu, wie er die Leckerbissen verschlang. Es gefiel ihr, dass der Falke immer wiederkam. Und es gefiel ihr, dass sich ihre Hündin und der Vogel, so unterschiedlich sie auch waren, gegenseitig ihren Raum ließen und einander akzeptierten. Theresa lächelte versonnen vor sich hin. Wie in einer Fabel oder einem Märchen. Es fehlte nur noch der Prinz. Sie musste leise lachen. Der residierte oberhalb von ihr auf dem Einsiedlerhof und ließ sich nicht blicken. Ob Robert inzwischen mitbekommen hatte, dass sie zurück war? *Passt auf euch auf. Falk wird euch beide hier oben vermissen.* Seine Abschiedsworte hatten so vertraut geklungen. Vielleicht sollte sie sich mal bei ihm melden? Vielleicht würde sie ihn für ihren Kampf gegen das Skiprojekt gewinnen können.

Als es ihr draußen zu kalt wurde, ging Theresa rein, um den Plan für die Initiative gegen das Skiliftprojekt schriftlich niederzulegen. Da der Hang bereits vermessen wurde, blieb vermutlich nur wenig Zeit, um den Landverkauf zu verhindern.

Kaum hatte sie die ersten Punkte aufgelistet, da hörte sie ein Auto kommen. Es war nicht das tiefe Dieselgeräusch eines Pick-up. Leider, gestand sie sich ein. Der Wagen hielt unweit ihrer Hütte. Stella schlug an. Theresa lugte durchs Fenster. Oh nein! Aus dem grünen Kombi stieg kein anderer als der Brixner-Martin. Was wollte der denn schon wieder hier? Sie öffnete die Tür. Nicht mit dem freundlichsten Gesicht, wie sie selbst merkte.

Kurzatmig kam ihr Jugendfreund auf sie zugestürzt. Er trug noch die Jeans und den braunen Janker, in dem sie ihn erst vor ein paar Stunden in Kufstein gesehen hatte. Schweißtropfen standen ihm auf der Stirn.

»Ich muss mit dir reden«, legte er mit aufgelöster Miene sofort los, jedoch nicht ohne einen Blick auf Stella zu werfen, die vor dem Kamin saß und ihn im Auge behielt. »Kann ich reinkommen?«

Theresa nickte. »Kaffee?«, bot sie ihm aus Höflichkeit an. Doch Martin winkte nur ab und ließ sich auf die Eckbank fallen, auf den Platz unter dem Herrgottswinkel, der traditionsgemäß dem Hüttenbesitzer zustand. Sie blieb vor dem Tisch stehen. »Was gibt es?«

Martin schnappte nach Luft, bevor es aus ihm herausbrach: »Du darfst auf keinen Fall jemandem von dem Skiprojekt erzählen. Ich habe dich gestern Abend in alles eingeweiht, aber es ist doch hoffentlich klar, dass das im Vertrauen war. Und ich hatte wohl auch ein bisschen zu tief in Glas geblickt. Aber das ist jetzt auch unwichtig. Ich will, dass du es für dich behältst. Ich komme sonst in Teufels Küche.« Mit der flachen Hand strich er sich über die glänzende Stirn.

Gleichzeitig lockerte er mit der anderen den Knoten seiner Strickkrawatte.

Theresa schluckte. Martins offensichtliche Not machte sie betroffen. Hatte er mit diesen angeblich anonymen Investoren gesprochen?

»Ich habe dir nicht versprochen zu schweigen«, erinnerte sie ihn ruhig mit fester Stimme. »Ich habe dich auch nicht gezwungen, dein Geheimnis preiszugeben. Du hast es mir aus freien Stücken erzählt. Außerdem geht das Projekt alle hier im Tal an.«

Martin fuchtelte mit der Hand durch die Luft. »Das ist wurscht. Es bleibt dabei: Du behältst es für dich. Das bist du mir schuldig. Das Projekt soll erst mal kein Aufsehen erregen. Die Öffentlichkeit hat dabei nichts zu tratschen. Das Projekt ist ja nix Schlimmes. Im Gegenteil. Es wird ein Segen für unser Tal und für unsere Gemeinde werden – das werden früher oder später auch alle verstehen. Nur die haben halt nicht meine Weitsicht. Andere Gemeinden haben längst den Skitourismus für sich entdeckt. Und zwar im ganz großen Stil. Die SkiWelt Wilder Kaiser-Brixental zum Beispiel mit fast dreihundert Pistenkilometern, die Bergbahnen Kitzbühel mit mehr als zweihundert Pistenkilometern. Da tummeln sich die Skifahrer und Snowboarder.«

Theresa hob die Hand, um seinem Redefluss Einhalt zu gebieten, und Martin verstummte auch prompt. »Eben«, sagte sie. »Warum sollen wir dann auch noch unsere Landschaft verschandeln? Gleich in der Nähe können die Leute sich doch auf den Pisten genug austoben.«

»Der Urlauber will halt immer mehr Abwechslung. Außerdem gibt es Leute, die den Rummel nicht wollen. Für die bieten wir eine Nische. Skifahren in Ruhe und Idylle. Das kann heute kaum mehr jemand bieten.«

»Aber das ist doch Schwachsinn!«, rief Theresa empört aus. Ihr reichte es langsam. »Wenn auf unserem Hausberg Lifte und Gondeln verkehren und erst mal ein paar Hotelburgen hier stehen, dann gehört doch unsere Idylle der Vergangenheit an.« Sie stützte die Arme auf und beugte sich zu ihm hinunter. »Aber ganz abgesehen davon«, fuhr sie etwas ruhiger fort. »Ist dir oder dem Gemeinderat oder diesen Investoren eigentlich bewusst, dass der Hausberg brandgefährlich ist? Hast du vergessen, was vor achtunddreißig Jahren dort passiert ist? Glaubst du, dass der Berg das mit sich machen lässt? Ich frage mich, gibt es überhaupt schon ein geologisches Gutachten?«

Martin wich zurück. Sein gerade noch gerötetes Gesicht wurde kreidebleich. Mit ihrem Kampfgeist hatte er offensichtlich nicht gerechnet. »Es ist in Auftrag. Vielleicht sogar schon fertig. Das ist Sache der Investoren. Natürlich bauen die nicht, wenn es irgendwelche Gefahren geben könnte.«

Theresa lachte hart auf. »Das glaubst du doch selbst nicht. Das Ziel dieser Investorengruppe heißt ›Geldverdienen‹. Denen sind die Natur, die Tiere und letztendlich auch die Menschen hier völlig egal. Vielleicht passiert ja so lange nichts, bis sich deren Investitionen amortisiert haben, bis sie sich die Taschen vollgestopft haben. Wenn dann der Berg rebelliert, sind die doch fein raus. Dann sind wir, die hier leben, von der Katastrophe betroffen – vorausgesetzt wir überleben sie.«

Im nächsten Moment krachte Martins Faust auf den Holztisch, so plötzlich, dass Theresa zusammenzuckte. Stella sprang auf, mit aufgestelltem Nackenhaar und gefletschten Zähnen.

»Sitz!«, befahl Theresa ihr.

»Halt bloß das Viech zurück«, hörte sie ihren Jugendfreund sagen, der sich in die Ecke der Bank drückte.

»Und du hör auf, bei mir auf den Tisch zu schlagen«, gab sie wütend zurück.

»Okay, sorry«, räumte er ein, während er sich ein wenig entspannte. »Ich habe den Fehler gemacht, dir davon zu erzählen, und verlange doch nur von dir, dass du die Sache wieder vergisst.«

»So ein Schmarrn! Ich kann nicht so tun, als wüsste ich von nichts. Im Gegenteil. Ich will offen mit dir reden: Ich werde versuchen, das zu verhindern.«

Martins Augen verengten sich. »Bist du narrisch? Und wie willst du das machen?«

Sie hielt seinem Blick stand. »Ich tue mich mit ein paar Leuten zusammen, und wir werden es öffentlich machen und die Dörfler über die Gefahren aufklären. Wir sind sicher, dass die meisten hier kein Skiliftprojekt auf dem Hausberg wollen. Und wenn das ganze Dorf dagegen ist, wird auch der Gemeinderat umschwenken müssen. Und letztendlich auch du.«

Da stützte Martin die Hände auf den Tisch und hievte sich von der Bank hoch. Aus seinen kleinen Augen, die früher einmal größer gewesen waren und offen in die Welt geblickt hatten, schlug ihr blanker Hass entgegen. »Ich warne dich, Theresa«, sagte Martin mit gefährlich leiser Stimme. »Das lass ich mir durch niemanden kaputtmachen. Glaub mir.« Dann räusperte er sich und sagte mit unsicherem Blick auf Stella: »Ich werde jetzt gehen.«

»Sehr gern«, antwortete sie übertrieben freundlich. Sie begleitete ihn nicht hinaus, sondern blieb neben ihrer Hündin stehen.

Wenige Sekunden später fuhr Martin mit kreischenden Reifen los. Dann wurde das Motorengeräusch leiser und verstummte schließlich ganz. Theresa atmete tief durch. Der Besuch hatte sie aufgewühlt. Martins Reaktion hinterließ einen bitteren Nachgeschmack. Sie hatte ihn sich zum Feind gemacht, was ihr nicht nur leidtat, sondern sie auch beunruhigte.

14

In der Nacht gab es den ersten Frost. Als Theresa Dienstagmorgen vor die Hütte trat, erhob sich ein klarer Tag mit rosigem Schein über den Gipfeln. Die Sonne ließ Berge, Wiesen und Wälder mit eisigem Glitzern erstrahlen. Theresa atmete die kalte, klare Luft tief ein, während sie Stella belustigt zusah, wie diese übermütig auf dem Almfeld ihre Runden drehte.

Nach dem Frühstück telefonierte sie mit dem Steuerberater und dem Unternehmensmakler, um noch ein paar Dinge zu klären. Danach machte sie sich sofort auf den Weg zum Brandlerhof, um mit Anna zusammen Informationsplakate und Flyer zu entwerfen.

»Ich frage meine Nichte, ob sie mit ihren Freunden die Plakate anbringen und die Flyer verteilen kann«, sagte Anna nach getaner Arbeit.

»Wenn die Leute informiert sind, sollten wir bei der Krämer-Trudi, beim Friseur, Bäcker und Fleischer Unterschriftenlisten auslegen«, fuhr Theresa fort, während sie Papier und Stifte zusammenpackte. »Und wir müssen mit den beiden Bauern und dem Reischenbacher reden. Man muss ihnen klarmachen, dass sie durch den Verkauf eine Katastrophe auslösen können. Man muss sie an das Lawinenunglück von damals erinnern.«

»Das machst am besten du«, schlug Anna vor. »Dein Auftreten verschafft dir Respekt, und du bist rhetorisch gut. Der Reischenbacher wird die härteste Nuss sein. Andererseits hat der was übrig für schöne Frauen. Wenn du dem ein bisschen schmeichelst ...«

»Kommt gar nicht infrage.« Theresa schüttelte den Kopf. »Ich will die Leute durch sachliche Argumente überzeugen. Ich will ihnen bewusstmachen, dass sie ein ganzes Tal in Gefahr bringen.«

Anna lachte ihr herzliches Lachen. »Du wirst das schon machen«, meinte sie dann zwinkernd. »Übrigens ist in drei Wochen die Dreihundertjahrfeier unseres Dorfes, mit einem Festabend im Dorfgemeinschaftshaus. Das wäre auch eine gute Gelegenheit, mit den Leuten zu reden. Da werden bestimmt viele hingehen.«

»Super! Ich bin dabei. Wir müssen jede Möglichkeit nutzen, gegen das Skiliftprojekt Stimmung zu machen. Wenn das Land auf dem Hausberg erst mal diesen Investoren gehört, können wir kaum mehr was machen.« Theresa sah auf ihre Armbanduhr. »Ich könnte jetzt schnell nach Kufstein runterfahren und alles vervielfältigen lassen.«

»Und danach könntest du Raphael von der Schule abholen«, schlug ihre Freundin vor. »Der würde sich bestimmt total freuen. Und wir hätten mal wieder zwei Stunden für uns.«

»Gute Idee! Hättest du was dagegen, wenn er heute bei mir übernachten würde?«

»Überhaupt nicht. Im Gegenteil. Dann können Basti und ich heute Abend auf die Halloweenparty seines Vetters gehen.«

Halloween ... Plötzlich musste sie an die verrückten Feste denken, die sie alljährlich zu Halloween in ihrem Bekanntenkreis gefeiert hatten – immer mit den ausgefallensten Kostümen. Ob Dirk an diesem Abend mit seiner Neuen wieder dabei sein würde? Sie verbat sich den Gedanken und sprang auf – und mit ihr Stella. »Okay, dann fahre ich jetzt. Ich bringe Raphael morgen Mittag zurück.«

»Wie du magst, er kann ruhig noch ein wenig bei dir oben bleiben, wenn du etwas mit ihm unternehmen möchtest. Morgen ist ja Feiertag.«

»Morgen Nachmittag habe ich schon was vor.« Theresa zögerte, fuhr dann jedoch entschlossen fort: »Morgen werde ich Robert besuchen.« Anna hob die Brauen.

»Weißt du, den Einsiedler«, ergänzte Theresa schnell. »Ich dachte, ich kann ihn vielleicht für unsere Kampagne gewinnen.«

Da blinzelte ihre Jugendfreundin sie verschwörerisch an. »Das nenne ich eine gute Idee.«

»Wie war es denn heute in der Schule?«, fragte Theresa, nachdem Raphael sie stürmisch begrüßt hatte.

»Wir haben im Sachkundeunterricht Vögel durchgenommen«, erzählte er voller Eifer, während er Stella streichelte. »Jeder musste sich einen Vogel aussuchen und soll nächste Woche etwas über ihn vortragen.«

»Welchen Vogel hast du dir ausgesucht?«

»Einen Falken.«

»Warum denn gerade den Falken?«, fragte sie neugierig.

»Ich habe mal mit meinem Opa im Fernsehen einen Film über die gesehen. Falken sind ganz, ganz kluge Vögel.«

Sie lächelte ihn an. »Das stimmt.«

Zu Falken könnte Robert ihm bestimmt viel erzählen, ging Theresa durch den Kopf, während sie vom Schulparkplatz fuhr.

»Meine Mitschüler denken jetzt bestimmt, du wärst meine Mutter«, sagte Raphael in ihre Gedanken hinein, als sie an der Bushaltestelle vorbeikamen, um die sich Schüler scharten.

Seine Worte trafen sie mitten ins Herz. »Wie kommst du denn darauf?«, fragte sie mit belegter Stimme.

»Weil alle wissen, dass Anna nur meine Pflegemutter ist«, antwortete der Junge ganz selbstverständlich.

Theresa schluckte. Was sollte sie darauf sagen? Von Anna wusste sie, dass seine leibliche Mutter seit ein paar Monaten in der geschlossenen Abteilung einer psychiatrischen Klinik war.

»Kannst du mir was über Falken erzählen?«, fragte Raphael.

Sie räusperte sich. »Gerne, ein bisschen weiß ich. Aber ich kenne jemanden, der weiß ganz genau über Falken Bescheid.«

Raphael rutschte in seinem Kindersitz nach vorn. »Wen denn?«

»Erinnerst du dich noch an den Mann, der uns aus dem Bach gerettet hat?«

»Der Arzt.«

»Genau der. Robert hat einen jungen Falken. Der besucht mich manchmal.«

»Der Vogel?« Raphaels Augen weiteten sich voller Unglauben.

»Ja. Er heißt Falk.«

»Vielleicht kommt er auch heute.«

»Ja, vielleicht.«

»Und wenn nicht, gehen wir einfach zu ihm, ja?«

Theresa biss sich auf die Lippe. Robert würde wahrscheinlich wenig erfreut sein, wenn sie unangemeldet auf seinem Einsiedlerhof auftauchen würden. Keinesfalls wollte sie das Risiko eingehen, dass Raphael durch Roberts möglicherweise zurückweisende Art enttäuscht werden würde.

»Heute lieber nicht«, erwiderte sie sanft. »Vielleicht ein anderes Mal. Wir haben heute doch so viel anderes vor, oder?«

»Ja!«, rief Raphael da begeistert aus. »Einen Kürbis schnitzen. Und Kartenspielen! Und …«

»Halt, halt!« Theresa lachte. »Wir müssen auch noch Schulaufgaben machen und zwischendurch mal etwas essen.«

»Und ich will dir noch was vorlesen.«

»Darauf freue ich mich ganz besonders«, sagte sie und lächelte ihm dabei im Rückspiegel zu.

Als Theresa am Ende dieses Tages am Kamin saß, ließ sie den Nachmittag und Abend mit Raphael noch einmal Revue passieren. Sie nahm einen Schluck Rotwein und blickte lächelnd auf das flackernde Licht, das aus dem geschnitzten Kürbis drang. Der Junge war vor einer halben Stunde todmüde und glücklich ins Bett gefallen. »Jetzt haben wir gar nicht den Falken gesehen«, hatte er kurz vor dem Einschlafen gemurmelt. »Vielleicht besuchen wir ihn am Wochenende«, hatte sie ihn mit einem Kuss auf die Stirn getröstet.

Wie schön war es doch, ein Kind zu haben, dachte Theresa wieder einmal, während sie Stella betrachtete, die schnarchend auf dem Fell neben ihr lag. Raphael war ein so kluger und gefühlvoller Junge. Wie oft hatte er sie während der Stunden umarmt, wie liebevoll ging er mit dem Hund um. Wie wissbegierig er war – und wie lustig. Manches Mal hatte sie herzlich über ihn lachen müssen. In seiner Gegenwart ging ihr das Herz auf. Schade … Sie wusste seit Jahren, dass sie mit der Entscheidung für Dirk und damit gegen Kinder, etwas im Leben versäumt hatte. Jetzt war es zu spät für eigene Kinder. Aber es war nicht zu spät dafür, die Liebe, die sie in sich trug, Raphael zu schenken. Gedankenverloren nippte sie an ihrem Zweigelt. Vielleicht musste sie erst ihren Ehemann verlieren, um in ihrer Heimat nicht nur eine neue Aufgabe, sondern auch das von ihr so lang ersehnte Kind zu finden.

Während draußen um die Hütte der späte Herbstwind pfiff, kuschelte sich Theresa zufrieden unter die Decke aufs Sofa. Morgen würde sie Robert besuchen …

November

15

An diesem Nachmittag stand Robert gerade in der Haustür und blickte auf das Tal, als er Theresa den Weg zu seinem Hof heraufkommen sah. Die letzten Tage waren für ihn nicht ganz einfach gewesen. Ja, er hatte bedauert, sie nicht näher kennengelernt zu haben. Ja, er hatte sie vermisst. Diese Gefühle hatte er sich auch nur verziehen, weil er gewusst hatte, dass er sie nicht wiedersehen würde. Zwei Tage nach ihrer Abreise hatte er einen Mann in Wanderkleidung auf der Veranda der Sennhütte entdeckt. Durch das Fernglas hatte er ihn beobachtet. Es war der Bürgermeister gewesen. Und dann war am Spätnachmittag der schwarze Geländewagen gekommen, und Theresa war ausgestiegen. Sein Herzschlag hatte sich beschleunigt – ob aus Freude oder gar Panik über ihre Rückkehr, wusste er nicht. Die Begrüßung zwischen ihr und dem Bürgermeister war nicht allzu herzlich ausgefallen, was ihn merkwürdigerweise beruhigt

hatte. Irgendwann war der Geländewagen ins Tal gefahren – und kurz darauf wieder zurückgekommen –
ohne Bürgermeister. Seither waren ihm Fragen durch
den Kopf gegangen, auf die er bis heute keine Antworten wusste. Warum war Theresa nach Gamsenau zurückgekommen? Wo war sie gewesen? Würde
sie jetzt für länger bleiben oder endgültig abreisen?
Was verband sie mit Martin Brixner? Traf seine Vermutung, dass sie aus Gamsenau stammte, wirklich
zu?

Und jetzt kam Theresa den Wiesenweg hinauf, zu
seinem Hof. Er konnte es kaum glauben. Ihr Anblick
spülte eine Wärme in sein Herz, die alle Starre in
ihm löste und ihn sich beinahe lebendig fühlen ließ.
Stella lief neben ihrem Frauchen her. Die beiden pass-
ten zusammen – die große, weiße Schäferhündin und
diese große, hellblonde Frau mit ihrer besonderen
Aura. Die beiden kamen näher. Wollten sie zu ihm?
Ja, ganz eindeutig. Seine Beine setzten sich von selbst
in Bewegung. Er ging ihnen entgegen. An Soma und
David wollte er jetzt nicht denken.

Als Theresa von dem steinigen Pfad hochblickte, sah
sie Robert vor seinem Hoftor stehen. Von dem stei-
len Aufstieg schlug ihr Herz bereits schneller als normal. Jetzt jedoch begann es zu rasen. Obwohl Robert
die Arme vor der Brust verschränkt hielt, als wollte
er sich vor ihr schützen, verriet sein Lächeln, dass er
sich freute, sie zu sehen. Stella hatte kein Problem,

ihre Begeisterung über das Wiedersehen zu zeigen. Bellend sprang sie um ihn herum, so, als gehörte er bereits zu ihrem Hundeleben.

Nachdem Robert die Hündin begrüßt hatte, richtete er sich auf. Inzwischen hatte Theresa ihn erreicht, stand etwa einen Meter vor ihm, nah genug, um den Ausdruck in seinen seegrünen Augen deuten zu können. Ja, Robert hieß sie willkommen, was sie erleichterte. Sie war sich ja gar nicht sicher gewesen, wie er auf ihren unangemeldeten Besuch reagieren würde.

»Grüß dich«, sagte sie und schenkte ihm ein herzliches Lächeln.

»Grüß dich.« Er lächelte zurück. Dieses besondere *Robert-Lächeln* ... Wie hätte sie es Maja beschreiben sollen?

»Du bist wieder da«, stellte er fest. Groß und kraftvoll stand er da. Schwarzes Shirt, darüber eine anthrazitfarbene Lodenjoppe, speckige Lederhose, Bergstiefel, das graumelierte Haar im Nacken zum Zopf gebändigt... Seine Aura von Stärke und Unabhängigkeit, von Verletzbarkeit und Einsamkeit traf sie mit voller Wucht.

»Ja, ich bin wieder da«, wiederholte sie seine Worte, weil ihr – fasziniert von seiner Nähe – in diesem Augenblick nichts Besseres einfiel. »Und werde auch bleiben«, fügte sie mit fester Stimme hinzu.

Robert trat einen Schritt zurück, als wollte er sich vor ihr in Sicherheit bringen. Seine Miene, die sie nicht deuten konnte, verunsicherte sie. Schweigen baute sich zwischen ihnen auf.

»Mögt ihr hereinkommen?«

Seine Einladung entspannte sie. »Sehr gern. Ich möchte etwas mit dir bereden.« Er sollte bloß nicht denken, sie käme etwa nur, um ihn wiederzusehen.

Er hielt ihr die Haustür auf. Stella stürmte als Erste ins Haus. Danach betrat Theresa Roberts Reich. Während ihre Hündin die Umgebung schnüffelnd erkundete, blieb sie erst einmal stehen und schaute sich um.

Der riesige Raum, der die gesamte Fläche des Untergeschosses einnahm, war schnörkellos eingerichtet, wirkte offen und licht. Die dicken Deckenbalken mit ihren Stützpfeilern wie auch der ausgetretene Dielenboden mit den Kuhfellen waren Dekoration genug. An den weiß verputzten Wänden drängten sich an dünnen Stahlseilen schlicht gerahmte Fotografien nebeneinander. Über dem grünen Tiroler Kachelofen wachte ein kapitales Hirschgeweih. Die Fotos interessierten Theresa am meisten. Bestimmt hatte Robert sie geschossen. Vielleicht würden sie ihr ja etwas über den Fotografen erzählen. Ihr Blick wanderte weiter. In der Mitte des Wohnraumes stand ein langer, blank gescheuerter Holztisch mit sechs Stühlen. In der linken Hälfte gab es eine moderne Küchenzeile mit einem amerikanischen Kühlschrank in glänzendem Edelstahl; in der rechten ein braunes Ledersofa, zwei Sessel und Bücherregale. Eine breite

Treppe führte aus der Mitte des Raumes ins Obergeschoss. Nirgendwo war eine weibliche Handschrift zu erkennen.

Schließlich drehte sie sich zu Robert um, der mit vor der Brust verschränkten Armen an einem der Holzpfeiler lehnte und sie beobachtete. »Das gefällt mir«, sagte sie mit Blick in seine Augen.

So, als wäre sie ihm mit dieser Aussage zu nahe getreten, ging er an ihr vorbei in den Küchentrakt. Dabei nahm sie wieder seinen Duft von Leder und Sandelholz wahr, diesen männlichen Duft, der so gut zu ihm passte.

»Wein?«, erkundigte er sich, ohne sie anzusehen.

»Ja, gerne«, antwortete sie, erleichtert darüber, dass er sich nicht sofort wieder ganz verschloss. Dann schwieg sie – genauso wie er – und sah zu, wie er eine bereits geöffnete Flasche Rotwein sowie zwei Gläser aus dem Holzregal nahm.

»Zweigelt.« Er hob die Flasche hoch. »Den trinke ich am liebsten.«

Ich auch, hätte sie bei jedem anderen Mann erwidert. Nicht bei Robert. Eine solche Bemerkung hätte Gemeinsamkeiten zwischen ihnen aufgezeigt. Obwohl er ihr sein Haus geöffnet hatte, spürte sie ganz deutlich, dass er Abstand zu ihr halten wollte. Aus welchem Grund auch immer. Diesen wollte sie ihm gewähren. Schließlich wollte sie ihn als Mitstreiter gewinnen.

»Ich war über das vergangene Wochenende in Frankfurt«, sagte sie, nachdem sie sich zugeprostet hatten.

Robert nickte nur und ging zur Sitzecke. Mit einladender Geste zeigte er auf einen der beiden Sessel. Sie setzte sich. »Ich hatte dort ein paar Angelegenheiten zu regeln«, fuhr sie fort und fügte rasch hinzu: »Natürlich bin ich nicht gekommen, um dir davon zu berichten. Ich …«

Er sah sie an. Direkt in ihre Augen. »Erzähl ruhig.«

Nanu! Sie hob die Schultern. »Was soll ich sagen? Es ist die altbekannte Geschichte, die einem in der Mitte des Lebens passieren kann. Einer von beiden verliebt sich neu, dann folgen das Auseinanderdividieren einer gemeinsamen Existenz, die Scheidung und so weiter.« Sie bemühte sich um ein lockeres Lächeln, wollte den Eindruck vermeiden, ihm ihr Herz ausschütten zu wollen. »Nun haben wir alles geregelt, und das Leben geht weiter«, fügte sie betont burschikos hinzu, bevor sie einen Schluck trank.

»Hat sich dein Mann von dir getrennt?«, erkundigte Robert sich mit hochgezogenen Brauen.

Sie stutzte. Traute er ihr nicht zu, sich neu verlieben zu können?

»Ja«, antwortete sie. »Er war immer schon in allem schneller als ich.« Das amüsierte Glitzern in seinen seegrünen Augen ignorierend fuhr sie rasch fort: »Wie gesagt, wir haben alles in beiderseitigem Einverständnis geregelt. Kein Rosenkrieg. Kinder haben wir nicht. Tja …« Sie machte mit der Hand eine wegwerfende Bewegung. Eigentlich hatte sie schon viel zu viel erzählt. »Und jetzt bin ich wieder hier«, sprach sie betont munter weiter. »Ich stamme ursprünglich aus Gamsenau. Ich will hier neu anfangen. Und das ist auch der Grund, warum ich hier bin. Ich meine, hier auf deinem Hof. Ich muss was mit dir bereden.«

Erstaunen machte sich auf seinen kantigen Zügen breit. »Ich bin gespannt.«

Sie setzte sich kerzengerade hin. »Ich möchte dir nicht zu nahe treten. Wir kennen uns ja kaum, aber ich habe das Gefühl, dass dir an der Erhaltung der Natur hier genauso viel liegt wie mir. Wer sich entscheidet, an diesem Ort zu leben, der muss die Natur lieben. Ich bin hier, um dich dafür zu gewinnen, uns – damit meine ich ein paar Leute aus dem Dorf – zu unterstützen, und ein Tourismusprojekt zu verhindern.«

Während sie Robert etwas umständlich das Projekt beschrieb, verriet seine Mimik, wie sehr ihn die Thematik fesselte. Empörung zeichnete sich auf seinen Zügen ab, und um seinen Mund legte sich ein entschlossener Zug, der Theresa darin bestätigte, dass es richtig gewesen war, ihn aufzusuchen. Mit hochroten Wangen beendete sie schließlich ihren Vortrag. »Ich weiß erst seit Sonntagabend davon. Vom Bürgermeister. Martin Brixner und ich kennen uns von früher. Inzwischen bereut er, mir davon erzählt zu haben, weil er genau weiß, dass ich nicht einfach zusehen werde, wie er unser Tal kaputtmacht.«

Robert zog die dunklen Brauen zusammen. »Wie wollt ihr dagegen vorgehen?«

»Na ja, wir ...« Sie hob die Schultern. »So viele sind wir noch nicht. Meine Freundin Anna Brandler, ihr Mann ... Ja und ganz bestimmt sind auch einige Verwandte und Freunde von ihnen dabei. Bisher weiß ja noch niemand davon.« Sie streckte das Kinn vor. »Ich habe vor, die Dorfbevölkerung durch Plakate und Flyer auf die Gefahren des Projekts aufmerksam zu machen.«

»Eine Unterschriftensammlung wäre auch sicher eine Möglichkeit.«

»Ja, genau. Das habe ich auch gedacht. Und ich werde mit den Bauern reden, an deren Land die Investoren interessiert sind. Klar, die sehen durch den Verkauf ihrer Almen die Chance, viel Geld zu verdienen.«

»Aber es kann doch nicht sein, dass für die Bereicherung einiger weniger das Leben aller gefährdet wird.«

»Und der Hausberg ist wirklich gefährlich. Durch seine Lage ist er immer schon lawinengefährdet gewesen. Vor achtunddreißig Jahren, damals war ich elf und meine Schwester sieben ...« Theresa verstummte, sie ließ das Glas zwischen den Händen hin und her wandern. Sollte sie diese persönliche Geschichte überhaupt erzählen? Doch Robert blickte ihr direkt in die Augen, unverwandt, ohne sie zu drängen, ließ er ihr einen Moment.

»Damals sind unsere Eltern dort bei einem Lawinenunglück umgekommen.«

»Das tut mir sehr leid. Was ist geschehen?«, fragte Robert sanft.

»Es war bei Dorfgemeinschaftsarbeiten«, fuhr sie etwas leiser fort. »An diesem Tag wollten meine Eltern mit anderen zusammen den Berg gegen Lawinen sichern. Doch der Berg wehrte sich. Es war das bisher größte Lawinenunglück hier in der Gegend. Achtzehn Menschen kamen ums Leben. Danach hat man alles dafür getan, so etwas in Zukunft zu verhindern. Man hat die Hänge aufwändig gesichert, abgestützt und aufgeforstet. Und jetzt will man sie roden, um Schneisen für die Lifte zu schlagen. Das ist doch Wahnsinn!« Ihre Wangen brannten. Sie spürte ihren Herzschlag im Hals.

Roberts Blick lag auf ihrem Gesicht, als wollte er es sich für alle Zeiten einprägen. Schließlich räusperte er sich, trank einen Schluck und fragte: »Gibt es ein geologisches Gutachten?«

»Laut Martin hat die Investorengruppe eines anfertigen lassen.«

Ein feines Lächeln spielte in Roberts Mundwinkel. »Da müsste erst einmal ein zweites her. Ein neutrales.«

»Stimmt.«

Er kniff die Augen zusammen, während sein Blick zum Fenster hinaus schweifte – dorthin, wo der Hausberg lag. »Weißt du, die Menschen lernen am besten durch Anschaulichkeit. Gibt es Filmmaterial von damals?«

Überrascht sah sie ihn an. »Ich weiß nicht. Da müsste ich mich erkundigen.«

»Darum kann ich mich kümmern. Alternativ reichen auch Filme und Fotos von anderen Lawinenunglücken, Berichte darüber, persönliche Geschichten. Es muss Informationsabende geben. Obwohl man annehmen könnte, dass die Leute hier über die Gefahren unterrichtet sind, Fotos oder Filme müssen ihnen die Folgen eines Lawinenunglücks für Mensch und Tier so schonungslos darstellen, dass sie sich in ihr Bewusstsein brennen. Man könnte Computeranimationen davon erstellen, wie das Gamsenauer Tal nach Erbauung der Lifte und Hotelburgen aussehen wird. Dann werden viele erkennen, dass der Massentourismus die Idylle zerstören wird.«

Jetzt hing Theresas Blick an Roberts Gesicht. In seinen Augen leuchtete eine fiebrige und zugleich zornige Intensität. Sie räusperte sich zweimal, bevor sie sagte: »Danke, das sind wertvolle Hinweise.«

Kaum hatte sie zu Ende gesprochen, stand er auf. Er blieb neben ihrem Sessel stehen und sah sie bedeutsam an. »Ich bin jedoch nicht der Typ, der bei eurer Aktion öffentlich auftreten wird.«

Verblüfft schaute sie zu ihm hoch. Ja, er war ein Einsiedler, hielt sich von den Menschen fern – aus welchen Gründen auch immer. Sie lächelte ihn an. »Das erwarte ich auch nicht. Das erwartet niemand. Umso mehr weiß ich deine Ideen zu schätzen. Und wenn du dich vielleicht um die Fotos oder sogar um diese Computeranimation kümmern würdest …«

»Geht klar«, versicherte er ihr und ging hinüber zur Küche.

Unschlüssig blieb sie sitzen. Und nun? War sein Verhalten eine stumme Aufforderung an sie zu gehen? Entschlossen stand sie auf.

Robert füllte derweil Wasser in einen Topf. »Kaffee?«, fragte er, ohne aufzublicken.

»Gern.« Überrascht ging sie auf ihn zu.

»Melange?«

»Ja. Du stammst aus Wien, gell?«

Er nickte, während er in einen zweiten Topf Milch goss. Beide Behälter setzte er auf den Gasherd. Dann nahm er eine Kaffeemühle aus dem Regal über der Spüle. »Ich koche eine Melange nach althergebrachter Art. So ist der Kaffee aromatischer.«

Nanu! Er konnte ja ganz locker plaudern!

»Und wie?«, fragte sie. Sie genoss es, hier in seiner Küche zu stehen, während er die Bohnen mahlte, die einen herrlich würzigen Duft verströmten. Die Situation hatte etwas Selbstverständliches, etwas Heimeliges.

»Also: Den von Hand gemahlenen Kaffee mit kochend heißem Wasser im Filter abbrühen. Die Tassen zu drei Viertel füllen. Ein Drittel heiße Milch dazu gießen und nach Belieben zuckern.«

Wissend lächelte sie ihn an. »Die Milch deiner Ziegen?«

Erstaunt sah er sie an.

»Anna hat mir erzählt, dass du Kaschmirziegen züchtest«, erklärte sie ihm.

Robert schüttelte den Kopf. »Die Milch der Kaschmirziege hat zwar nur sehr wenig Ziegenmilcharoma und lässt sich verkäsen wie Kuhmilch, aber zu einer Wiener Melange passt sie nicht.«

»Machst du Käse aus der Milch deiner Ziegen?«

»Dafür fehlt mir die Zeit.«

»Wieso?« Ob er irgendwo noch eine Praxis betrieb?

»Ich bin Fotograf«, antwortete er ganz selbstverständlich. »Ich muss mich um meine Ausstellungen kümmern. Die nächste ist in Zürich. Die übernächste in München.«

So einsiedlerisch lebte er also doch nicht. Jetzt wollte sie es auch ganz genau wissen. »Praktizierst du noch als Arzt?«

»Nein.« Seine Antwort kam viel zu schnell und klang viel zu hart – was er wohl selbst bemerkte. »Man kann nur eines richtig machen«, fügte er hinzu. Dann sah er kurz hoch, und sie glaubte in seinen Augen einen schmerzlichen Ausdruck zu erkennen. *Tut mir leid*, wollte sie schon sagen, beschloss jedoch, lieber kommentarlos das Thema zu wechseln. »Was machst du mit der Wolle deiner Ziegen? Ich habe mal irgendwo gelesen, dass das feine Unterhaar der Tiere im Frühling in zwei bis drei Durchgängen ausgebürstet wird.«

»Stimmt. Das ist eine aufwändige Sache.«

»Und dann?«

»Danach geht die Wolle in eine Innsbrucker Spinnerei.«

»Und wo kann ich sie kaufen?«, erkundigte sie sich im Plauderton. »Früher habe ich sehr gern gestrickt. Vielleicht sollte ich es mal wieder versuchen.«

»In der Kufsteiner Altstadt zum Beispiel, bei der *Wollliesl*.«

Sie schaute zu, wie er mit ruhigen Bewegungen den Kaffee aufbrühte. Er ließ sich Zeit, goss immer wieder kleine Portionen heißen Wassers nach.

»Hhm. Das riecht ja schon köstlich«, sagte sie. »Kannst du auch kochen?«

»Ich koche jeden Tag.«

»So richtig? Ich meine, mit allem Drum und Dran?«

»Wenn du Fleisch oder Fisch und die diversen Beilagen meinst – ja, dann mit allem Drum und Dran.« In seinem Blick lag Belustigung, als er fragte: »Und du? Kannst du auch kochen?«

Sie lachte. »Ja, ich kann auch kochen. Ich koche sogar sehr gern. Auch mit allem Drum und Dran«, fügte sie hinzu.

»Dann hätten wir das ja geklärt.«

Der tiefe Blick, dieses Lächeln, das Blitzen in den seegrünen Augen ... Flirtete er gerade mit ihr? Ein angenehmes Kribbeln lief durch ihren Körper.

»Zucker?«

»Nein, danke.« Sie wandte sich ab und fragte über die Schulter hinweg: »Hast du die Fotos gemacht?«

»Ja.«

»Darf ich sie mir anschauen?« Diese Frage hätte sie niemand anderem gestellt, der mit seinen Bildern so plakativ sein gesamtes Wohnzimmer schmückte.

»Ja.«

»Entwickelst du sie auch selbst?«

»Nur so bekommen sie Magie.«

Es waren Landschaftsfotografien in Schwarz-Weiß. Berglandschaften im Sonnenaufgang und Sonnenuntergang, bei Regen, im Nebel, im Sommer, im Winter. Ja, sie besaßen Magie. Der ganze Mann besaß Magie. Am Ende der langen Galerie hing ein Bild, das aus der Reihe fiel. Eine Farbfotografie. Auf den ersten Blick konnte sie das Motiv nicht richtig erkennen. Beim näheren Hinsehen entdeckte sie Drachen in allen Farben und Formen, die den Himmel bedeckten. Robert hatte in den Himmel hinein fotografiert, was den Effekt hatte, dass sich der Betrachter von den Himmelsfliegern mitgezogen fühlte in die Unendlichkeit des Firmaments. Theresa war so sehr in die Betrachtung des Motivs versunken, dass sie gar nicht bemerkt hatte, wie Robert hinter sie getreten war.

»Die Melange«, hörte sie ihn sagen. Sie drehte sich um und nahm einen Becher aus seiner Hand entgegen. »Danke.« Dann zeigte sie auf das Farbfoto.

»Warst du da auf einem Drachenfliegerwettbewerb?«

»Nein.« Er zögerte. Schließlich wandte er sich von ihr ab, ging neben Stella in die Hocke und streichelte sie. Nach ein paar Sekunden, die Theresa wie eine Ewigkeit erschienen und nach denen sie gar nicht mehr damit rechnete, eine Antwort auf ihre Frage zu bekommen, sagte Robert: »Ich habe das Foto in Kabul aufgenommen.«

»In Afghanistan?« Sie war überrascht, musste jedoch sogleich an seine Kaschmirziegen denken. Was verband ihn mit diesem Land?

»Das Drachensteigen hat in Afghanistan eine lange Tradition«, sagte Robert in ihre Gedanken hinein. »Der Drache als Fabeltier wurde früher als Symbol des Glücks und der Fruchtbarkeit angesehen. Während der Talibanherrschaft zwischen 1996 und 2001 jedoch waren die Himmelsflieger verboten. Heute ist der Freizeitspaß beliebter denn je.« Er hatte ganz sachlich, ohne jede Emotion gesprochen. Theresa spürte jedoch, dass ihm das Thema nicht behagte.

Dennoch fragte sie: »Hast du in Afghanistan gelebt?«

»Ich habe ein paar Jahre in Kabul bei Ärzte ohne Grenzen gearbeitet«, lautete seine Antwort in abweisendem Ton.

Sie schwiegen eine Weile. Die Distanz und Kühle, die Robert wieder ausstrahlte, ließen Theresa trotz der wohligen Wärme des Kachelofens frieren. Sie legte beide Hände um den warmen Kaffeebecher und schaute nach draußen. Enttäuschung breitete sich in ihr aus, die so gut zu den verblassenden Farben des

Tages passte. Nicht mehr lange, und die Dämmerung würde aus dem Tal aufsteigen. Sie sollte gehen.

In diesem Moment stand Robert in einer flüssigen Bewegung vom Boden auf. Auch Stella richtete sich auf. Theresa sah Robert an, der sie nicht einmal mehr wahrzunehmen schien. Er ging in den Küchentrakt und stellte seinen Becher ins Spülbecken.

»Ich gehe jetzt«, sagte sie.

»Ich begleite dich hinaus.«

Sie gingen zusammen zum Hoftor. Hinter dem Zaun blieb sie stehen und hob die Hand. »Also dann – Servus. Danke für deine Tipps. Und solltest du für unsere Initiative etwas tun wollen, kannst du mich gern anrufen. Du hast ja meine Handynummer.«

Er hob ebenfalls die Rechte. »Ich kümmere mich um die Fotos und die Computeranimation. Mach's gut.«

Sie hatte sich schon umgedreht, als es ihr einfiel: Raphael und die Falken! »Ach, da ist noch etwas ...« Trotz Roberts distanzierten Blickes fuhr sie fort: »Du erinnerst dich doch an Raphael, oder?«

»Sicher.« Die Kühle verschwand aus den seegrünen Augen, was ihr Mut gab weiterzusprechen. »Raphael nimmt in der Schule gerade Vögel durch. Er hat sich den Falken ausgesucht, muss nächste Woche über ihn referieren. Ich habe ihm erzählt, dass du Falk hast, und er fragte mich, ob wir beide, also er und ich, dich am Wochenende mal besuchen können.« Ihr Herz klopfte, während sie auf Roberts Antwort wartete, mit der er sich so viel Zeit ließ, als hätte er eine der schwersten Entscheidungen seines Lebens zu treffen. Sie lächelte ihn beruhigend an. »Wenn es nicht passt, ist das auch in Ordnung. Ich dachte nur, wegen der Anschaulichkeit, wie du eben gesagt hast ...«

Da blitzte ein Lächeln auf seinen Zügen auf. »Ist schon gut«, meinte er dann. »Wenn ich dem Jungen weiterhelfen kann ...«

Über den Zaun hinweg reichte sie ihm die Hand. »Danke.«

Robert ergriff ihre Hand und drückte sie. Bildete sie sich das nur ein, oder hielt er sie tatsächlich etwas länger in seiner als nötig? Und irgendwie fanden sich jetzt auch ihre Blicke, hielten einander so fest, wie sich ihre Hände festhielten. Ja, jetzt spürte sie die prickelnde Spannung, das erotische Knistern zwischen ihnen ganz deutlich. Das musste doch auch Robert merken!

»Bis zum Wochenende.« Robert ließ ihre Hand los. »Sonntag wäre gut. Sonntagvormittag.« Er drehte sich um und ging zum Haus zurück.

Auf dem Weg ins Dorf spürte Theresa immer noch die Wärme seiner großen Hand in ihrer.

Nachdem Robert die Ziegen gemolken und Falk Futter gegeben hatte, ging er in die Dunkelkammer. In der Welt seiner Filmrollen, Entwicklerflüssigkeiten und Vergrößerungsgeräte hoffte er, dem Aufruhr widersprüchlichster Gefühle in sich Herr zu werden.

Theresa … Er kannte noch nicht einmal ihren Nachnamen, aber er wusste schon so viel über sie. Sie war tatkräftig und realistisch, einfühlsam und zurückhaltend. Eine reife, interessante Frau. Wieder musste er an seine Frau denken. Soma war achtzehn Jahre jünger als er. In Gedanken an sie überfiel ihn gleich wieder das schlechte Gewissen. Musste er auch ein schlechtes Gewissen seinem Sohn gegenüber haben, wenn er Raphael am Wochenende etwas über Falken erzählte? Er hatte Theresa den Wunsch nicht abschlagen können. Der Junge schien ihr am Herzen zu liegen.

Robert blickte von den Negativen auf, die er gerade zur Vergrößerung auswählen wollte. Theresas Gesicht würde gut zu fotografieren sein. In Schwarz-Weiß, um ihre klassischen Züge hervorzuheben. Ihr hellblondes Haar im Nacken zu einem Chignon zusammengesteckt, der ihre natürliche Eleganz unterstreichen würde. Eine Profilaufnahme mit angedeutetem Dekolleté. Ja, das würde ihm gefallen. Theresa war die erste Frau seit Jahren, die ihn faszinierte. Und diese Frau würde nun weiterhin unterhalb seines Hofes leben. Sie war frei – im Gegensatz zu ihm. Würde er der Versuchung widerstehen können?

16

Nach dem Besuch bei Robert fuhr Theresa nach Gamsenau hinunter. Sie parkte vor dem Friedhofstor. In all den Jahren, in denen sie in Deutschland gelebt hatte, war sie regelmäßig zu Allerheiligen in ihre Heimat gefahren, um am Grab ihrer Eltern und Großeltern eine Kerze anzuzünden. Inzwischen war es dunkel und der Friedhof ein einziges Lichtermeer. Langsam schritt sie durch die Grabreihen. Es gefiel ihr, zu dieser späten Stunde mit den Toten und den Lebenslichtern allein zu sein. Um sie herum herrschte eine heilige Stille. Ihre Schritte auf dem Kies waren das einzige Geräusch. Theresa liebte den kleinen Bergfriedhof, der hinter der Kirche auf einem Hügel ruhte, umgeben von Fichten, Lärchen und Bergahorn, die schweigsam bei den Verstorbenen Wache hielten.

Als sie an der Ruhestätte ihrer Familie ankam, stutzte sie. Auf dem Doppelgrab, das sie von einer Gärtnerei aus Kufstein pflegen ließ, brannten bereits vier weiße Kerzen. Vor dem Grabstein lag ein Gesteck. Jemand musste hier gewesen sein. Außer ihrer Schwester gab es jedoch keine engeren Verwandten mehr. Wer mochte an diesem Tag an ihre Familie gedacht haben? Da nahm sie aus dem Augenwinkel eine Bewegung wahr. Sie drehte den Kopf und entdeckte eine zierliche Gestalt in der übernächsten Grabreihe. Sie stand mit dem Rücken zu ihr vor einem der Gräber. Eine Frau. »Brigitte?«, rief sie mit unterdrückter Stimme in die Stille hinein.

Die Frau drehte sich zu ihr um. In der Dunkelheit konnte Theresa ihr Gesicht nicht erkennen. Ein paar Atemzüge lang standen sie sich über die Entfernung zweier Grabsteinreihen gegenüber. Dann eilte die Gestalt davon. Schon nach ein paar Schritten hatte die Dunkelheit sie verschluckt.

Theresa spürte ihren Pulsschlag am Hals. Sie war sich fast sicher, gerade ihre Schwester gesehen zu haben. Hatte Brigitte die Kerzen auf dem Grab ihrer Eltern und Großeltern angezündet? Stammte das geschmackvolle Gesteck aus Tannenzweigen, Efeu und weißen Rosen von ihr? Brigitte hatte in all den vergangenen Jahren niemals zu Allerheiligen den Friedhof besucht. Oder vielleicht doch? War sie immer erst nach ihr, am Abend, gekommen?

Nachdem Theresa ihr Gebinde niedergelegt und vier Kerzen angezündet hatte, ging sie die Reihen entlang, zu dem Grab, vor dem sie ihre Schwester gesehen zu haben glaubte.

Hier liegt Xaver Meindl. Er möge in Frieden ruhen,
stand in silbernen Buchstaben auf dem edlen, schwarzen Marmorstein. Die Grabstätte war üppig bepflanzt und gepflegt, was Theresa verwunderte. Xaver hatte keine Angehörigen gehabt. Ob etwa Brigitte …? Ihre Schwester hatte den Schnitzer schon als kleines Mädchen sehr gemocht. Hatte sie ihm bis in den Tod die Treue gehalten? Das sah ihr gar nicht ähnlich.

Die Frage, ob die dunkel gekleidete, zierliche Frau tatsächlich ihre Schwester gewesen war, beschäftigte Theresa auf dem gesamten Nachhauseweg. Wenn Brigitte zurzeit in Gamsenau wäre, hätte sich das doch längst herumgesprochen. Oder war ihre kleine Schwester vielleicht nur heute Abend für ein paar Minuten im Schutz der Dunkelheit in ihr Heimatdorf gekommen? Vorgestern hatte sie sie in Kufstein getroffen. Vor eineinhalb Wochen hatte sie sie in Kitzbühel im Hoteleingang gesehen. Dessen war sie sich inzwischen ganz sicher. Und gerade hier auf dem Friedhof? Aus welchem Grund war ihre Schwester hier in der Gegend, wenn sie doch bald ein Hotel in Südtirol übernehmen wollte? Wahrscheinlich zog sie nach dem Tod ihres Mannes mal wieder ruhelos herum.

Um sich von all diesen Spekulationen abzulenken, rief Theresa an diesem Abend Maja an.

»Und ich hatte schon befürchtet, du würdest dich auf Dauer langweilen«, sagte Maja, nachdem Theresa ihr von ihrer Kampagne gegen das Skiliftprojekt erzählt hatte. »Super! Du bist eine Kämpferin, eine Macherin. Mach diesem Martin und diesen Bauern mal so richtig die Hölle heiß.«

Theresa musste lachen.

»Ich bin dabei.«

»Und was macht unser *Herr Doktor*?«, erkundigte sich Maja, nachdem sie einen geräuschvollen Zug aus ihrer Zigarette genommen hatte.

Theresa wusste erst gar nicht, wen ihre Freundin meinte. Dann klickte es. Maja … Sie konnte es nicht lassen.

»Du hast ihn doch bestimmt inzwischen wiederge-sehen. Wie heißt er noch mal?«

»Robert. Und ja, wir haben uns gesehen. Er macht auch mit.«

»Sieh mal da! Dann habt ihr doch schon eine Ge-meinsamkeit. Ein gemeinsames Ziel verbindet.«

»Maja, bitte …«

»Was denn?«, fragte ihre Freundin betont harmlos. »Ein neues Betätigungsfeld hast du ja jetzt, nun muss noch ein Mann für die Liebe her.«

»Dafür ist Robert bestimmt der Falsche«, kam es Theresa viel zu schnell über die Lippen. Mist! Damit hatte sie Maja nur weiteres Futter gegeben.

»Was heißt das?«, erkundigte sich ihre Freundin auch prompt.

»Das heißt gar nichts. Oder höchstens, dass zwi-schen Robert und mir nichts ist. Und auch nichts sein wird. Punkt.«

Dass Robert verschlossen wie eine Auster war, sogar manchmal abweisend, dass er der erste Mann war, bei dem sie ihre Selbstsicherheit verlor, weil er so geheimnisvoll und erotisch auf sie wirkte, hätte die männererfahrene Maja nur mit einer Antwort quittiert: *Entweder ist er in festen Händen, oder er hat Bindungsangst. Diese Männer geben meistens nichts von sich preis.*

»Wirst du denn jetzt weiterhin in der kleinen Hütte wohnen bleiben?«, wechselte Maja klugerweise das Thema.

»Ja, vorerst«, antwortete Theresa. »Ich fühle mich hier wohl. Es ist alles so schön überschaubar.«

»Hat sich Dirk noch mal gemeldet?«

»Nein.«

»Und was macht Raphael?«

»Der hat von gestern auf heute bei mir übernachtet.« Voller Begeisterung erzählte sie von den schönen Stunden.

»An dir ist eine tolle Mutter verloren gegangen«, sagte Maja mit ungewöhnlich weicher Stimme. »Aber vielleicht wird ja das Weihnachtsfest in diesem Jahr das erste mit Kinderlachen und strahlenden Kinderaugen für dich werden. Ich weiß noch, dass du immer bedauert hast, Heiligabend nur mit euren Schickimicki-Freunden verbringen zu müssen.«

»Stimmt«, fiel Theresa wieder ein. Und das Weihnachtsfest ließ gar nicht mehr so lange auf sich warten. Sieben Wochen bloß ... Was würde in diesen sieben Wochen noch alles passieren?

Am nächsten Tag fuhr Theresa ins Dorf hinunter, um ein paar Lebensmittel einzukaufen. Die alte Trudi freute sich, sie zu sehen.

»Ist dir noch nicht langweilig, dort oben auf der Hütte?«, begrüßte sie Theresa. »Schließlich hast du viele Jahre in der Großstadt gelebt.«

Theresa lachte. »Wahrscheinlich genieße ich es gerade deshalb so sehr dort oben in der Einsamkeit«, antwortete sie mit einem Zwinkern, das über den Ernst, der in ihren Worten steckte, hinwegtäuschen sollte.

»Dann willst du also nicht mehr zurückgehen, nach Frankfurt?«, fragte Trudi mit forschendem Blick.

Theresa seufzte in sich hinein. Wahrscheinlich tratschte man im Dorf bereits darüber, dass in ihrer Ehe etwas im Argen liegen musste.

Sie lächelte Trudi verschwörerisch an und erwiderte ausweichend: »Ich bin ein Kind der Berge – was ich eine lange Zeit leider vergessen hatte. Aber die Sehnsucht nach der Heimat war immer tief im Herzen da.«

»Wie bei deiner Schwester«, sagte die Krämerin mit gleichem verschwörerischem Lächeln. »Brigitte kommt auch immer wieder einmal hierher. Besonders in der letzten Zeit, seit sie die Hütte vom alten Xaver geerbt hat.«

Theresa blinzelte verwirrt. »Die Hütte vom alten Xaver?«, wiederholte sie verblüfft.

»Freilich. Die Hütte und die Almen, die unterhalb des Gipfels vom Hausberg liegen. Sie hat sich um den

Xaver, als er im Altenheim in Innsbruck war, sehr gekümmert. Und er hatte ja sonst keine Angehörigen.«

Theresa schluckte. Dort oben sollte laut Plan der Investoren das Großrestaurant entstehen – vorausgesetzt, Brigitte würde an diese Leute verkaufen.

»Habt ihr euch denn noch nicht gesehen?«, fragte Trudi erstaunt. »Brigitte soll gestern hier gewesen sein. Ich habe es von einer Kundin gehört, die sie gesehen haben will.«

Dann habe ich mich auf dem Friedhof doch nicht getäuscht, schoss es Theresa durch den Kopf. Ausweichend antwortete sie: »Noch nicht, aber vielleicht besucht sie mich ja mal dieser Tage.« Sie lächelte die Krämerin an. »Du weißt ja, dass unser Verhältnis in den vergangenen Jahren nicht das beste war.«

Trudi lachte und erwiderte mit einer wegwerfenden Geste: »Da seid ihr nicht die einzigen Geschwister hier im Tal. Aber glaub's mir: Blut ist dicker als Wasser. Wenn's drauf ankommt, halten Geschwister zusammen.«

Nach ihrem Einkauf fuhr Theresa bei Anna vorbei, um diese Neuigkeit loszuwerden.

»Das ist ja ein Ding!«, rief Anna aus. »Da weiß die Trudi mehr als ich oder auch viele andere hier. Sonst hätte sich das doch schon längst herumgesprochen.«

Theresa zuckte mit den Schultern. »Du weißt doch, wie das ist. Vielleicht wussten es sogar einige unter dem Siegel der Verschwiegenheit. Und einer hat den Mund dann doch nicht halten können.«

Anna sah Theresa eindringlich an. »Was glaubst du? Wird Brigitte verkaufen?«

Theresa seufzte. »Ich fürchte, ja. Da sie ein Hotel kaufen will, kommen ihr die Investoren wahrscheinlich gerade gelegen. Geld kann man nie genug haben«, fügte sie in bitterem Ton hinzu.

»Du musst mit ihr reden«, fuhr Anna hörbar aufgeregt fort. »Brigitte kann doch auch nicht vergessen haben, dass der Hausberg eure Eltern auf dem Gewissen hat.«

»Ich würde ja mit ihr reden, wenn ich wüsste, wo ich sie finden kann. Gestern Abend war sie auf dem Friedhof. Ich dachte, ich würde mich täuschen, aber jetzt weiß ich von Trudi, dass sie hier war. Ich habe sie gerufen, aber sie ist einfach in der Dunkelheit untergetaucht. Weißt du, sie kommt mir vor wie ein Geist, den man nicht fassen kann.« Mutlos fügte sie hinzu: »Sie will nicht mit mir reden. Wahrscheinlich hat sie mir immer noch nicht verziehen.«

17

Sonntagvormittag fuhr Theresa mit Raphael und Stella zum Einsiedlerhof. Robert empfing sie am Zaun. Wieder einmal war Theresa beeindruckt von seiner körperlichen Präsenz. Wie fest im Boden verankert stand er da, und auf seiner behandschuhten Faust saß Falk, majestätisch und stolz, als wüsste er genau, dass der Besuch ihm galt. Bei der Begrüßung hielten Roberts seegrüne Augen ihren Blick zwei, drei Herzschläge lang fest. Theresa glaubte, in ihnen zu lesen, dass ihm gefiel, was er sah. An diesem Morgen hatte sie sich mit ihrem Äußeren besonders viel Mühe gegeben. Sie hatte ihr Haar locker zum Kranz rund um den Kopf geflochten. So, wie sie es früher gern getragen hatte – was Dirk nicht gefallen hatte. Beim Blick in den Spiegel hatte Theresa festgestellt, dass die Bergluft ihr guttat. Und das, obwohl der gestrige Tag sie aufgewühlt hatte. Aber daran wollte sie jetzt nicht denken. Sie genoss die paar Augenblicke spürbarer Nähe, die dann doch viel zu schnell vorübergingen. Stella forderte bellend Roberts Aufmerksamkeit ein, und Raphael bestaunte aufgeregt den Greifvogel.

»Kommt erst einmal auf den Hof«, sagte Robert mit ruhiger Geste und schloss hinter ihnen das große Tor. Er lächelte Raphael aufmunternd an. »Du willst also heute etwas über Falken erfahren.«

»Ja, ganz viel«, erwiderte der Junge voller Eifer.

»Warum hast du dir denn gerade unter all den Vögeln den Falken ausgesucht?«

»Das war Opas Lieblingsvogel gewesen.«

»Dann hat dein Opa dir bestimmt schon einiges über Falken erzählt.«

Voller Bedauern verzog Raphael den Mund. »Da war ich ja noch klein.«

Theresa musste lächeln. Auch um Roberts Lippen spielte ein Lächeln, bevor er fortfuhr: »Okay, dann fangen wir gleich mal an. Es gibt viele Falkenarten. Falk hier ist ein Wanderfalke. Der Wanderfalke ist der schnellste Vogel der Welt. Im Sturzflug kommt er auf eine Schnelligkeit von 320 Stundenkilometern.«

»Der ist ja wie ein Rennauto!«, rief Raphael mit großen Augen aus.

Robert lachte sein weiches, warmes Lachen – und Theresa wünschte sich in diesem Moment, es noch oft zu hören. »Falken sind Raubvögel und werden schon seit zweitausend Jahren für die Jagd genutzt«, erzählte er weiter. »Sie ersetzen dem Jäger das Gewehr. Man nennt diese Form der Jagd auch Beiz-jagd.«

»Warum?«, fragte Raphael.

»Der Ausdruck *Beizen* ist ein altes deutsches Wort für *Beißen*. Und der Falke beißt tatsächlich seine Beute tot. Schau mal hier.« Als Raphael zögerte, näher an Falk heranzutreten, nickte ihm Robert auffordernd zu. »Du brauchst keine Angst zu haben. Solange du ihn nicht berührst, tut er nichts.« Er zeigte auf die nach unten zeigende scharfe Zacke im vorderen Drittel von Falks Oberschnabel. »Das ist der Falkenzahn. Mit ihm durchtrennt der Vogel den Nackenwirbel seiner Beute.«

Ehrfürchtig streckte Raphael seinen Kopf vor. »Und was jagen Falken?«, fragte er, als er von Falk, der sich nicht bewegt hatte, wieder zurückgetreten war.

»Andere Vögel und kleine Säugetiere wie Hasen und Kaninchen. Aber es ist gar nicht so einfach, einen Falken zur Jagd auszubilden. Dafür braucht der Jäger erst einmal selbst eine Ausbildung und dazu sehr viel Geduld und Liebe für sein Tier.«

»Bist du auch so ein Jäger?«

»Nein, ich jage nicht. Ich habe Falk gefunden, als er einen Flügel gebrochen hatte, und habe ihn gesund gepflegt. Der Tierarzt hat mir damals genau gesagt, wie ich es machen musste. In dieser Zeit haben Falk und ich Freundschaft geschlossen.«

Raphaels Wangen waren inzwischen ganz rot, wozu auch der eisige Wind beitragen mochte, der an diesem

Vormittag über den Hof wehte. Auch Theresa hatte Roberts Vortrag mit großem Interesse und noch größerer Faszination zugehört. Seine dunkle, leicht raue Stimme, sein eindringlicher Blick, in dem das Feuer der Begeisterung dafür brannte, dem Jungen sein Wissen zu vermitteln, und seine schön geformten Hände, die seine Sätze mit harmonischen Gesten begleiteten. Sie konnte sich der Anziehungskraft dieses in sich so widersprüchlichen Mannes einfach nicht entziehen.

»Und jetzt erzähle ich dir etwas, mit dem du im Unterricht bestimmt punkten wirst«, fuhr Robert fort. »Falken werden nicht nur zur Jagd gebraucht, sondern auch auf Flughäfen eingesetzt.«

»Auf Flughäfen?«, fragte Theresa verblüfft.

Robert nickte. »Auf jedem Flughafengelände gibt es Vögel. Tauben, Elstern, Krähen, Möwen und so weiter. Für den Luftverkehr stellen diese Vogelschwärme eine große Gefahr dar. Wenn sie in die Triebwerke geraten, kann es zu schweren Unfällen kommen, und die Vögel selbst verlieren dabei auch ihr Leben. Der Einsatz von Falken hat solche sogenannten Vogelschläge in den letzten Jahren sehr verringert. Oft reicht schon die Silhouette eines Falken in der Luft, und andere Vögel ergreifen die Flucht.«

Kaum hatte Robert zu Ende gesprochen, schien Falk mit seiner Geduld am Ende zu sein. Mit seinen großen Schwingen erhob er sich in die Lüfte. Die drei sahen ihm nach. »Wie groß der ist!«, rief Raphael bewundernd aus.

Theresa schlang die Arme um sich. Sie fror. Der Himmel hatte sich zugezogen, der Wind aufgefrischt, und die Luft roch nach Schnee.

»Lasst uns reingehen«, schlug Robert vor. Und an Raphael gewandt, sagte er: »Ich besitze ein paar Fotobücher über Falken. Die kannst du dir ja mal ansehen.«

»Oh ja!«, rief der Junge sofort begeistert aus.

»Dann komm!« Robert legte ihm eine Hand auf die Schulter und sah über Raphaels Kopf hinweg Theresa an. »Kannst du eine heiße Schokolade kochen? Die mag Raphael doch bestimmt, oder?« Erwartungsvoll blickte er den Jungen an.

»Und wie!«, rief Raphael begeistert aus.

»Klar kann ich das«, sagte Theresa. »Vorausgesetzt, du hast Milch und Kakao oder Schokolade im Haus.«

»Eine große Tafel Schokolade und Milch.«

»Ziegenmilch?« Skeptisch verzog sie das Gesicht.

»Kuhmilch. Meine Ziegenmilch holt jeden Morgen ein Senner aus Kufstein ab.«

Schon bald zog der verführerische Duft heißer, süßer Schokolade durch das Untergeschoss des Einsiedlerhofes. Stella lag neben dem Tiroler Kachelofen, der eine wohlige Wärme verströmte. Raphael hockte im Schneidersitz auf dem Fell neben ihr und blätterte in einem Bildband über Greifvögel, und Theresa saß mit Robert in der Sitzecke, umgeben von seinen Bücherregalen.

»Ich habe dir das Material für den Informationsabend zusammengestellt. Den Stick kannst du gleich mitnehmen«, sagte Robert, nachdem er Theresa und sich einen Schuss Strohrum in die Schokolade gegeben hatte.

»Danke, das ist lieb von dir.« Theresa nippte an dem heißen Getränk. »Hhm! Das ist jetzt genau richtig«, murmelte sie genießerisch vor sich hin.

»Gibt es denn etwas Neues? Wie läuft es mit eurer Kampagne?«, erkundigte sich Robert.

»Na ja …« Sie seufzte. »Ich habe gestern mit den beiden Bauern gesprochen, denen das Land über dem Reischenbacher Hof gehört. Die wollen unbedingt verkaufen. Sie sind beide in Rente. Ihre Kinder haben kein Interesse am Bauerndasein. Also kommt das Angebot der Investoren für sie gerade richtig.«

»Dann musst du mit deren Kindern reden. Vielleicht verstehen die ja, welche Gefahr ein solches Skiliftprojekt auf dem Hausberg für das Dorf bedeutet.«

»Werde ich auch. Ich habe die Telefonnummern schon herausgesucht.«

»Und der Reischenbacher?«

»Den habe ich noch nicht erreicht. Seine Haushälterin sagte, er wäre in Urlaub. Der wird die härteste Nuss werden.« Sie verstummte und fügte dann leise, wie zu sich selbst, hinzu: »Oder vielleicht auch nicht.«

»Wie meinst du das?«, hakte Robert nach.

Als sie seinem wachen Blick begegnete, erzählte sie ihm, was ihr seit ihrem Einkauf bei der Krämerin auf der Seele lag. »Ich weiß jetzt, wem heute das Gebiet unter dem Gipfel des Hausbergs gehört.«

»Du meinst die Almen mit der alten Hütte, die zum Großrestaurant ausgebaut werden soll?«

Sie nickte.

»Und wem?«

»Meiner Schwester.«

Robert sah sie erstaunt an. »Deiner Schwester?«

»Ja, sie lebt nicht hier. Und wir haben schon lange keinen Kontakt mehr. Brigitte hat das Land vom alten Xaver geerbt. Sie hat sich um ihn gekümmert, als er die letzten Jahre in einem Altenheim in Innsbruck gelebt hat. Sie standen sich scheinbar bis zuletzt nahe.«

»Glaubst du denn, dass deine Schwester an diese Investoren verkaufen wird?«

Theresa lachte kurz auf. »Da bin ich mir mehr als sicher.«

»Aber sie hat doch das Lawinenunglück damals, bei dem eure Eltern ums Leben gekommen sind, bestimmt selbst miterlebt.«

»Trotzdem. Sie hat sich sehr verändert.«

»Ihr versteht euch also nicht.«

Sie seufzte. »Nicht mehr. Schon lange nicht mehr«, fügte sie leise hinzu, bevor sie von der Schokolade trank. Aber sollte sie Robert davon auch noch erzählen? Sie setzte sich aufrecht hin und zwang sich zu einem Lächeln.

Bevor sie das Thema wechseln konnte, überraschte Robert sie, indem er sagte: »Ich habe keine Geschwis-

ter. Und meine Eltern sind vor langer Zeit gestorben.«
Seine Augen verdunkelten sich, während ein schmerzlicher Ausdruck über sein Gesicht huschte. »Ich bin schon früh von zu Hause weggegangen«, fuhr er dann fort. »Studium in Linz, Assistenzarztzeit in Salzburg, danach sieben Jahre an einem Wiener Krankenhaus. Irgendwann wurde mir die Arbeit dort zu eintönig, und ich habe mich bei Ärzte ohne Grenzen beworben. Für diese Organisation habe ich einige Jahre an vielen Brennpunkten auf der Welt gearbeitet.«

Ein einsamer Wolf also, ging es Theresa durch den Kopf. Kein Wunder, dass es so schwer war, an ihn heranzukommen.

»Ich bin fertig«, unterbrach da Raphael zu ihrem Bedauern Roberts Geschichte. Endlich hatte sich dieser geheimnisvolle Mann ihr gegenüber ein wenig geöffnet. Wie gern hätte sie mehr über ihn erfahren!

Raphael legte die beiden Bildbände sorgsam ins Regal zurück und trat an die Fotowand. »Hast du die Bilder gemacht?«, fragte er Robert.

»Ja.«

»Da steht aber gar nicht dein Name drunter. Anna und Bastian haben auch ganz viele Bilder. Sie sind gemalt. Aber sie sind alle unterschrieben.«

Robert hob die Schultern. »Das macht jeder Künstler, wie er will.«

Der Kleine drehte sich um. »Wie heißt du denn?«

»Das weißt du doch.«

»Aber nicht deinen ganzen Namen.«

»Leitner.«

»Dann musst du *Robert Leitner* drunter schreiben.«

Robert blinzelte ihm gutmütig zu. »Ich lass mir deinen Vorschlag mal durch den Kopf gehen.«

»Und wie alt bist du?«

Er lachte. »Muss ich auch mein Geburtsdatum drunter schreiben?«

Raphael runzelte die Stirn. »Ich schau noch mal bei Annas Bildern nach.« Dann wiederholte er seine Frage, deren Antwort ihm offensichtlich wichtig war: »Wie alt bist du denn?«

»Bestimmt älter als ihr beiden zusammen«, antwortete Robert mit einem Zwinkern in Theresas Richtung.

»Glaubst du?« Sie zwinkerte zurück, vielleicht ein bisschen zu flirtend, wie ihr selbst auffiel.

Und wieder verfingen sich ihre Blicke.

»Theresa ist fünfzig«, sagte Raphael jetzt unbarmherzig in ihre aufgewühlten Gefühle hinein. »Und du?«

»Moment!« Sie hob die Hand. »Noch bin ich neunundvierzig«, stellte sie mit gespielt beleidigter Miene richtig.

»Wirklich?« Sichtlich überrascht sah Robert sie an.

Sie hob die Schultern. »So ist es. Aber ich habe keine Angst vorm Alter. Im Gegenteil. Ich lebe heute viel intensiver als früher.«

Er nickte ernst. »Das kenne ich. Aber ich kann dich beruhigen: Du siehst viel jünger aus.« Als sie in diesem Moment seinem Blick begegnete, entdeckte sie ein warmes Leuchten in seinen Augen, vielleicht sogar einen Anflug von Zärtlichkeit. Wie gern hätte sie diesen Blick noch ein wenig ausgekostet, doch Raphael, der noch zu jung war, um davon etwas mitzubekommen, ließ nicht locker. »Wie alt bist du denn jetzt nun?«

»Siebenundvierzig, du Quälgeist«, antwortete Robert lachend.

»Und bist du verheiratet?«

Robert führte gerade die Tasse zum Mund, hielt dann in der Bewegung inne und sah den Jungen an – mit jäher Abwehr im Blick. »Nein«, sagte er schließlich, bevor er trank.

»Hast du Kinder?«

Oh nein!, dachte Theresa entsetzt. Sie ahnte, dass Raphaels Fragen einem Menschen wie Robert viel zu persönlich waren.

Robert stand auf. Er ging an Raphael vorbei – jedoch nicht ohne ihm kurz übers Haar zu streicheln. »Keine Kinder«, lautete seine knappe Antwort.

Theresa beobachtete, wie er in der Küche Wasser in die Tasse laufen ließ. Sie stand ebenfalls auf und folgte ihm.

»Der Informationsabend findet kommenden Freitag auf dem Brandlerhof statt«, wechselte sie rasch das Thema. »Die Gemeinde hat uns das Dorfgemeinschaftshaus als Versammlungsstätte verweigert. Dahinter steckt bestimmt Martin. Jetzt hoffen wir auf trockenes Wetter und darauf, dass viele Gamsenauer kommen. Inzwischen wissen ja alle durch die Plakate und Flyer, worum es geht. Ich bin gerade dabei, den Vortrag auszuarbeiten.«

Robert drehte sich zu ihr um. Sein Gesicht war wieder so ausdruckslos, wie sie es schon kannte. »Ihr braucht eine Leinwand und einen Beamer«, sagte er sachlich.

»Bastians Schwester stellt beides zur Verfügung. Und dazu dein Material ...« Sie schenkte ihm ein Lächeln. »Das wird den Dörflern bestimmt drastisch vor Augen führen, welche Gefahr dieses Projekt für unser Tal darstellt.«

»Das hoffe ich.« Er nahm ein Glas aus dem Regal über der Spüle, füllte es mit Wasser und trank es in einem Zug aus. »Was macht die Unterschriftensammlung?«

Sie seufzte. »Ich hoffe, die Listen werden noch voller. Aber sie liegen ja erst ein paar Tage aus.«

»Vielleicht sind gar nicht so viele aus dem Dorf gegen das Projekt, wie wir glauben«, wandte Robert ein.

»Dieser Gedanke ist mir auch schon gekommen. Dann allerdings sieht es nicht gut aus für unser Tal – was mich jedoch erst einmal nicht daran hindern wird, weiterzukämpfen und gegen das Projekt Stimmung zu machen.«

»Es schneit!«, rief Raphael, der sich die Nase an der Scheibe plattdrückte.

Theresa blickte durchs Küchenfenster. »Tatsächlich!« Sie sah Robert an. »Wir sollten jetzt fahren, sonst kommen wir womöglich nicht mehr runter zum Brandlerhof. Raphael hat ja morgen wieder Schule.«

»Hat dein Wagen Winterreifen?«

»Ganzjahresreifen und Allrad. Der ist absolut schneetauglich. Wir sind mehrmals im Jahr zum Ski...« Abrupt verstummte sie. *Wir.* Dieses eine kleine Wort, das mehr als ein Vierteljahrhundert ihr Denken und Fühlen beherrscht hatte, war ihr ganz selbstverständlich über die Lippen gekommen. Aber es gehörte nicht mehr in ihre neue Lebensphase. Und schon gar nicht hierhin. Hoffentlich dachte Robert jetzt nicht, sie würde noch an ihrem verflossenen Ehemann hängen.

»Darf ich wiederkommen?«, fragte Raphael. »Ich würde auch so gern die Ziegen sehen.«

»Klar darfst du das«, versprach Robert ihm mit fester Stimme.

Theresa atmete innerlich auf. Er hatte dem Jungen also seine persönlichen Fragen nicht übelgenommen. Sie betrachtete die beiden. Es gefiel ihr, dass sie miteinander Freundschaft geschlossen hatten.

18

Vorsichtig fuhr Theresa die Forststraße hinunter, auf der bereits eine dünne Schneeschicht lag. Schwarzgraue Wolken verhüllten die Berge und schluckten die Helligkeit. Dichtes Schneegestöber erschwerte die Sicht. Während Raphael munter Pläne fürs nächste Wochenende schmiedete – Schlittenfahren, eine Schneeballschlacht und einen Schneemann bauen, natürlich zusammen mit Robert –, konzentrierte sich Theresa auf die Straße. Auf dem Brandlerhof hielt sie sich nur ein paar Minuten auf.

»Fahr am besten gleich zurück«, drängte Anna sie. »Sonst kommst du womöglich nicht mehr den Berg rauf.«

Inzwischen lag ein weißes Tuch über der Landschaft. Während im Tal die Flocken schwer und wässrig vom Himmel fielen, wurden sie, je höher Theresa kam, immer feiner und leichter. Wie Puderzucker rieselten sie auf die Bergwelt herab. Theresa atmete erleichtert auf, als sie die Sennhütte erreicht hatte. Stella sprang aus dem Auto, steckte ihre lange Schnauze in den pulvrigen Schnee und drehte übermütig ein paar Runden über das Almfeld. Langsam, fast feierlich, setzte Theresa ihren Fuß in das unberührte Weiß. Ihr war, als wäre sie der erste Mensch auf diesem Planeten. Der lautlose Schneefall und die Stille ringsum verstärkten dieses Gefühl noch.

Als sie die Stufen zur Veranda hochstieg, verharrte sie. An der Hüttentür hing ein Blatt Papier. Noch während sie die beiden Sätze las, geriet ihr Herzschlag ins Stocken. *Verschwinde aus dem Tal! Du bist hier unerwünscht,* stand in dicken, schwarzen Buchstaben auf dem Zettel. Die Drohung hinter diesen Worten löste Beklemmung in ihr aus. Und was passierte, wenn sie blieb?, fragte sie sich unwillkürlich.

Sie blickte sich um. Nirgendwo Fußspuren – außer ihren eigenen. Den Zettel musste jemand vor Einsetzen des Schneefalls befestigt haben. Jemand, der vielleicht beobachtet hatte, dass sie mit Raphael und Stella weggefahren war? Jemand, der jetzt womöglich irgendwo im Hinterhalt lauerte und zusah, wie sie hier völlig schutzlos stand? Ein Schaudern durchlief sie. Unheimlich!

Sie pfiff Stella herbei. »Komm, wir gehen rein«, sagte sie zu ihrer Hündin, schloss die Hüttentür auf – und hinter sich sofort wieder ab. Während sie den Kachelofen befeuerte, zwang sie sich, der aufsteigenden Angst energisch Einhalt zu gebieten. Von wem könnte diese Nachricht stammen? Von dieser ominösen Investorengruppe? Von einem der Bauern, die sie mit ihrem Besuch verärgert hatte? Von Martin? Traute sie ihm das zu? Hatte er sich so sehr verändert? Oder stand die Nachricht vielleicht gar nicht in Zusammenhang mit der Kampagne? Wer wusste überhaupt, dass sie nun hier oben lebte?

Theresa schloss die Ofentür und richtete sich auf. Martin wohnte beim Reischenbacher auf dem Hausberg. Wenn sie den weißen Vermessungswagen hatte durchs Fernglas beobachten können, würde man von dort aus genauso die Sennhütte im Auge behalten können. In diese Überlegungen versunken, gab sie Stella Futter und schenkte sich ein Glas Zweigelt ein. Mit dem Rotwein in der Hand setzte sie sich an den Kachelofen. Theresas Blick wanderte zum Fenster. Es schneite immer noch. Was nun?, fragte sie sich. Sie musste unbedingt mit jemandem reden.

»Was?!«, rief Anna aufgebracht aus. »Das darf doch wohl nicht wahr sein!«

»Natürlich werden die mir nichts tun«, beruhigte Theresa ihre Jugendfreundin – und sich selbst. »Diese Investoren mögen zwar skrupellos die Natur zerstören, aber die bringen doch niemanden um.«

»Bitte setz dich in den Wagen und komm sofort runter. Du übernachtest jetzt erst mal in einem der Zimmer der Mädchen.«

»Das werde ich ganz bestimmt nicht tun«, entgegnete Theresa entschlossen. »Vergiss nicht: Ich habe einen Bodyguard. Stella würde mich jederzeit beschützen.«

»Und wenn man nachts die Hütte in Brand steckt, um dir ein unmissverständliches Zeichen zu geben? Bitte versteh mich nicht falsch. Mir geht es nicht um die Hütte, sondern um dich und den Hund. Wer weiß, was das für Leute sind.«

»Vielleicht hat ja auch Martin seine Hände da mit drin. Ich habe ihn ziemlich wütend gemacht.«

»Martin?« Anna schwieg ein paar Atemzüge lang. »Nein, das glaube ich nicht. Der hat dich doch mal geliebt.«

Theresa lachte. »Das ist Jahrzehnte her. Er ist total sauer auf mich. Ich bin gerade dabei, seine Karriere als *Heilsbringer für Gamsenau* zu torpedieren.«

Eine Weile herrschte Schweigen in der Leitung. »Ganz ausgeschlossen ist es nicht«, meinte Anna schließlich. »Er hat sich schon ziemlich verändert. Aber er würde dir niemals etwas antun«, fügte sie hinzu.

»Das glaube ich auch nicht.«

»Wenn du nicht zu uns kommen willst, ruf den Einsiedler an. Er lebt ganz in deiner Nähe, und Raphael hat erzählt, dass er heute so nett gewesen ist.«

Theresa seufzte. »Ich habe seine Nummer nicht.«

»Hhm. Blöd.« Anna schwieg wieder. »Ich habe ein ganz schlechtes Gefühl, dich da oben so allein zu wissen. Und Bastian wird das auch nicht gutheißen.«

»Wie soll ich denn deiner Meinung nach reagieren? Abreisen?«

»Natürlich nicht.«

»Die Kampagne aufgeben?«

»Nein! Ich weiß es im Moment auch nicht«, gab Anna zu.

Theresa atmete einmal tief durch. Ihr war ja selbst unwohl. »Ich werde heute Abend zum ersten Mal die Fensterläden schließen. Stella wird sofort anschlagen, falls jemand um die Hütte schleichen sollte. Dann kann ich euch oder die Gendarmerie immer noch anrufen.«

»Jesses …« Anna seufzte. »Willst du nicht doch …?«

»Ich lass mich nicht vertreiben. Punkt. Das sind doch keine Mörder. Die sind nur sauer, weil ich gegen ihr Projekt kämpfe.«

»Aber warum kriegst du so einen Zettel an die Tür geheftet und nicht ich? Im Dorf weiß man doch, dass wir das gemeinsam vorantreiben.«

»Das ist wirklich eine gute Frage.« Theresa biss sich auf die Lippe. »Vielleicht weil ich allein bin und in deren Augen deshalb leichter einzuschüchtern? Oder weil Martin mich denen als Drahtzieher unserer Kampagne dargestellt hat.« Sie seufzte. »Ich weiß es nicht. Wir machen jedenfalls so weiter wie geplant. Morgen ist der Reischenbacher zurück. Dann werde ich mit ihm reden. Und Freitag ist der Informationsabend. Wenn unsere Initiative erst mal Fahrt aufnimmt, kommen wir vielleicht auch dahinter, wer die Investoren sind. Und dann könnte man sich zusammensetzen und miteinander reden. Unsere Argumente sind überzeugend. Sollen sie sich doch ein anderes Dorf suchen, um ihr Geld anzulegen.« Theresa spürte, wie ihre Beklemmung einer gesunden Wut auf das Skiliftprojekt Platz machte.

»Weißt du was?«, sagte Anna plötzlich in so frischem Ton, als wäre ihr gerade die perfekte Lösung des Problems eingefallen. »Ich komme hoch und übernachte heute bei dir.«

»Quatsch, das ist doch nicht notwendig. Und weißt du was? Morgen knöpfe ich mir direkt erst mal Martin vor. Dann werde ich bestimmt ziemlich schnell herausfinden, ob er was damit zu tun hat.«

Nach dem Gespräch mit Anna tauschte Theresa die weiße Bluse gegen einen weiten Pullover, kochte Kaffee und zerknüllte den Zettel. Einfach ignorieren, befahl sie sich. Lieber an etwas Schönes denken. Zum Beispiel an die Stunden bei Robert. Es hatte sie überrascht, wie kinderlieb er war. Überhaupt war er sehr zugänglich und offen gewesen. Auf Raphaels persönliche Fragen hin hatte er sich jedoch sofort wieder in sein Schneckenhaus zurückgezogen. Hatte er vielleicht doch eine Familie? Bei diesem Gedanken setzte ihr Herz für zwei Schläge aus. Vielleicht war er ja geschieden, und die Kinder lebten bei seiner Frau, was ihm wehtat. Oder er war ein ewiger Junggeselle, und das Thema Familie war für ihn schmerzhaft besetzt, weil er jetzt im Alter sein unstetes Leben bereute. Auch Maja litt manchmal darunter, keine eigene Familie zu haben. Und was war mit ihr selbst? Lange

Zeit hatte sie es kaum ertragen, Ehepaare mit Kindern zu sehen.

Theresa schrak zusammen, als ihr Handy klingelte. *Unterdrückte Nummer* zeigte das Display an. Ihr Pulsschlag erhöhte sich spürbar. Sie zögerte. Vielleicht erhielt sie ja jetzt eine verbale Drohung. Unbarmherzig zerrte der Klingelton an ihren Nerven. Nein, feige sein galt nicht. Entschlossen nahm sie den Anruf an.

»Ich wollte mich nur erkundigen, ob du gut angekommen bist«, sagte Robert mit seiner tiefen, ruhigen Stimme.

»Ja, alles klar«, versicherte sie ihm. Dann schwieg sie. Eigentlich war das ja gelogen. Sollte sie ihm von dem Zettel an der Hüttentür erzählen?

»Aber?«, fragte Robert, als würde er spüren, dass noch etwas Unausgesprochenes in der Leitung hing.

Sie lachte gekünstelt. »Kein *Aber.*« Dann jedoch beschloss sie, die Wahrheit zu sagen. »Na gut, doch ein *Aber*«, verbesserte sie sich reumütig. Mit wenigen Worten berichtete sie ihm, was sie bei ihrer Rückkehr vorgefunden hatte.

Lange Zeit herrschte Schweigen am anderen Ende der Leitung. Schließlich sagte Robert: »Sehr unprofessionell für ein angeblich international agierendes Konsortium. Hast du Angst?«

»Na ja, ein bisschen vielleicht, aber ich habe ja Stella.«

»Sollte sich diese Nacht vor der Hütte irgendetwas tun, lass sie nicht raus. Nicht dass man sie erschießt.«

Theresa schrak zusammen. »Jetzt machst du mir aber wirklich Angst.«

»Verzeih, dass wollte ich nicht. Vergiss es.«

Sie lachte halbherzig. »Ich werde es versuchen.«

»Okay …« Robert zögerte, bevor er sich schließlich abrupt verabschiedete: »Dann schlaf gut.«

»Du auch«, erwiderte sie tonlos. Mit dem Handy in der Hand blieb sie sitzen. Draußen war es inzwischen dunkel. Es war kurz nach siebzehn Uhr. Immer noch schneite es. Vor ihr lag ein langer Abend, der viel Zeit zum Nachdenken bereithielt. War sie wirklich auf dem richtigen Weg? Nach der Trennung von Dirk hatte sie ihrem Leben eine neue Richtung gegeben. Aber war es die richtige? Sie hätte auch in Frankfurt bleiben können, in einer schönen Eigentumswohnung oder einem kleinen Haus im Grünen. Im Taunus zum Beispiel. Sie hätte weiterhin ihren Bekanntenkreis gepflegt, sich dort ein neues Betätigungsfeld gesucht oder einfach nur das Leben genossen. Stattdessen war sie zu ihren Wurzeln zurückgekehrt, hatte sich als Ziel die Rettung ihres Dorfes auf die Fahnen geschrieben und war jetzt womöglich in Gefahr deswegen.

Motorengeräusch riss Theresa aus ihren Gedanken. Es war das tiefe Brummen eines großen Wagens. Stella sprang auf, lief zur Tür, schlug an. Das breit gestreute Licht großer Halogenscheinwerfer fiel durchs Fenster in die Hütte. Theresa stand auf. Eine Autotür schlug zu. Auf der Veranda wurden schwere Schritte

laut. Ein Klopfen – und dann hörte sie eine Männer-
stimme rufen:

»Theresa? Ich bin's – Robert.«

19

Nachdem Theresa und Raphael am frühen Nachmittag gefahren waren, hatte Robert versucht, sich in der Dunkelkammer mit dem Entwickeln einiger Fotos abzulenken. Der Besuch der beiden hatte ihn völlig durcheinandergebracht. Raphael, der aufgeweckte, kleine Kerl, der so viel Ähnlichkeit mit David besaß. Und Theresa, die Frau, die ihn faszinierte. Er hatte sich gesorgt, ob sie bei dem Wetter tatsächlich den Weg zurück aus dem Tal zur Sennhütte schaffen würde. Die Forststraße wurde nicht geräumt und hatte sehr steile Abschnitte. Nun gut, sein Anruf bei ihr hatte ihn dahingehend beruhigt, dass sie trotz der starken Böen und des Schneetreibens heil nach Hause gekommen war. Jetzt trieb ihn eine neue Sorge um: dieser anonyme Brief. Wie weit würde sein Verfasser gehen? Welche Konsequenzen würden folgen, wenn Theresa blieb? War der Verfasser hier oben am Berg geblieben? Auf der Höhe war ja sonst niemand. Nur

Theresa und er. Mit Sicherheit wusste der anonyme Schreiber, dass sie allein in der Sennhütte lebte. Würde Stella ihr Frauchen im Ernstfall beschützen können? Und wie sah der Ernstfall aus?

Robert stand auf, schenkte sich einen Whiskey ein und ging in dem langen Wohnraum auf und ab. Bildete er sich das nur ein, oder hing hier wirklich noch der zarte Duft weißer Lilien unter den Deckenbalken, der so gut zu Theresa passte? Vor dem Fenster blieb er stehen. Von hier aus hatte er die Sennhütte nicht im Blick. Er musste seinen Hof verlassen und bis an seine Grundstücksgrenze gehen, um über die Baumwipfel hinweg auf die Hütte sehen zu können. Und dort saß Theresa jetzt allein. Sie hatte tapfer geklungen, aber sein Instinkt sagte ihm, dass es in ihr anders aussah. Nur zu gut wusste er, dass die Nacht nicht gerade der beste Freund desjenigen war, der Sorgen oder gar Angst hatte. Nur zu gut kannte er die Dämonen, die einen nachts heimsuchten. Sie raubten einem den Schlaf, machten einen ganz besonders hellhörig, jagten einem Panik ein. Er musste etwas tun.

Als sich ein paar Minuten später die Stollenräder des Pick-up durch den Schnee pflügten, klopfte Robert das Herz hart in der Brust. Nein, er war nicht nur in nachbarschaftlicher Mission unterwegs. Er konnte sich diesbezüglich nichts mehr vormachen. Er wollte gar nicht nach Begriffen suchen, um diese Beziehung näher zu beschreiben. War es der Beginn einer

Freundschaft? Doch tief im Herzen wusste er, dass er mehr als nur Freundschaft wollte.

Inzwischen war er an der Hütte angekommen. Er stieg aus. Der Schnee knirschte unter seinen Stiefeln. Ob Theresa seinen Vorschlag annehmen würde? Stella schlug an. Er klopfte. »Theresa? Ich bin's – Robert.« Er hielt den Atem an. Der Schlüssel drehte sich im Schloss. Dann stand er ihr gegenüber – und hätte sie am liebsten in die Arme genommen. Mit den dicken Wollsocken und dem viel zu weiten, eisblauen Pullover über der engen Jeans wirkte sie ungewohnt verloren und hilflos wie ein kleines Mädchen – obwohl sie eine hochgewachsene Frau mit aufrechter Haltung war. Der Drohbrief musste ihr mächtig zugesetzt haben.

»Du?«, fragte sie mit großen Augen.

Während Stella voller Freude, als hätte sie ihn wochenlang nicht gesehen, um ihn herumsprang, sagte er: »Ich habe eine Idee. Kann ich reinkommen?«

»Natürlich.« Sie gab die Tür frei und lächelte ihn an. Ja, sie strahlte geradezu. Sie freute sich, dass er da war. Das war nicht zu übersehen. Und wieder spürte er die Wärme, die von ihr ausging. Doch im nächsten Moment meldete sich erneut sein Fluchtinstinkt.

»Was ist?« Theresa sah ihn besorgt an. »Alles in Ordnung?«

Er schluckte, nickte, während er versuchte, der widersprüchlichen Gefühle in seinem Herzen Herr zu werden.

»Ein Glas Zweigelt?« Wieder lächelte sie.

Er räusperte sich. »Lieber nicht. Das heißt, ich muss schnell wieder hoch. Ich wollte dir nur den Pick-up hierlassen. Damit die Typen, die es auf dich abgesehen haben, glauben, dass du diese Nacht nicht allein hier bist.«

Ihre Augen wurden noch größer.

»Ich hole ihn morgen früh ab. So gegen neun Uhr. Dann muss ich runter nach Kufstein«, fuhr er hastig fort, ohne sie anzusehen. »Das ist jetzt erst mal eine Vorsichtsmaßnahme für diese Nacht. Morgen sehen wir weiter.«

»Aber …« Verwirrt sah sie ihn an.

»Und hier!« Er griff in die Seitentasche seiner Lederhose. »Das ist meine Telefonnummer. Melde dich, falls du etwas Verdächtiges bemerkst. Okay?« Als sie stumm nickte, fügte er hinzu: »Tja, und das war es auch schon. Ich mach mich wieder auf den Rückweg.« Er drehte sich um.

Da spürte er ihre Hand auf dem Ärmel seiner Lodenjoppe. »Aber du kannst doch bei dem Schneefall und in der Dunkelheit nicht zu Fuß hochgehen. Ich bringe dich mit meinem Wagen.«

»Auf keinen Fall«, widersprach er ihr. »Vielleicht sitzt der Verfasser des Briefes gerade auf irgendeinem Hochsitz und beobachtet deine Hütte. Ich steige jetzt durchs Fenster auf der Rückseite und verschwinde in der Dunkelheit.« Als Theresa ihn so anblickte, verwirrt und enttäuscht, konnte er nicht anders: Er hob die Hand und strich ihr eine Strähne, die sich aus ihrem Haarkranz gelöst hatte, aus dem Gesicht. Als sie bei dieser Berührung hingebungsvoll die Augen schloss, war er versucht, ihr Gesicht in beide Hände zu nehmen und sie zu küssen. Doch er konnte sich gerade noch beherrschen. »Gute Nacht.« Unter Aufbietung seiner ganzen Kraft öffnete er das Fenster, stieß die Läden auf und sprang in die Dunkelheit hinaus.

»Gute Nacht«, wiederholte Theresa wie in Trance. Doch da war Robert schon längst im Schneegestöber verschwunden. Sie atmete die kalte Abendluft ein paarmal tief ein, um ihren Verstand zu klären. Was war denn das gerade gewesen? Robert wollte sie beschützen. Und jetzt war er wieder weg. So schnell, als wäre er auf der Flucht. Auf der Flucht vor wem? Vor ihr? Vor sich selbst? Sie hatte ihn zurückhalten, noch etwas für sich haben wollen, aber sie war zu unsicher gewesen, diesen Wunsch auszusprechen. Jedes falsche Wort konnte das winzige Pflänzchen, das zwischen ihnen gerade wuchs, sofort wieder zerstören. Da waren sein weicher Blick, dieses besondere Lächeln, seine Berührung gewesen, die ein ganz starkes Verlangen nach ihm entfacht hatten. Noch vor Kurzem hätte sie es für unmöglich gehalten, aber sie konnte es nicht länger leugnen: Sie hatte sich in diesen Mann verliebt.

20

Obwohl die Nacht ruhig verlaufen war, hatte Theresa kaum geschlafen. Immer hatte sie gehorcht, ob sich unter die ihr vertrauten Geräusche wie das Klappern der Fensterläden, das Knarren des Holzes oder den Ruf eines Waldkauzes, nicht doch ein ihr unbekanntes schleichen würde. Als dann der kleine Zeiger ihrer Armbanduhr auf die Sieben rückte, fühlte sie sich erleichtert. Mit einem Satz sprang sie aus dem Bett und stieß die Läden auf. Der neue Tag kündigte sich durch einen hellen Streifen am Horizont an. Und als sie nach der Morgentoilette vor die Hütte trat, hauchten die ersten Sonnenstrahlen alle Spitzen und Zacken des Wilden Kaisers rosa an. Über ihr spannte sich ein wolkenloser Himmel, und vor ihr lag eine wadenhohe Schneedecke, die jeden Laut erstickte. Sogar das Rauschen des Baches drang gedrosselt an ihr Ohr. Während sich Stella allein im Schnee vergnügte, kochte Theresa Kaffee. Mit dem Becher in der Hand trat sie wieder nach draußen. Sie konnte sich einfach nicht daran sattsehen. Unendlich weit breitete sich vor ihr ein Meer weißer Gipfel aus. Die müde Spätherbstsonne brachte alles zum Glitzern und Gleißen. Es war weit weniger kalt, als sie erwartet hatte. Föhn lag in der Luft, was bedeutete, dass der erste Schnee nicht lange liegen bleiben würde.

Stella hielt plötzlich in ihrem selbstvergessenen Spiel auf dem Almfeld inne. Sie musste etwas gehört haben.

»Guten Morgen!«, vernahm Theresa da Roberts Stimme. Er kam von der Rückseite der Hütte auf sie zu. Nachdem er Stella begrüßt hatte, baute er sich lächelnd vor ihr auf. »Wie war die Nacht?«

»Keine besonderen Vorkommnisse«, meldete sie. »Möchtest du auch einen Kaffee?«

»Gern.«

Als sie mit zwei dampfenden Bechern wieder vor die Hütte trat, hatte Robert inzwischen die Holzbank vom Schnee befreit. Nun saßen sie ganz selbstverständlich da, eingepackt in ihre dicken Lodenjacken, tranken ihren Kaffee und beobachteten, wie die Sonne den Himmel immer weiter eroberte. Das Schweigen zwischen ihnen fühlte sich für Theresa harmonisch an, wie zwischen zwei Menschen, die sich schon lange kennen und auf einer Wellenlänge liegen. Welch eine Stille, welch ein Frieden!, dachte sie. Nichts erinnerte daran, dass es Menschen gab, die sie aus ihrem neuen Zuhause vertreiben wollten. Mit versonnenem Lächeln ließ sie den Blick schweifen. Die Zweige der Fichten trugen dicke Schneepolster. Der Boden war mit abertausend Eissplittern bestreut, von den Sonnenstrahlen wie Diamanten zum Funkeln gebracht. Ihr Atem malte kleine Fähnchen in die kristallklare Luft, die sich hoch über ihren Köpfen miteinander verwoben. Sie ließen erahnen, dass es das Verschmelzen zweier Seelen tatsächlich gab – wenn vielleicht auch nur für die Zeit einiger Herzschläge lang. Empfand Robert genauso? Sie sah ihn von der Seite an. Sie spürte die Energie, die von diesem Mann ausging – aber auch die Einsamkeit, die ihn umgab und die ihr fast körperlich wehtat. Und dann geschah etwas, womit sie niemals gerechnet hätte. Während sie sich in die Augen schauten, nahm Robert ihre Hand, führte sie an die Lippen und küsste die Innenseite ihres Handgelenks – die Stelle, unter der ihr Puls pochte. Sie spürte die Wärme seiner Lippen, die seines Körpers, selbst durch seine Jacke, atmete seinen Duft von Sandelholz ein und bemerkte die Leidenschaft in seinem Blick. Wie betäubt blieb sie sitzen, obwohl sie ihn so gern berührt, so gern geküsst hätte. Doch da war etwas in ihr, das sie zurückhielt. Mehr als ein Vierteljahrhundert hatte sie nur Dirk geküsst. Wie sollte sie diese Hemmschwelle überwinden, wenn Robert ihr nicht dabei half? Während in ihr das Chaos tobte, ließ Robert ihre Hand los, atmete tief durch und stand auf. »Danke für den Kaffee. Ich muss jetzt los«, sagte er und stellte den Becher aufs Geländer.

»Ich auch«, erwiderte sie ganz automatisch, blieb jedoch sitzen. Sie wollte seinen Blick noch einmal einfangen. Doch es gelang ihr nicht. Der Zauber war verflogen, die Zeit noch nicht reif.

Kurz vor dreizehn Uhr kam Theresa auf dem Lehrerparkplatz von Martins Schule an. Sie wartete. Ein paar Minuten später entdeckte sie ihren Jugendfreund im Rückspiegel. Er hielt inne, als er ihren Wagen bemerkte, der seinen grünen Kombi zugeparkt hatte. Sie stieg aus.

»Was soll das?« Martin sah sie wütend an.

»Ich will mit dir reden«, erwiderte sie mit freundlichem Lächeln.

Er straffte sich. »Worüber?«

Sie zog den zerknitterten Zettel hinter dem Rücken hervor. »Hierüber.«

Schuldbewusst senkte er den Blick – was ihr bewies, dass sie mit ihrem Verdacht richtiglag. Zumindest wusste er von der Drohung – wenn er sie vielleicht auch nicht eigenhändig verfasst und an die Tür geheftet hatte. Sie hielt seinen Blick fest. »Was soll das werden, wollt ihr mir wirklich drohen?«

Er schluckte, wobei seine Wangen bebten. »Was fragst du mich, ich hab damit nichts zu tun«, antwortete er mit vorgestrecktem Kinn.

Theresa zwang sich zur Ruhe. »Ich sage dir jetzt etwas: Ich werde dich namentlich anzeigen, weil du mir mehrfach gedroht hast. Das Gericht wird diesen

Brief auf Spuren und Handschrift untersuchen. Das wird eine öffentliche Sache werden. Willst du das? Oder wollen wir beide jetzt lieber in Ruhe darüber sprechen?«

Martin musste von früher noch wissen, wie konsequent sie sein konnte. Und genau daran schien er sich in diesem Augenblick zu erinnern. Sie sah, wie seine Schultern herunterfielen, so abrupt, dass der breite Riemen seiner Schultasche abrutschte und die Tasche zu Boden fiel. Er bückte sich. Als er sie wieder ansah, war sein Gesicht krebsrot.

»Okay, reden wir«, meinte er dann in resigniertem Ton. »Wo?«

»In meinem Wagen«, entgegnete sie und stieg ein. Martin kletterte umständlich auf den Beifahrersitz. Derweil leerte sich der Lehrerparkplatz allmählich. Es gab niemanden aus dem Kollegium, der nicht einen neugierigen Blick in Theresas Jeep warf. Martin tat so, als würde er sie nicht bemerken.

»Wer hat diesen Zettel verfasst und an die Hüttentür geheftet?«, fragte Theresa ruhig. Dabei sah sie ihren Jugendfreund eindringlich von der Seite an.

Martin schwieg verbissen.

»Martin, bitte, hast du das gemacht? Oder ist es das Werk dieser geheimnisvollen Investoren, die du angeblich nicht kennst?«

Die Antwort war erst einmal ein lauter, langer Seufzer. Martin schien noch zu überlegen, ob er mit der Wahrheit herausrücken sollte. Da verlor sie die Geduld.

»Herrschaftszeiten!«, fuhr sie ihn an. »Ich weiß, dass du es warst. Aber glaub nicht, dass ihr damit Erfolg habt. Ich lass mich nicht vertreiben. Ich werde weiter gegen euer Vorhaben kämpfen.« Ihr Herz raste vor Wut und auch Enttäuschung darüber, dass Martin sich so sehr verändert hatte.

»Ja, ich war's«, gab er da endlich leise zu. Er sah sie schuldbewusst an. »Der Druck von denen ist einfach so groß. Und es war auch gar nicht meine Idee. Es tut mir leid.«

»Wer sind die?«

Er wand sich – was sie sicher machte, dass er die Investoren sehr wohl persönlich kannte. »Ich kenn sie nicht«, antwortete er jedoch gequält. »Nicht richtig, meine ich …«

»Hör auf, mir so einen Schmarrn zu erzählen. Natürlich kennst du sie. Wer sind sie?«

»Theresa, nimm Vernunft an. Das hat doch keinen Zweck. Das Gutachten ist inzwischen fertig. Ich werde es veröffentlichen, damit die Gemeinderäte und die Leute im Dorf sehen, dass alles mit rechten Dingen zugeht. Ich habe heute Fotokopien gemacht. Sie sind hier in meiner Tasche.«

Theresa sah ihn mit schmalen Augen an. »Das Gutachten sagt also, dass der Hausberg für dieses Projekt geeignet ist?«

»Ja.« Martin nickte mit Nachdruck.

»Du weißt, dass man Gutachten fälschen kann.«

»Das ist nicht gefälscht.«

»Wieso bist du dir so sicher?«

»Weil …« Er verstummte, hob die Schultern und meinte dann: »Weil die Investoren es in Auftrag gegeben haben. Mit Bodenproben und so.«

Sie stöhnte auf. »Mensch, Martin! Das ist doch kein Argument. Ganz im Gegenteil. Diese Typen wollen ihr Projekt um jeden Preis durchziehen. Das zeigt doch allein schon diese Drohung an mich.« Sie wedelte mit dem zerknitterten Zettel durch die Luft. »Wer sind diese Leute?« Sie rückte näher an ihn heran. »Ein internationales Konsortium? Dass ich nicht lache! Unprofessioneller geht's doch nicht. Und du lässt dich von denen vor den Karren spannen! Wahrscheinlich zahlen sie dir Schmiergeld, damit du die Gemeinderäte überzeugst.«

»Die brauche ich nicht zu überzeugen«, konterte Martin triumphierend. »Die erkennen die Chance, die das Projekt für unser Tal bedeutet. Anders als du.«

Theresa zwang sich zur Ruhe. Langsam und betont fuhr sie fort: »Richte diesen Investoren aus, dass ich mich nicht von ihnen zurückpfeifen lasse. Ich ziehe die Kampagne durch. Ich will es wenigstens versucht haben, unser Tal zu retten. Und jetzt hör mir gut zu: Heute Nachmittag habe ich einen Termin beim Notar. Bei ihm werde ich diesen Drohbrief mit einem entsprechenden Schreiben, in dem auch dein Name genannt wird, hinterlegen – für den Fall, dass mir etwas zustoßen sollte.«

In Martins wasserhellen Augen loderte es auf. Ein paar Atemzüge lang kreuzten sich ihre Blicke wie Schwerter. Dann machte die Wut in seinen Augen dem Ausdruck von Resignation Platz. Schließlich sagte ihr Jugendfreund müde: »Ach, Theresa, du warst immer schon so stark. Dafür habe ich dich mal geliebt.« Seine sonst überlaute Stimme war auf einmal leise geworden, sein Blick weich. »Weißt du, wie weh du mir damals getan hast?«

Sie schluckte. Ja, das wusste sie. Es hatte ihr damals auch sehr leidgetan, aber sie hatte sich einfach in Dirk verliebt. War das jetzt echte Verletztheit, oder wollte Martin ihr nur ein schlechtes Gewissen machen? Sie musste zugeben, sie konnte diesen Menschen nicht mehr einschätzen. Dennoch erwiderte sie sanft: »Wir haben nicht zusammengepasst«, während sie seine Hand nahm und festhielt.

Martin entzog ihr seine Hand und lachte bitter auf. »Aber du und Dirk, ihr habt zusammengepasst. Das sieht man ja nun.«

Sie lächelte müde. »Immerhin hat es ein Vierteljahrhundert gehalten.«

»Aber jetzt ist es auch aus«, höhnte Martin voller Genugtuung.

»Ja, jetzt ist es auch aus. Die Menschen verändern sich im Laufe der Jahre, können in unterschiedliche Richtungen auseinanderdriften. Manchmal merkt man es nicht einmal.« Plötzlich fiel ihr etwas ein. »Susanne, die Tierärztin, hat was Kluges gesagt: *Vielleicht hat mir das Schicksal etwas genommen, um mir etwas Besseres zu geben*. Daran halte ich mich fest. Daran solltest du auch glauben. Ich habe nämlich den Eindruck, dass du dich auch zum Teil aus Frust über deine private Situation so sehr in dieses Skiliftprojekt stürzt.« Sie sah ihn ernst an. »Pass gut auf dich auf. Diese Investoren sind eine Nummer zu groß für dich.«

Martin setzte sich aufrecht hin. »So eine große Nummer sind die nun auch nicht«, widersprach er. »Sie haben halt Schneid. Und grundsätzlich stehe ich ja hinter dem Projekt, aber die machen eben ordentlich Druck.«

»Noch einmal: Wer sind die?«, fragte sie sanft.

Jäh wandte er ihr wieder den Kopf zu. »Theresa, bitte! Mach meinetwegen, was du willst. Natürlich werden die dir nichts tun. Dieser Brief war eine bescheuerte Idee. Aber über deren Identität bin ich zum Schweigen verpflichtet. Da kannst du reden, wie du willst.« Er lachte freudlos auf. »Vielleicht ist es ja ein saudi-arabischer Prinz oder so was in der Richtung.«

»Saudi-arabischer Prinz …« Theresa tippte sich an die Stirn. »Der würde nicht seine Milliarden in unser kleines, namenloses Vierhundertseelendorf investieren.«

»Gib Ruh.« Martin machte den Eindruck, mit seiner Kraft und den Nerven am Ende zu sein. »Ich muss gehen.« Er öffnete die Tür. Bevor er ausstieg, fragte er sie über die Schulter hinweg: »Stimmt das mit dem Notar?«

»Ja«, antwortete sie entschlossen – wenn auch mit schlechtem Gewissen.

»Ganz schön clever«, lobte Anna. »Das hast du richtig gemacht. Mit dieser Notlüge hast du dir sozusagen eine Lebensversicherung geschaffen.«

»Na ja, ich glaube ja nicht wirklich, dass die mich umbringen wollen«, sagte Theresa. »Aber man weiß nie.« Sie zog die Fotokopien des Gutachtens aus der Jackentasche, die Martin ihr gegeben hatte, und zeigte sie ihrer Freundin.

Anna blätterte sie im Schnelldurchgang durch. »Zu blöd, dass wir nichts davon verstehen. Auf den ersten Blick erscheint das Gutachten professionell. Und es gibt den Weg frei für den Bau auf dem Hausberg.«

Theresa setzte sich aufrecht hin. »Auf dem Rückweg von Kufstein habe ich mir überlegt, auf eigene Kosten ein Gegengutachten anfertigen zu lassen.«

Ihre Jugendfreundin starrte sie an. »Das ist doch sicher teuer.«

»Billig bestimmt nicht.«

»Ja, aber …«

»Kein Aber. Das ist mir die Sache wert. Vielleicht kommen andere Geologen ja zu dem Ergebnis, dass die Bodenschichten ein zu unsicherer Baugrund für solch ein Projekt sind.«

»Wir machen also weiter?« Anna sah sie erwartungsvoll an.

»Was glaubst du denn! Freilich!«

Vom Brandlerhof aus fuhr Theresa auf direktem Weg zum Reischenbach-Bauern. Er war Mitte fünfzig, ein Mann wie ein Bulle, mit dröhnender Stimme. Der Reischenbacher weigerte sich, mit ihr über das Skiliftprojekt zu reden. »Halt dich da raus, Theresa. Wir wissen schon, was gut für unser Tal ist. Da brauchst du nicht dafür aus Frankfurt zu kommen.«

Am gleichen Abend rief Theresa Robert an und berichtete ihm von den Neuigkeiten. Es wurde ein kurzes Telefonat. Robert klang erleichtert. Er war auch freundlich und wiederholte, dass sie ihn anrufen könne, falls doch etwas passieren sollte. Dennoch gewann Theresa den Eindruck, dass er sich wieder ein Stück von ihr zurückgezogen hatte.

21

Mitte der Woche war nichts mehr von dem ersten Schnee im Jahr zu sehen. Der Föhn hatte ihn mit seinem warmen Wind und deutlich höheren Temperaturen weggeschmolzen. Nur hoch oben auf den Gipfeln blieb er liegen. Raphael war enttäuscht. »Dann besuchen wir die Ziegen«, tröstete er sich. Theresa sagte nichts dazu.

Der Freitag brachte sehr mildes und trockenes Wetter – viel zu mild für Mitte November, aber das ideale Wetter für den Informationsabend im Freien. Anna hatte den Hof mit Laternen und Fackeln beleuchtet. Die Leute saßen unter sternenklarem Himmel im Lichterschein auf provisorischen Bänken aus langen Brettern sowie auf Strohballen. Zu Theresas und Annas Enttäuschung waren jedoch weit weniger gekommen, als sie erwartet hatten, was Theresa nicht davon abhielt, ihren Vortrag mit aller Leidenschaft für die Sache zu halten.

»Dieses Skiliftprojekt, von dem ihr inzwischen alle wisst, ist eine große Gefahr für unser Tal«, sagte sie ins Mikrofon. »Wir wollen kein zweites Lawinenunglück in Gamsenau, und auch keinen Massentourismus. Zuerst möchte ich euch das Risiko eines solchen Projekts für uns alle vor Augen führen. Ihr seid von hier und kennt die Faktoren, die die Entstehung von Lawinen begünstigen: Temperatur, Wetterlage und das entsprechende Geländeprofil. Auf Letzteres möchte ich kurz eingehen. Besonders an Hangprofilen mit einer Neigung von dreißig bis fünfzig Prozent ist das Lawinenrisiko sehr hoch. Als unsicher gelten auch vegetationsarme Hänge. Hier können die Schneemassen ungehindert, mit großer Geschwindigkeit den Berg hinunterstürzen.« Sie trank rasch einen Schluck Wasser, bevor sie fortfuhr: »Und genau diese Situation haben wir auf unserem Hausberg. An einigen Stellen hat er eine Neigung von fünfzig Prozent. Er ist also geradezu prädestiniert für Lawinenabgänge. Einige von euch werden sich noch an das Unglück von vor achtunddreißig Jahren erinnern. Danach sind am Hausberg Lawinenschutzmaßnahmen erfolgt, um eine solche Katastrophe zukünftig zu verhindern. Der Berg ist fast ganzflächig aufgeforstet worden. Weiterhin entstanden parallel zum Hang künstliche Schutzbauten wie Gitter und Barrieren. Und jetzt …« Sie legte eine Pause ein, um sich die Aufmerksamkeit ihrer Zuhörer zu sichern, »jetzt wollen diese Investoren, die bis heute keiner kennt, die Wälder roden und die Schutzbauten niederreißen, um Skipisten und Lifte zu bauen sowie Schneekanonen aufzustellen. Die katastrophalen Folgen kann sich doch jeder von euch selbst ausmalen. Hier gilt es, ein eindeutiges Nein zu diesem Projekt auszusprechen. Und was den durch Skipisten und Hotels bedingten Massentourismus anbelangt, der Geld in die Gemeindekasse spülen soll – wollt ihr den wirklich hier in unserem Tal haben? Hotelburgen, riesige Parkplätze, Reisebusse, Menschengedränge auf unserer Dorfstraße ...« Sie gab ihrer Stimme einen ruhigen Klang, als sie weitersprach: »Bastian ruft euch jetzt durch einen kurzen Film das Lawinenunglück von damals noch einmal in Erinnerung. Das Leid von Mensch und Tier. Danach bekommt ihr in einer Computeranimation eine Vorstellung davon, wie das Gamsenauer Tal in ein paar Jahren aussehen wird, sollte es zum Bau der Liftanlage kommen. Danach kann jeder seine Meinung äußern. Ich freue mich auf eine Diskussion.«

»Laut Gutachten ist die Bebauung des Berges risikolos«, warf da der Fleischer aus Gamsenau ein.

Theresa wusste, dass er im Gemeinderat saß. Sie lächelte ihn freundlich an. »Gut, dass du das ansprichst. Ich halte das Gutachten dieser Investorengruppe, das unser Bürgermeister im Gemeindeamt ausgehängt hat, für falsch. Deshalb werde ich in der kommenden Woche ein zweites in Auftrag geben. Auf meine Kosten. Das sollte euch zeigen, wie ernst es mir damit ist, das Skiliftprojekt zu vereiteln. Ich bin zurückgekommen, um hier zu leben, weil ich meine Heimat liebe. Ich werde alles tun, um zu verhindern, dass sich irgendwelche fremden Leute auf Kosten dieses Tals und all der Menschen und Tiere, die hier ihr Zuhause haben, bereichern.«

Nach diesen Worten erntete sie von den meisten der Anwesenden anfangs noch zögerlichen, doch dann immer lauteren Applaus. Er bewies ihr, dass ihre Botschaft angekommen war.

»Das war super«, sagte Anna begeistert, nachdem auch die letzten Zuhörer den Hof verlassen hatten. »Du hast es letztendlich sogar geschafft, den Fleischer zu überzeugen. Ich bin sicher, dass all diejenigen, die heute Abend hier waren und gegen das Projekt sind, in den nächsten Tagen noch andere überzeugen werden.« Sie umarmte Theresa. »Ich glaube, wir sind auf einem guten Weg.«

Mit diesem Gefühl fuhr Theresa eine halbe Stunde später die Forststraße hinauf. Am Weiher, in dessen Wasser sich das Mondlicht spiegelte, hielt sie an. Hinter ihm erhob sich wie ein Scherenschnitt der Bergwald, und dahinter ragten die Zacken des Wilden Kaisers in den nachtschwarzen, sternenübersäten Himmel, von dem die Venus besonders hell und klar auf die Erde herabstrahlte. Ein erhabener Anblick. Obwohl die Natur schon so manchen Sturm erlebt hatte, fand sie ihre Ordnung immer wieder, nach dem uralten Gesetz, dass auf Regen

Sonne, auf Kälte Wärme und auf Unglück Glück folgte.

Theresa ließ das Seitenfenster herunter. Geradezu zärtlich strich der Föhn über das Almfeld. Mit versonnenem Lächeln fuhr sie langsam weiter auf die Sennhütte zu. Dann stutzte sie. Im Lichtschein der Außenlampe entdeckte sie ein Auto. Es war groß und schwarzfarben. Roberts Pick-up?

Theresas Herz schlug einen Trommelwirbel. Da trat Robert auch schon aus der Dunkelheit in den Lichtkegel der Außenlampe. Sie stieg aus, ging auf ihn zu und sah ihn an.

»Wie war es?«, erkundigte er sich so selbstverständlich, als wären sie zu dieser späten Stunde hier verabredet.

In wenigen Sätzen berichtete sie ihm von dem Abend. Er nickte anerkennend. »Gut gemacht.« Dann fügte er betont nebensächlich hinzu: »Ich war in Kufstein und dachte, ich halt mal an.«

»Eine gute Idee.« Nur einen pochenden Herzschlag lang zögerte sie noch. Nein, sie wollte ihn noch nicht gehen lassen, entschied sie dann und schenkte ihm ein Lächeln, in das sie all die Freude darüber legte, dass er gekommen war. »Ich glaube, ein Glas Zweigelt wäre jetzt nicht schlecht. Was meinst du?«

»Das passt.«

Während Theresa einschenkte, spielte Robert mit Stella. Als sie mit den beiden Gläsern auf ihn zutrat, erhob er sich. Sie prosteten sich zu, tranken einen

Schluck. Dabei sahen sie sich über den Rand der Gläser hinweg in die Augen. Und wieder lag diesen wenigen Augenblicken ein Zauber inne, der Theresa innerlich erschauern ließ. Nachdem sie getrunken hatten, nahm Robert ihr das Glas aus der Hand und stellte beide Gläser auf den Kachelofen. Theresa hielt den Atem an. Mit einer einzigen, ruhigen Bewegung zog Robert sie an sich. Sanft streichelte er ihr übers Haar, über ihre Schultern, ihren Rücken, als würde er sich vergewissern wollen, dass sie auch wirklich leibhaftig war. Da konnte sie nicht mehr anders: Sie schlang die Arme um seinen Nacken und schmiegte sich an seine Brust. Mit geschlossenen Augen erfühlte sie seine Gegenwart, seine Wärme, atmete seinen Duft ein und lauschte seinen Herzschlägen. Während Robert sie in seinen Armen hielt, war ihr, als würde sie sich in schwindelerregender Höhe und dennoch an dem sichersten Ort auf der Welt befinden. Irgendwann ließ Robert sie los, nahm ihr Gesicht in beide Hände und blickte sie zärtlich an.

»Wie schön du bist«, sagte er. Mit den Fingerspitzen zeichnete er ihre Brauen nach, Wangenbögen und Lippen – langsam, als hätte er alle Zeit der Welt, und sein Blick schien sich dabei ihre Züge einprägen zu wollen. Seine federleichten Berührungen sorgten für ein sehnsüchtiges Ziehen in ihr. Wie in Trance schloss sie die Lider und neigte Robert das Gesicht entgegen. Einen Herzschlag später fühlte sie seinen Mund, der sich sanft auf ihren legte. Vorsichtig, ja

geradezu keusch, begannen ihre Lippen, sich miteinander bekannt zu machen. Sie begannen miteinander
zu spielen, sich zu liebkosen. Danach wanderte Roberts Mund weiter zu ihren Wangen, ihren Lidern,
ihrer Stirn, um sich dann wieder mit ihren Lippen zu
einem Kuss zu vereinigen, der voller Verlangen war.
»Danach habe ich mich gesehnt«, flüsterte Robert mit
vor Leidenschaft rauer Stimme an ihrem Mund.

»Komm!« Sie nahm seine Hand. So aufgeregt und
unsicher, als wäre es das erste Mal – und in gewisser
Weise war es das auch, das erste Mal nach siebenund-
zwanzig Jahren Ehe – stieg sie mit ihm die knarrende
Treppe hinauf in ihr Schlafzimmer –, um am Ende
dieser Nacht in Roberts Armen mit dem sicheren
Gefühl aufzuwachen, in den vergangenen siebenund-
zwanzig Jahren nur auf diesen einen Mann gewartet
zu haben.

Robert ging, als die Sonne bereits ihre ersten
Strahlen über die Gipfel schickte und den Tau auf den
Grashalmen funkeln ließ. »Wir sehen uns morgen«,
sagte er mit seinem Lächeln, das jungenhaft, verwe-
gen und zärtlich zugleich war.

Theresa sah ihm nach, bis sein Pick-up um die
Ecke verschwunden war. Da erst fiel ihr ein, dass sie
und Dirk gestern Silberhochzeit gehabt hätten.

22

Der Sonntag wurde ein Sonnentag – in jeder Hinsicht. Der Himmel war wolkenlos, und am Nachmittag konnte man sogar im Schutz der Holzwand draußen sitzen. Raphael war glücklich – und Theresa war es auch. Robert zeigte dem Jungen, wie die Ziegen gemolken wurden, erklärte ihm seine analoge Kamera und reparierte mit ihm zusammen ein Stück Zaun. Theresa sah den beiden zu. Dabei spürte sie dem Gefühl nach, wie schön es doch sein musste, eine richtige Familie zu haben. Bei dieser Vorstellung bekam sie wieder Wut auf Dirk, der jeden Adoptionsgedanken in ihr erstickt hatte, genauso aber auch Wut auf sich selbst, dass sie sich ihm gegenüber niemals durchgesetzt hatte. Beim Kartenspielen verloren sich ihre bitteren Gedanken jedoch schnell wieder. Nicht nur, weil es sie freute, Raphael so unbeschwert zu sehen, sondern auch, weil Roberts zärtliche Blicke und wie zufälligen Berührungen sie an ihre gemeinsame

Nacht erinnerten. Während sie mit Raphael herumalberten und lachten, waren sie heimliche Verbündete, die die Erinnerungen an einzigartige Stunden teilten. Es waren dann schließlich auch diese Blicke und heimlichen Gesten, die Theresa beim Abschied über Roberts unverbindliches *Wir-sehen-uns* hinwegtrösteten.

Wahrscheinlich wollte er sich nicht in Raphaels Beisein mit mir allein verabreden, redete sie sich gut zu, als sie abends allein in der Sennhütte saß und diesen schönen Tag Revue passieren ließ.

Nachdem Theresa und Raphael weg waren, verfiel Robert in eine für ihn ungewöhnliche Umtriebigkeit. Er räumte die Dunkelkammer auf, putzte seine Kamera, fegte den Stall und sortierte seine Papiere. Bei all diesen Beschäftigungen fragte er sich unentwegt, warum er der Versuchung nicht hatte widerstehen können? Theresa faszinierte, verzauberte ihn. Nicht nur die Nacht mit ihr, auch die vergangenen Stunden waren schön gewesen. Wie eine Familie – Vater, Mutter, Kind und Hund. Robert schüttelte den Kopf. Das würden ihm Soma und David niemals verzeihen – wenn sie es wüssten. Und er? Konnte er es sich verzeihen? Nein und nochmals nein! Er war nicht mehr er selbst.

Am Dienstag fuhr Theresa nach Innsbruck, um das Gutachten in Auftrag zu geben. Der Leiter des Ingenieurbüros machte ihr Hoffnungen. Er kam aus Ellmau, wie sich herausstellte, und kannte den Hausberg sowie seine Geschichte. »Ich glaube nicht, dass der für ein Skiliftprojekt von diesem Ausmaß geeignet ist. Wir werden die Geländebeschaffenheit ganz genau, mit all den uns zur Verfügung stehenden Methoden prüfen«, versicherte er ihr. Danach fuhr sie in die Innenstadt, wo sie sich im Café Sacher in der Hofburg ein Stück der berühmten Schokoladentorte gönnte. Da das Wetter immer noch mild und sonnig war, schlenderte sie durch die Altstadt – vorbei an dem Prunkerker, dem berühmten Goldenen Dachl, das zwischen mittelalterlichen Häusern und schattigen Laubengängen thronte, und von dem aus einst Kaiser Maximilian den Ausblick auf das bunte Treiben in seiner Stadt im Auge behalten hatte. Immer wenn Theresa ein verliebtes Paar entgegenkam, spürte sie ein Ziehen im Herzen. Wie schön wäre es, wenn sie jetzt mit Robert zusammen hier entlangschlendern würde. Die pittoresken Häuserzeilen in den engen Gassen, der imposante Blick auf das verschneite Karwendel am Ende der Maria-Theresien-Straße würden ihm bestimmt gefallen. Noch während sie in melancholischer Stimmung diesem Gedanken nachhing, vibrierte ihr Handy. Robert? Telepathie? Sie griff in die Tasche ihres Lodenmantels. Weit gefehlt!

»Dirk hier. Ich muss dich unbedingt sprechen«, sagte ihr Noch-Ehemann atemlos.

Irgendetwas musste passiert sein.

»Dann sprich«, forderte sie ihn ruhig auf.

»Ich kann es nicht fassen. Was machst du da in dieser Einöde? In einer alten Hütte! Und stellst auch noch das ganze Tal auf den Kopf mit deiner lächerlichen Aktion! Ich bitte dich, komm sofort zurück. Das ist … das ist deiner einfach nicht würdig. Da muss man sich ja schämen.« Diesen Sätzen ließ er eine Pause folgen, in der sie nur seinen schweren Atem vernahm.

Sie blinzelte. Was war denn das? So hatte er noch nie mit ihr gesprochen. Ein paar hämmernde Herzschläge lang fühlte sie sich außerstande zu reagieren. Dann brach sich die Wut in ihr Bahn.

»Dirk, sag mal, spinnst du?«, fuhr sie ihn an. »Und wie redest du überhaupt mit mir? Du hast mich verlassen, falls ich dich daran erinnern darf. Und jetzt plötzlich fällst du über mich her und glaubst, dich für mich schämen zu müssen? Das ist ja wirklich unglaublich. Jetzt hör mir mal gut zu: Wo ich bin und was ich mache, geht dich nichts mehr an. Ich rede dir ja auch nicht in dein neues Leben rein. Im Übrigen: Woher weißt du überhaupt, dass ich in Gamsenau bin?«

»Von … Tante Maria aus Scheffau«, antwortete Dirk, nun schon weit weniger forsch.

»Tante Maria?« Merkwürdig. Ihres Wissens hatte er zu der Schwester seiner Mutter seit zehn Jahren keinen Kontakt mehr.

»Deine Rückkehr in die Heimat hat sich da unten herumgesprochen. Tante Maria hat es meiner Mutter erzählt und die mir«, stellte Dirk hastig richtig. »Außerdem ist das ja auch egal. Ich bitte dich inständig zurückzukommen. Und vor allen Dingen diese lächerliche Kampagne einzustellen. Du ziehst damit meinen Namen in den Schmutz.«

»Ich fasse es nicht.« Sie hörte selbst, dass ihre Stimme vor Wut zitterte. »Wenn ich hier erzählt hätte, auf welch geschmacklose Weise du mich von einer Minute auf die andere abserviert hast, hätte ich deinem Namen vielleicht tatsächlich Schaden zugefügt. Weil das nämlich eine ganz miese Sache von dir war. Aber da du ja schon seit Jahrzehnten mit deiner Heimat nichts mehr zu tun haben willst, könnte dir selbst das egal sein. Mir ist jedoch völlig rätselhaft, wieso ich deinen Namen in den Schmutz ziehe, nur weil ich die Natur und die Menschen in unserem Tal retten will.« Während sie sprach, bebte sie am ganzen Körper. Sie empfand Dirks Vorwurf als übergriffig, aber mehr noch als ungerecht. Wie sehr hatte er sich in der kurzen Zeit ihres Getrenntlebens verändert!

»Bitte, Theresa, komm zurück.« Dirks Stimme klang plötzlich butterzart. Er hatte also gerade mal wieder die Charme-Karte gezogen. »Das ist doch auf Dauer kein Leben für dich, dort unten. Hilde braucht dich. Sie ist mit dem ganzen Bürokram völlig überfordert. Und du kannst immer noch in die Villa einziehen. Dort gehörst du hin. Die passt zu dir. Aber doch keine alte Sennhütte.«

Theresa schüttelte stumm den Kopf. Wie wenig hatte Dirk sie jemals gekannt! Oder hatte sie sich ihm zu sehr angepasst, wie Maja einmal gesagt hatte?

»Hilde kann mich jederzeit anrufen, wenn sie Hilfe braucht«, entgegnete sie, nun auch wieder etwas ruhiger.

Sie hörte Dirk am anderen Ende der Leitung seufzen – und dann in theatralischem Ton fragen: »Was soll ich tun, damit du nach Frankfurt zurückkommst?«

Sie musste lachen. »Das hat doch nichts mehr mit dir zu tun. Deshalb kannst du gar nichts tun. Ich fühle mich hier wohl und werde bleiben. Punkt. Hast du von den Schweizern etwas gehört?«, wechselte sie das Thema.

Dirk schwieg eine Weile. Er schien sich mit dem Themenwechsel schwerzutun. Schließlich räusperte er sich energisch und antwortete mit geschäftlich klingender Stimme: »Sie lassen gerade einen Kaufvorvertrag ausarbeiten. Ich werde ihn dir selbstverständlich mailen, wenn er so weit ist.« Es folgte eine Pause, dann die fast schon weinerlich klingende Frage: »Willst du wirklich nicht zurückkommen?«

»Nein. Mach's gut.« Theresa trat aus der schmalen Einfahrt, in die sie sich zum Telefonieren zurückgezogen hatte, heraus und blinzelte ins Sonnenlicht. Nachdem sie einmal tief durchgeatmet hatte, schlenderte sie weiter. Aber sie war beunruhigt. War Dirks versteckter Vorwurf, sie hätte die Firma im Stich gelassen, berechtigt? Andererseits: Es gab viele Unternehmer, die ihre Firma weitab vom Firmenstandort leiteten. Vorausgesetzt sie hatten zuverlässige Leute vor Ort. Und die hatte sie. Ihre Sekretärin kam – entgegen Dirks Aussage – bestens klar. Natürlich hatte sie Hilde angewiesen, sie auf dem Laufenden zu halten. Von Hilde wusste sie auch, dass Dirk seit ihrer Trennung kein einziges Objekt mehr vermittelt hatte und der Agentur tagelang fernblieb. Er nahm es mit dem Ruhestand also sehr ernst. Wie mochte Dirk seine Tage verbringen? Gab er sich ausschließlich der neuen Liebe hin? Vielleicht hatte er deshalb so geschafft ausgesehen. Aber warum nur drängte er sie so sehr zurückzukommen, fragte sie sich auf dem Rückweg zu ihrem Auto immer wieder. Ob er sie vielleicht zurückhaben wollte?

Theresa atmete erleichtert auf, als sie die Forststraße hinauffuhr. Sie freute sich auf Stella, die sie an diesem Tag in der Hütte gelassen hatte. Zuerst einmal würde sie mit ihr einen ausgedehnten Spaziergang machen. Danach musste sie unbedingt Maja anrufen und ihr von Dirks Anruf erzählen.

Als sie die Stufen zur Veranda hinaufstieg, entdeckte sie das Paket. Es lag vor der Hüttentür. Jäh hielt sie inne. Eine Briefbombe?, fragte sie sich unwillkürlich. Ach, Unsinn! Sie hob es auf, während Stella sie hinter der Tür bereits mit freudigem Fiepen begrüßte.

»Ich komm sofort«, rief sie ihrer Hündin zu, während sie das Päckchen näher ins Auge fasste. *Keine Angst! Dies ist keine Briefbombe. Liebe Grüße, Robert* stand mit rotem Filzstift auf dem braunen Verpackungspapier. Sie musste lachen. Wieder einmal hatte er ihre Gedanken erraten!

Nachdem sie Stella gebührend begrüßt hatte, öffnete sie das Päckchen voller Neugier. Es enthielt mehrere Knäuel feinster Kaschmirwolle, Stricknadeln und eine Karte. *Du wolltest doch mal wieder stricken ... Außerdem möchte ich Samstagabend für Dich kochen. Mit allem Drum und Dran. 18 Uhr. Robert.*

Nun musste sie sich doch erst mal setzen. Ihr zitterten ein wenig die Knie. Leider hatte sie keinen Obstler im Haus, den hatte der Martin ausgetrunken. Jetzt hätte sie einen brauchen können.

»Wenn du mich fragst, will Dirk dich zurückhaben«, prognostizierte Maja ein paar Stunden später im Brustton der Überzeugung. »Wahrscheinlich hat er inzwischen festgestellt, dass seine Neue leider doch nicht perfekt ist. Einmal Himmel und zurück ... So läuft das doch meistens ab.« Maja nahm geräuschvoll einen Zug von ihrer Zigarette und stieß den Rauch ebenso geräuschvoll aus. »Du musst dir jetzt gut überlegen, was du tust«, sagte sie eindringlich. »Solltest du es noch einmal mit ihm versuchen wollen, denk daran, dass er sich nicht wirklich verändert hat, wenn es vielleicht zuerst auch so scheinen mag. Also? Was willst du tun?«

Theresa hatte ihre Freundin erst einmal reden lassen. Jetzt musste sie lachen. »Maja, du fürchtest nicht wirklich, dass ich zu Dirk zurückgehe, oder? Zumal ich im Gegensatz zu dir gar nicht davon überzeugt bin, dass er mich tatsächlich zurückhaben will. Dann würde er anders um mich werben. Ich kenne ihn. Ich glaube eher, dass ihm in Frankfurt alles über den Kopf wächst. Er muss die Villa veräußern, sich um den Verkauf der Firma kümmern, für jeden ist er jetzt der Ansprechpartner. Wenn ich vor Ort wäre, würde ich mich um alles kümmern. So ist er es ja gewohnt.« Sie hielt inne. »Ich verstehe nur nicht, warum er mich derart hart angeht. Durch meine Kampagne gegen das Skiliftprojekt würde ich seinen Namen in den Schmutz ziehen. So ein Blödsinn!«

»Seine Nerven liegen blank. Er ist ja auch nicht mehr der Jüngste. Vielleicht nervt seine Neue auch. Eine eingefahrene Ehe ist ein Ruhekissen, eine neue, heiße Liebe eine Achterbahn.«

Wieder musste Theresa lachen. »Maja, du hättest Psychologin werden sollen.«

»Das Leben hat eine Psychologin aus mir gemacht«, lautete Majas trockener Kommentar. »Mir wär lieber, ich wüsste all das nicht aus erster Hand. Aber nun sag schon, was machst du jetzt?«

»Gar nichts. Das heißt, ich mache so weiter wie bisher. Ich bleibe hier und lebe mein Leben. Ohne Dirk. Das mit uns ist vorbei.«

»Gut, so kenne und liebe ich dich. Themenwechsel. Gibt es was Neues vom Einsiedler?«

Theresa zögerte. Für ihre Freundin anscheinend einen Moment zu lange.

»Also ja«, schlussfolgerte Maja in zufriedenem Ton. »Erzähl!«

»Da gibt es nicht viel zu erzählen.«

»Dann erzähl mir das wenige.«

»Natürlich begegnet man sich hin und wieder«, sagte Theresa gedehnt.

»Seid ihr euch inzwischen nähergekommen?«

Sie lächelte vor sich hin. »Ein wenig.«

»Und?«

»Es war sehr schön.«

»Weißt du inzwischen, wie er heißt?«

»Robert. Das habe ich dir doch erzählt.«

»Mit Nachnamen, meine ich.«

»Leitner.«

»Aha, weißt du inzwischen, warum er zum Einsiedler geworden ist? Ich meine, als Arzt wird er doch mal in irgendeinem Krankenhaus gearbeitet oder sogar irgendwo eine eigene Praxis gehabt haben. Warum hat er die aufgegeben?«

Die typischen Maja-Fragen!

»Robert hat viele Jahre für Ärzte ohne Grenzen gearbeitet. Auf der ganzen Welt. Zuletzt in Afghanistan.«

»Das ist hart«, erwiderte Maja teilnahmsvoll mit ihrer rauchigen Stimme. »Ein ehemaliger Kollege von mir hat mal eine Reportage über Ärzte ohne Grenzen gemacht. Er war einen Monat lang mit einem Fernsehteam vor Ort. Wo, weiß ich nicht mehr. Vielleicht ist Robert zum Einsiedler geworden, weil er an diesen Kriegsschauplätzen zu viel Leid gesehen hat.«

»Möglich.«

Eine kurze Pause, dann sagte Maja energisch: »Du klingst so, als wäre dir seine Vergangenheit völlig egal. Ich meine, Frau muss doch wissen, mit wem sie es zu tun hat.«

Und wieder musste Theresa herzlich lachen. »Maja, bitte … Menschen in unserem Alter haben meistens irgendein Schicksal, irgendein Geheimnis im Gepäck. Ich meine, dass wir gerade in unserem Alter genug Respekt vor dem anderen haben sollten, das anzuerkennen. Robert und ich sind noch längst kein Paar. Wir stehen am Anfang einer Entwicklung, von der wir doch noch gar nicht wissen, wohin sie uns führen wird. Ich bin sicher, dass ich Roberts Geheimnis noch erfahren werde – falls es denn eins gibt.«

Am anderen Ende der Leitung hörte sie ihre Freundin leise stöhnen. »Danke für den ausführlichen Vortrag, meine Liebe«, sagte Maja dann in süffisantem Ton. »Ich weiß ja selbst, dass ein, zwei meiner Beziehungen meinem Berufsethos zum Opfer gefallen sind. Als Journalistin bist du der Aufdeckung der Wahrheit verpflichtet. Und je früher man Bescheid weiß, desto schneller kann man reagieren.«

»Im Berufsleben ist das sicher hilfreich, aber trifft es auch auf die Liebe zu?« Theresa lächelte vor sich hin, als sie mit weicher Stimme zitierte: »*Und jedem Anfang wohnt ein Zauber inne, der uns beschützt und der uns hilft zu leben.* Sagt dir dieser Vers etwas?«

»Hermann Hesse. Sein Gedicht *Stufen*.«

»Ich will diesen Zauber nicht kaputtmachen, indem ich Robert durchleuchte.«

»Okay, okay, ich gebe auf«, sagte Maja da mit einem tiefen Seufzer. »Da ist aber jemand mordsverliebt. Ich bin jedenfalls gespannt, wie es mit euch weitergeht. Du hältst mich doch auf dem Laufendem, oder?«

Theresa lachte. »Natürlich. Was sonst?«

23

Samstagabend, Punkt achtzehn Uhr, fuhr Theresa durch das Hoftor des Einsiedlerhofes. Robert stand schon in der Haustür.

»Herzlich willkommen.« Er küsste sie auf die Wange. Dann beugte er sich zu Stella hinunter, die einen Freudentanz um ihn herum aufführte.

»Herein mit euch beiden«, forderte er sie in bester Laune auf.

Sie folgte ihm, vorbei an dem langen Holztisch, den er für zwei Personen eingedeckt hatte.

»Hhm, das riecht köstlich«, schwärmte sie, während sie die vielfältigen Düfte erschnupperte. »Lass mich raten.« Sie lächelte ihn verschmitzt an. »Wild? Auf alle Fälle Rotkraut.« Sie legte den Kopf schief, überlegte. »Und irgendetwas Vanilliges zum Dessert?«

Er lachte. »Lass dich überraschen.« Geschickt entkorkte er eine Flasche Sekt, schenkte ein und reichte ihr ein Glas. »Auf einen schönen Abend.«

Sie prosteten sich zu, vermieden jedoch beide, sich in die Augen zu sehen. Von der intimen Nähe ihrer Liebesnacht war jetzt nichts mehr zu spüren. Robert trat ihr eher entgegen wie ein guter Freund.

»Ich habe dir eine Kleinigkeit mitgebracht«, sagte sie, um ihre Unsicherheit zu überspielen, und zog das Päckchen aus ihrer Umhängetasche. In einer Dorfchronik, die in der Sennhütte im Regal stand, hatte sie ein Foto gefunden, das den Einsiedlerhof vor einhundert Jahren darstellte. Sie hatte es in Kufstein drucken und rahmen lassen. Robert zeigte sich begeistert.

»Das ist wirklich etwas Besonderes. Danke. Ich werde es neben die Haustür hängen.« Er küsste sie, aber nur wieder freundschaftlich auf die Wange. »Weißt du was? Während ich die Vorspeise anrichte, könntest du es aufhängen. Hammer und Nägel sind hier in der Küchenschublade.«

»Einverstanden«, erwiderte sie.

Während sie das Bild an der Holzwand befestigte, fragte Robert aus der Küche: »Hat Stella schon ihr Futter bekommen?«

Erstaunt sah sie zu ihm hinüber. Dass er daran dachte! »Ja, danke, vor einer Stunde.«

»Ich habe Fleisch für sie gekauft. Ich dachte, ich würde hier von zwei hungrigen Ladys überfallen«, fügte er zwinkernd hinzu. »Dann kannst du es mitnehmen für morgen.«

Ihr Herz schlug einen Purzelbaum. So viel Fürsorge! »Danke.« Sie trat näher, suchte seinen Bick und es gelang ihr, ihn ein paar hämmernde Herzschläge lang einzufangen.

»Mach mich nicht nervös«, scherzte Robert mit gespielt ernster Miene. »Sonst versalze ich noch die Suppe.«

Sie lachte. »Kann ich dir helfen?«

»Auf gar keinen Fall. Setz dich gemütlich hin und studiere die Speisekarte.«

»Speisekarte?«

»Vielleicht solltest du dich vorher über das Drum und Dran informieren«, meinte er zwinkernd.

Die Speisekarte las sich wie eine aus einem gehobenen Restaurant: Wildpastete auf Ruccolasalat, Steinpilzconsommé, Hirschfilet mit Rotkraut und Klößen, Mohnknödel mit Vanillesoße. »Und das hast du alles selbst gemacht?«, fragte sie verblüfft.

»Alles handmade.«

»Wow.« Theresa lehnte sich entspannt zurück und sah zu Stella hinüber, die auf dem Fell vor dem Tiroler Kachelofen lag und an einem Büffelhautknochen knabberte.

»Ich habe zum Essen einen Lagrein aus Südtirol ausgewählt, von den Hängen rund um Bozen«, sagte Robert, der gerade die langstieligen, dickbauchigen Gläser füllte. »Ich hoffe, er schmeckt dir.«

Sie lächelte ihn an und nickte. »Der passt. Tief aromatisch, ein voller und edelwürziger Rotwein.«

Außerdem gefiel ihr bis jetzt alles, aber besonders Robert, den sie zuvor noch nie so locker, so gut gelaunt erlebt hatte. Das würde ein wunderschöner Abend werden. Dessen war sie sich sicher.

Robert kam mit den beiden Gläsern an den Tisch. »Ich sehe, du verstehst etwas von Wein. Dann lass uns anstoßen.«

Sie nippten an dem Lagrein und blickten sich über die Ränder der Gläser an.

»Schön, dass du da bist«, sagte Robert leise, als er sein Glas abstellte.

»Ich habe mich auf den Abend sehr gefreut.« Theresa hörte selbst, wie zärtlich ihre Stimme klang.

Er zögerte, schien sich zu ihr herunterbeugen zu wollen, überlegte es sich dann jedoch anders. »Lass uns essen.«

Die Wildpastete schmeckte köstlich, und Theresa sparte nicht mit Komplimenten.

»So etwas erwarte ich natürlich auch von dir – falls du dich revanchieren und mich einladen solltest«, sagte Robert mit verschmitztem Lächeln.

Sie verzog das Gesicht. »Wahrscheinlich werde ich vorher noch schnell einen Kochkurs absolvieren müssen. Aber ob ich danach an deine Wildpastete herankomme … Das glaube ich nicht.«

»Probier erst mal die Consommé. Vielleicht bin ich ja gar nicht so gut, wie du glaubst.«

Robert war sogar noch besser, musste sie sich bald eingestehen. »Also einen Stern würde ich dir bis jetzt wenigstens geben«, sagte sie nach den beiden ersten Gängen.

Er lachte sein dunkles Lachen. »Wenn du das Hirschfilet gekostet hast, legst du noch einen drauf.«

»Eingebildet bist du gar nicht, oder?«, neckte sie ihn.

Während sie mit Genuss und in aller Ruhe aßen, plauderten sie über ihre Vorlieben beim Essen und Trinken, über Bücher, die sie gelesen hatten, über Filme, die sie gesehen hatten. Theresa hatte den Eindruck, als hätte Robert eine Bewusstseinswandlung durchgemacht. Vielleicht musste er erst einmal Vertrauen zu seinem Gegenüber fassen, um diese unbeschwerte Seite an sich ausleben zu können. Und je weiter der Abend fortschritt, desto länger wurde die Liste der Gemeinsamkeiten. Einmal kam ihr kurz in den Sinn, ihn danach zu fragen, warum er den Arztberuf aufgegeben hatte. Doch sie unterließ es – aus Angst, er könnte sich sofort wieder in sich zurückziehen. Hatte sie nicht erst vor ein paar Tagen Maja am Telefon vordoziert, die Geheimnisse anderer müsse man respektieren?

Nachdem sie einen Obstler getrunken hatten, stand Robert auf, trat um den Tisch herum und legte den Arm um Theresas Schultern. »Ich würde dich gern fotografieren. Darf ich?«

»Mich?« Verlegen fuhr sie sich mit beiden Händen über das hochgesteckte Haar. »Ich weiß nicht …«

»Bitte.« Seine dunkle Stimme klang weich, voller Sehnsucht. »Genau so, wie du jetzt aussiehst. Die ganze Zeit schon denke ich daran, wie wunderschön dein Profil als Schwarz-Weiß-Aufnahme aussehen würde.«

»Meinetwegen.«

Einen passenden Hintergrund hatte er schnell gefunden. Er führte sie zu der breiten Holztreppe, die
ins Obergeschoss führte. In den folgenden Minuten
suchte er die passende Perspektive aus. Er ging vor
ihr hin und her, die Stufen hinauf und wieder herunter und gab ihr Anweisungen, welche Sitzhaltung
sie einnehmen sollte. Sie tat, wie er ihr sagte. Dabei
fühlte sie sich wie in Trance. Sie ließ es geschehen,
dass er ihr, ruhig und bestimmt, die Hand unters
Kinn legte, es anhob, ihren Kopf nach rechts und
links drehte, dass er ihre weiße Leinenbluse um einen
Knopf öffnete. Bei alledem versuchte sie, ihr Verlangen nach mehr Intimität zu ignorieren. Schließlich
legte Robert seine Kamera beiseite. Er blieb vor ihr
stehen und betrachtete sie wie ein Gemälde.

»Weißt du, dass du wunderschön bist?«, fragte er
ernst.

»Ich …«, begann sie, ohne zu wissen, was sie eigentlich sagen wollte.

Da legte Robert ihr den Zeigefinger auf die Lippen. »Sag jetzt nichts«, flüsterte er. Er zog sie hoch in
seine Arme. Sie schloss die Augen. Und dann machte
ein schriller Laut diesem Zauber ein Ende.

Theresa zuckte zusammen. Robert erschrak ebenso. Sie sahen sich an, als wären sie gerade mitten aus
einem tiefen Traum gerissen worden. Das Handy auf
der Fensterbank klingelte unterdessen unbarmherzig
weiter.

Theresa zog den Ausschnitt ihrer Bluse zurecht. »Willst du nicht rangehen?«, fragte sie mit belegter Stimme.

Robert warf einen Blick auf die Wanduhr, die zwanzig Uhr anzeigte. »Wer mag das denn sein?« Seiner Reaktion nach schien er nur wenige Anrufe zu bekommen.

Sie berührte seinen Arm. »Sieh nach.«

Entschlossen ging er in den Küchentrakt. Mit dem Rücken zu ihr nahm er den Anruf entgegen. Zuerst sprach er ein paar Sätze in Englisch, unverfängliche Begrüßungsfloskeln. Dann verfiel er in eine Sprache, die in Theresas Ohren orientalisch klang. Kam der Anruf vielleicht aus Afghanistan? Hatte er dorthin noch Kontakte? Jetzt ging er mit dem Handy nach draußen vor die Tür. War die Verbindung im Haus so schlecht? Stella war durch das schrille Klingeln wach geworden und setzte sich neben sie. Während Theresa ihre Finger durch das weiche Fell der Hündin gleiten ließ, fühlte sie Enttäuschung. Unter dieses Gefühl mischte sich noch ein anderes: Angst. Sie war sich sicher, dass dieser Anruf dem Abend, der so wunderschön begonnen hatte, eine andere Richtung geben würde. Vielleicht sogar ihrem Verhältnis zu Robert. Und sie ahnte, dass es keine gute sein würde.

Als Robert nach wenigen Minuten wieder hereinkam, sah sie seiner Miene an, dass irgendetwas passiert sein musste.

Sie schluckte schwer. »Alles in Ordnung?«

Ein flüchtiges Lächeln und Nicken. Dann ging er zur Spüle. »Magst du auch ein Wasser?«, fragte er mit einem raschen Seitenblick in ihre Richtung.

»Nein, danke.« Sie beobachtete, wie er ein großes Glas mit kaltem Wasser füllte und es in einem Zug austrank.

Danach sah er sich in der Küche um, wo ein ziemliches Durcheinander aus Tellern und Töpfen herrschte. Er wirkte hilflos, was sicherlich weniger an der Unordnung lag als an den Nachrichten, die ihn gerade erreicht hatten.

Sie stand auf, knöpfte ihre Strickjacke zu und räusperte sich. »Ich glaube, wir sollten mal aufräumen. Was meinst du?« Ihr Lächeln fühlte sich verzerrt an.

Robert winkte ab. »Danke, das mach ich schon.« Sein Lächeln wirkte ebenso gezwungen. »Du warst schließlich mein Gast.«

Enttäuschung breitete sich in ihr aus. *Warst* ... Eindeutig ging er davon aus, dass der Abend nun beendet war.

»Es hat sehr gut geschmeckt. Vielen Dank«, erwiderte sie steif, während sie halbherzig ihren Lodenmantel vom Haken nahm, wobei sie sich so sehr wünschte, Robert würde ihrem plötzlichen Aufbruch widersprechen. Stattdessen half er ihr hinein, streichelte Stella und öffnete die Haustür.

Im Laufe der Stunden musste es zu regnen angefangen haben, was Theresa gar nicht bemerkt hatte –

zu sehr war sie in dem Zauber des Abends gefangen gewesen. Es herrschte dichter Nebel.

Robert sah sie mit hochgezogenen Brauen an. »Kannst du bei dem Wetter fahren?«

»Klar«, antwortete sie betont munter. »Ich kenne die Forststraße seit meiner Kindheit.« Sie zwinkerte ihm übertrieben fröhlich zu. »Keine Sorge. Ich komme schon durch.«

Nachdem Stella auf den Rücksitz gesprungen war, zögerte sie. Wie sollte sie sich jetzt verabschieden? Per Handschlag? Unsicher sah sie Robert an. Da zog er sie an sich. »Verzeih«, sagte er leise mit rauer Stimme in ihr Haar. »Ich bin noch nicht so weit.« Er hielt sie noch zwei, drei Herzschläge lang fest, um sie dann ohne einen Kuss wieder loszulassen. Nach diesen Worten drehte er sich um und ging zum Haus zurück.

Ich bin noch nicht so weit. Dieser Satz ging Theresa an diesem Abend immer wieder durch den Kopf. *Wie weit* war Robert noch nicht? So weit, um mit ihr über seine Probleme zu reden oder um mit ihr eine Beziehung zu führen? Warum hatte sie ihn nicht einfach gefragt? Weil sie so verdammt zurückhaltend war und er ihr sowieso keine Antwort gegeben hätte.
Während der Regen unaufhörlich auf das alte Schindeldach prasselte und der Zeiger der Uhr sich viel zu langsam weiterbewegte, kam Theresa einige Male in Versuchung, Maja anzurufen. Doch was sollte das

bringen? Nichts als Spekulationen über Roberts Verhalten. Fakt war: Robert war zurzeit nicht bereit für eine Beziehung mit ihr. Aus welchen Gründen auch immer. Und sie musste sich fragen: Wie sollte sie mit seiner Haltung umgehen? Auf bessere Zeiten hoffen oder diesen Mann lieber ganz vergessen? Plötzlich fühlte sie sich hundemüde. Diese Entscheidung wollte und konnte sie heute nicht mehr treffen. Morgen war auch noch ein Tag.

24

Die neue Woche begann mit dem Wetter, das so gut zu Niederlagen und traurigen Liebesgeschichten passt. Jeden Tag aufs Neue versank die Sennhütte in einem Meer grauer Wolken. Feiner Nieselregen schluckte das spärliche Tageslicht. Robert ließ nichts mehr von sich hören. Nur Falk holte sich weiterhin täglich seine Fleischportion ab. Dabei blickte er Theresa aus seinen gelben Augen unergründlich an. »Du kannst mir auch nicht sagen, was mit ihm los ist, gell?«, murmelte Theresa vor sich hin, während sie ihm mit schwerem Herzen nachsah, wie er im Nebel verschwand. Obwohl sie sich die Gedanken an Robert jeden Tag aufs Neue verbot, schlichen sie sich dennoch immer wieder in ihren Kopf. Dass ihr die Kraft fehlte, sich dagegen zu wehren, machte sie wütend auf sich selbst. Nur die Stunden mit Raphael lenkten sie etwas von ihrem Kummer ab. Sie bastelten Adventsschmuck, buken Christstollen und

Weihnachtsplätzchen. Der erste Advent stand vor der Tür.

Donnerstagabend rief Maja an. »Hey, ich muss dir unbedingt was erzählen«, legte ihre Freundin sofort los. »Rate mal, wen ich heute Mittag gesehen habe! Dirk mit seiner Neuen. Sie kamen gerade aus dem Operncafé, als ich vorbeifuhr. Unglaublich! Die habe ich mir ganz anders vorgestellt.« Maja legte die für sie typische Kunstpause ein, um ihre Worte wirken zu lassen. Und Theresa musste zugeben, dass diese Neuigkeit ihre Wirkung auf sie nicht verfehlte. Ihr Herz begann schneller zu schlagen. Sie räusperte sich, um ihrer Stimme einen festen Klang zu geben. »Wie meinst du das?«

Maja zog an ihrer Zigarette. »Na ja, halt jünger«, sagte sie dann. »Sehr viel jünger. Diese Frau war bestimmt Mitte vierzig.«

Ihre Nachfolgerin war nur unwesentlich jünger als sie selbst? Verwundert schüttelte Theresa den Kopf.

»Klein, zierlich, raspelkurzes Haar«, fuhr Maja in ihrer Berichterstattung fort. »Tizianrot.«

Theresa stutzte. Das war doch gar nicht Dirks Frauentyp! »Vielleicht war sie ja eine Kundin«, wandte sie skeptisch ein.

»Bestimmt nicht.« Maja lachte. »Es sei denn, er küsst alle seine Kundinnen so leidenschaftlich mitten auf der Straße.«

Theresa schluckte. Dirk hatte immer so viel Wert auf Etikette gelegt! Plötzlich hatte sie einen bitteren Geschmack auf der Zunge.

»Seiner Liebsten schien jedoch nicht nach Küssen zumute gewesen zu sein«, erzählte ihre Freundin munter weiter. »Sie hat ihn ziemlich heftig von sich gestoßen. Ich glaube, die war sauer auf ihn. Sie hat ihn wütend angefahren, so laut, dass ein paar Passanten sich umdrehten. Dann ist sie im Stechschritt weitermarschiert, und Dirk ist ihr hinterhergedackelt.« Maja lachte glucksend. »Wie ich schon vermutet habe: Bei denen ist inzwischen der Lack ab.«

Theresa wusste um Majas gute Beobachtungsgabe. Sie war sicher, dass sich die Szene genau so abgespielt hatte. Doch was sollte sie jetzt mit dieser Information anfangen? Ein Zurück in die Ehe mit Dirk war für sie völlig ausgeschlossen. Sie hatte Robert kennengelernt, hatte sich in ihn verliebt und wollte mit ihm die Liebe mit all ihren Facetten noch einmal neu erleben.

Ach, Robert! Theresa seufzte in sich hinein, während Maja am anderen Ende der Leitung noch auf ihre Reaktion zu warten schien.

»Macht dir das jetzt was aus?«, fragte ihre Freundin nun hörbar schuldbewusst in ihr Schweigen hinein. »Hätte ich dir das lieber nicht erzählen sollen?«

»Alles gut«, versicherte Theresa ihr. »Es verletzt mich nicht mehr.«

»Was ist denn mit unserem Doc?«, wechselte Maja im Plauderton das Thema.

Oh nein, dachte Theresa. Noch war sie nicht in der Stimmung, über Roberts Verhalten zu reden.

»Alles beim Alten«, antwortete sie betont lässig – und war sich im nächsten Moment sicher, dass ihre Freundin jetzt ihre schwarzen Brauen zusammenziehen würde.

»Du klingst ja total euphorisch!«, sagte Maja auch prompt mit deutlicher Ironie, um dann jedoch sofort mit weicher Stimme zu fragen: »Läuft es nicht so, wie du es dir wünschst?«

Theresa schwankte. »Lass uns bitte ein anderes Mal darüber reden«, sagte sie schließlich. »Vielleicht weiß ich dann mehr.«

»Okay«, stimmte Maja seufzend zu. »Du weißt, dass du mich jederzeit anrufen kannst. Und vergiss nicht: Diese aufregenden, geheimnisvoll wirkenden Männer sind für ernsthafte Beziehungen meistens ungeeignet. Entweder haben sie eine Macke, oder sie sind bereits vergeben.«

Am nächsten Tag fuhr Theresa nach Kitzbühel, um sich für die Dreihundertjahrfeier von Gamsenau ein Dirndl zu kaufen. An diesem Freitagmorgen zeigte sich zum ersten Mal seit Tagen eine fahle Sonne über dem Kaisergebirge. Über Nacht war der Himmel aufgerissen. Es war deutlich kälter geworden. Der Wetterbericht kündigte fürs Wochenende den lang ersehnten Schnee an.

Mit einer großen Einkaufstüte und dem befriedigenden Gefühl im Herzen, sich etwas gegönnt zu haben, verließ Theresa das Trachtengeschäft in der

Vorderstadt. Trotz ihres Kummers wegen Robert freute sie sich auf das Fest, auf dem sie viele Bekannte aus ihrer Jugendzeit wiedersehen würde. Außerdem würde es ihr Gelegenheit geben, für ihre Kampagne gegen das Skiliftprojekt zu werben.

Während sie in Gedanken an den alten, farbenfrohen Fassaden vorbeischlenderte, zog einer der ihr entgegenkommenden Passanten ihre Aufmerksamkeit auf sich. Als sie ihn erkannte, weigerten sich ihre Füße weiterzugehen. Der mittelblonde Mann in dem langen Lammfellmantel, den sie ihm vor einem Jahr in einer Nobelboutique auf der Goethestraße in Frankfurt gekauft hatte, hielt ebenfalls inne. Ihre Blicke trafen aufeinander.

Was machte Dirk in Kitzbühel?

Über das blasse Gesicht ihres Noch-Ehemannes flog der Ausdruck von Entsetzen, der dann jedoch schnell einem aufgesetzten Lächeln Platz machte. So zielstrebig, als wären sie an diesem Ort, genau zu dieser Stunde verabredet, kam Dirk mit wehenden Mantelstößen auf sie zu. »Stell dir vor, ich bin sozusagen auf dem Weg zu dir«, begrüßte er sie mit strahlendem Lächeln, bevor er sie auf beide Wangen küsste. »Tja, da schaust du, gell?« Er lachte seltsam scheppernd. »Ich bin wegen eines Objektes hier in der Nähe. Ganz großes Kino. Und da dachte ich, ich esse irgendwo noch was und fahre dann bei dir vorbei.« Seinen Worten ließ er ein mehrmaliges Nicken folgen, als wollte er den Wahrheitsgehalt seiner Aussage bekräftigen.

Er lügt. Das war Theresas erster Gedanke, nachdem sie sich von der Überraschung erholt hatte.

»Welches Objekt?«, fragte sie mit belegter Stimme. Seit ihrer Trennung hatte Dirk kein einziges Haus mehr verkauft.

Er winkte ab. »Das ist zu kompliziert, um es dir hier auf der Straße zu erklären.« Er sah sich um, hektisch, mit besorgter Miene. Dann knipste er wieder sein Sunnyboy-Lächeln an. »Gehen wir was trinken?«

Sie zögerte. In einer Stunde musste sie Raphael von der Schule abholen.

»Bitte!« Dirk nahm ihr die Einkaufstüte ab, legte den Arm um ihre Schultern und dirigierte sie ganz selbstverständlich zu einem Café ein paar Häuser weiter.

»Moment mal.« Theresa blieb stehen. Mit einer einzigen Bewegung schüttelte sie seinen Arm ab. »Tut mir leid, aber ich habe keine Zeit. Du überrumpelst mich hier einfach so …« Forschend sah sie ihm in die Augen. »Irgendwie glaube ich dir nicht. Weder, dass du beruflich hier bist, noch, dass du mich besuchen wolltest.«

»Warum sollte ich dich belügen?«, fragte Dirk aggressiv, während er sie am Arm zum Eingang zog. »Ich wollte dich sehen. Unser letztes Telefonat … Das war ja nicht so gut. Ich wollte in Ruhe mit dir reden. Vielleicht können du und ich ja doch noch mal …«

Sie ahnte, was er sagen wollte. Sie sah es seiner reumütigen Miene an … und musste an Majas Beobachtung tags zuvor denken. Fassungslos wich sie von ihm zurück.

Da hob er auch schon beschwichtigend die Hand. »Nicht heute oder morgen«, sprach er hastig auf sie ein. »Aber vielleicht gibt es ja noch eine Chance für uns. Ich meine ...« Mit hilfloser Miene brach er ab. Wieder spähte er angestrengt die Gasse hinunter.

Ob er mit seiner Freundin hier ist, die gerade in einem der Geschäfte einkauft?, fragte sie sich unwillkürlich.

»Wir haben die Scheidung eingereicht. Schon vergessen?«, erinnerte sie ihn mit fester Stimme, obwohl sie innerlich zitterte. »Und außerdem ist da auch noch deine neue Partnerin. Oder gibt es die etwa nicht mehr?«

»Doch. Klar, wir sind noch zusammen«, bestätigte Dirk ihr in einem Ton, als wäre dies die selbstverständlichste Sache der Welt.

»Was soll das Ganze dann?« Ihre Stimme rutschte eine Oktave höher. »Ehrlich, ich weiß nicht, was ich davon halten soll. Wie dem auch sei. Ich bitte dich um eines: Lass mich in Ruhe. Ich möchte nicht, dass du mich in Gamsenau besuchst – falls du das überhaupt vorgehabt haben solltest. Mach's gut. Und was das neue Objekt hier in der Gegend betrifft – schick mir doch mal die Unterlagen.« Sie entriss ihm ihre Einkaufstüte, drehte sich um und eilte die Gasse hinunter zu ihrem Auto. Dabei beschäftigte sie nur eine Frage: Was machte Dirk in Kitzbühel?

Im Vorfeld hatte es im Gemeinderat lange Diskussionen darüber gegeben, die Dreihundertjahrfeier zum Bestehen von Gamsenau wegen der kalten Jahreszeit lieber in den kommenden Sommer zu verlegen. Schließlich hatten sich jedoch die Gegner dieses Vorschlags durchgesetzt. Laut Dorfchronik war der Ort ehemals im November gegründet worden, und eine Dreihundertjahrfeier sollte nicht dreihundert Jahre und ein halbes Jahr später stattfinden. Die Gewinner in diesem Streit fühlten sich an diesem Samstag in ihrer Entscheidung bestätigt. Ein wolkenloser Himmel und eine strahlende Wintersonne begleiteten den Festzug, der vom Bürgermeister, den Gemeinderatsmitgliedern sowie den Honoratioren angeführt wurde. Ihnen folgten die Feuerwehrkapelle, die Alphornbläser und die Trachtengruppe. Trotz klirrender Kälte hatte es an diesem Nachmittag kaum einen Dörfler zu Hause gehalten. Dick vermummt zogen die Gamsenauer an den mit Fahnen und Girlanden geschmückten Bauernhäusern vorbei zur Kirche. Nach der Messe ging es dann bei bereits hereinbrechender Dämmerung zum Feiern ins Dorfgemeinschaftshaus, wo man sich erst einmal bei Jagertee und Glühwein aufwärmte. Um achtzehn Uhr sollte der Festakt beginnen.

Beim Betreten des Festsaales zog Theresa in ihrem neuen Dirndl die Blicke auf sich, nicht nur die der Männer. Auf dem Weg zu ihrem Platz wurde sie immer wieder von Bekannten aus ihrer Jugendzeit angesprochen.

»Ich bin gespannt, was unser Bürgermeister in Anbetracht der Skiliftdiskussion jetzt sagen wird«, raunte Anna Theresa zu, als Martin mit wichtiger Miene vor das Rednerpult trat. Nicht nur am Tisch der Honoratioren und Gemeinderatsmitglieder unterhalb des Podiums verstummten die Gespräche. Bald hätte man im Saal eine Stecknadel fallen hören können. Jeder war gespannt auf die Worte des Bürgermeisters. War diese Feier nicht eine gute Gelegenheit, um noch einmal vor allen Anwesenden die vielversprechende Zukunft des Dorfes durch das Skiliftprojekt zu preisen?

Doch Martin erwähnte nichts von Skilift und Bettenburgen und Tourismus. Ausführlich ging er auf die Gründungsgeschichte des Dorfes ein, lobte, wie weit sie es gebracht hatten seitdem, und benannte die Verdienste der Einwohner, die im Laufe der Jahrhunderte in der Fremde zu Ruhm und Ehre gekommen waren. Nach Martins Rede folgten die Ansprachen zweier Abgeordneter aus Wien und die des Vorsitzenden des Kulturausschusses zur Erhaltung des Brauchtums im Tal. Danach schienen alle Gäste erleichtert zu sein, dass der offizielle Teil zu Ende war und die Kapelle zum Tanz aufspielte. In den nächsten Stunden war Theresa in ihrem hellblauen Dirndl eine der begehrtesten Tanzpartnerinnen. Sie bekam Komplimente, scherzte, lachte und flirtete sogar ein wenig. Martin hielt sich von ihr fern. Er tat so, als wäre sie überhaupt nicht da. Theresa genoss den Abend, dennoch wanderte ihr Blick immer wieder suchend durch den Saal. Sie vermisste Robert, obwohl sie doch genau wusste, dass ein Einsiedler wie er ganz sicherlich kein so großes Fest besuchen würde. Wie gerne jedoch hätte sie sich in seinen Armen über den Tanzboden führen lassen!

»Geht es dir gut?«, erkundigte sich Anna mit liebevollem Zwinkern in einer Tanzpause, nachdem sich die beiden Freundinnen mit einem Glas Roten zugeprostet hatten.

»Sehr gut«, antwortete Theresa. »Es ist ein bisschen wie früher, als wir noch jung waren.«

»Wir *sind* noch jung«, sagte Anna übermütig.

In diesem Moment setzte die Musik wieder ein – und Annas Lachen erstarb. Während Annas Blick an Theresa vorbeiging und sich auf ihrem runden, sommersprossigen Gesicht der Ausdruck neugieriger Erwartung ausbreitete, spürte Theresa einen Sekundenbruchteil später Annas Fuß an ihrem Bein. »Pass auf, was jetzt kommt«, hörte sie ihre Freundin mit unterdrückter Stimme sagen. Da fühlte Theresa auch schon eine große Hand auf ihrer Schulter. Eine tiefe Stimme fragte: »Darf ich um den nächsten Tanz bitten?«

Theresas Herz setzte einen Schlag aus – um dann jedoch enttäuscht weiterzuschlagen. Nein, das war nicht Roberts Hand, nicht seine Stimme. Die hätte sie unter Tausenden wiedererkannt. Da tauchte auch schon neben ihr eine massige Gestalt auf. Theresa sah hoch. »Der Reischenbacher-Magnus«, entfuhr es ihr erstaunt.

Der Großbauer verbeugte sich mit gewinnendem Lächeln. »Darf ich bitten?«

Sie zögerte. Schon früher hatte sie den reichen Bauernsohn nicht besonders gemocht. Und ihre letzte Begegnung anlässlich des Skiliftprojekts war nicht gerade harmonisch verlaufen. Andererseits wollte sie Magnus auch nicht vor allen im Saal so offensichtlich vor den Kopf stoßen. An einem Abend wie diesem, an dem alle bester Stimmung waren, schon einmal gar nicht.

Sie stand auf und ließ sich von ihm auf die Tanzfläche führen. Magnus tanzte für seine Leibesfülle erstaunlich elegant. Sicher und souverän führte er sie in vorbildlicher Haltung zum Discofox über die Tanzfläche.

»Schön schaust aus«, sagte er mit bewunderndem Blick. »Du bist die attraktivste Frau heute Abend.«

Sie lächelte zurückhaltend. »Danke.«

»Schade, aus uns beiden hätte auch was werden können«, fuhr er mit theatralischem Seufzer fort, während er mit ihr eine schwungvolle Drehung vollführte.

»Na, Magnus, das mit uns wäre niemals gut gegangen«, erwiderte sie lachend. Versöhnlich zwinkerte sie ihm zu. »Du weißt doch, du kannst nicht treu sein.«

»Das kann dein Ex-Mann auch nicht«, konterte der Großbauer mit wissendem Lächeln, das Theresa kurz aus dem Takt brachte.

Woher wusste Magnus, dass Dirk sie betrogen hatte? Selbst Martin hatte sie diese Details nicht erzählt.

Sie schwieg und zwang sich, sich auf die Tanzschritte zu konzentrieren.

»Du weißt doch, wie schnell sich bei uns im Tal alles rumspricht«, fuhr Magnus fort. »Es ist kein Geheimnis, dass du von Dirk getrennt bist.«

Sie zuckte mit den Schultern. »So ist halt das Leben. Trennungen gehören dazu.«

»Übrigens – Respekt wegen deines Engagements hier im Dorf.«

Überrascht sah sie ihn an.

Er hielt im Tanz inne, ließ sie jedoch nicht los. »Lass uns an die Bar gehen. Ich lad dich auf ein Glas ein.«

Mit seiner Hand im Rücken, die sie zum hinteren Ende der Theke dirigierte, ging sie an den Tischreihen vorbei – höchst gespannt darauf, was sie jetzt von Magnus erfahren mochte. Offensichtlich schien er mit ihr reden zu wollen. Nachdem sie sich zugeprostet hatten, begann der Großbauer mit ernster Miene: »Du hast ein Gutachten in Auftrag gegeben. Was versprichst du dir davon?«

Sie hob das Kinn. »Die Wahrheit über unseren Hausberg.«

Ein feines Lächeln umspielte seine vollen Lippen. »Du zweifelst also das Gutachten der Investoren an.«

»Ja.« Sie trank einen Schluck. Dann sah sie ihm fest in die Augen. »Du kennst doch bestimmt die Investoren. Oder?«

Sein Lachen klang gönnerhaft. Mit belustigt funkelnden Augen erwiderte er ihren Blick. »Du doch auch, oder?«

Verblüfft fuhr sie zurück. »Nein, ich kenne sie nicht. Laut Martin soll angeblich niemand sie kennen.«

Magnus hob die schwarzen Brauen und fragte mit gespieltem Erstaunen: »Wie kommst du dann darauf, dass ich sie kennen könnte?«

Sie straffte sich. »Weil du in diesem Projekt deine Finger drin hast. Dein Land auf dem Hausberg ist doch bereits vermessen worden. Und du bist niemand, der Geschäfte mit Gesichtslosen macht.«

Magnus lachte dröhnend. »Respekt, Theresa. Du besitzt Menschenkenntnis.«

»Lenk nicht ab. Wer sind diese Leute?«

Der Großbauer kreuzte die Beine und lehnte sich lässig an die Theke. »Schau, Theresa, ich steh im Wort. Außerdem bin ich mir gar nicht mehr so sicher, ob ich überhaupt noch bei dem Projekt mitmache.«

»Wie das?«, fragte sie mehr als überrascht.

Magnus trank einen Schluck Roten und strich sich danach betont langsam über seinen Schnauzbart. Dabei sah er sie an, als würde er abwägen, wie viel er ihr erzählen sollte. Schließlich lächelte er vielsagend und meinte: »Es könnte ja sein, dass einer der Investoren abgesprungen ist. Der finanzkräftigste zum Beispiel.«

Unwille stieg in Theresa auf. »Lass die Spielchen, Magnus«, erwiderte sie scharf. »Sag mir wenigstens, von wie vielen Investoren wir hier reden.«

Er beugte sich zu ihr herüber. Mit einem intensiven Blick auf ihr Dirndldekolleté fragte er in schmeichelndem Ton: »Und was bekomm ich dafür?«

Sie trat einen Schritt zurück und antwortete barsch: »Gar nix.« Eine Spur freundlicher fügte sie hinzu: »Du wolltest doch anscheinend mit mir reden. Jetzt red auch.«

Magnus straffte sich. Seine Miene verlor den begehrlichen Ausdruck. »Jetzt noch zwei.«

»Nur zwei?«

»Übrigens«, fuhr er in sachlichem Ton fort, »die beiden Bauern über mir sind gestern abgesprungen. Ihre Söhne wollen nicht, dass sie ihr Land verkaufen. Wegen Natur und Umwelt und so.«

»Bist du sicher?«, fragte sie mit angehaltenem Atem.

»Ganz sicher.«

»Und du?« Mit hämmerndem Herzen sah sie ihn an.

»Wie gesagt, ich weiß nicht so recht.«

»Auch wegen Natur und Umwelt?«

Da lachte er wieder. »Na, wegen einer Ferienanlage im Süden, die zum Verkauf ansteht, und die mir auf Dauer wahrscheinlich mehr Rendite einbringt als ein Stück Land und ein paar Hotels hier im Tal. Mein Steuerberater prüft die Sache gerade.«

Und Brigitte?, schoss es Theresa plötzlich durch den Kopf. Wenn ihre Schwester ebenfalls von einem

Verkauf ihres Landes unterhalb des Gipfels des Hausbergs absehen würde …

In einer vertraulichen Geste legte sie Magnus die Hand auf den Arm. »Sag mal, Magnus, weißt du vielleicht, ob meine Schwester das Land, das sie vom alten Xaver geerbt hat, schon an die Investoren verkauft hat?«

Er lachte belustigt. »Das solltest du sie selbst fragen.«

»Ich weiß aber nicht, wo ich sie erreichen kann.«

»Ich auch nicht.« Seine Miene verschloss sich. »So, genug jetzt. Falls dein Gutachten dem der Investoren widersprechen sollte, ist der Erfolg wahrscheinlich sowieso auf deiner Seite – zumal du mit deiner Kampagne gegen das Projekt ja schon viele zum Nachdenken gebracht hast. Ich wollte dir eigentlich nur gesagt haben, dass ich deinen Schneid bewundere.« Er lächelte sie freundlich an und fragte dann betont förmlich: »Darf ich dich zu deinem Platz zurückführen?«

Sie nickte. Ihr Lächeln kam aus dem Herzen. »Danke für deine Offenheit, Magnus.«

Da schlich sich wieder ein flirtender Ausdruck in seinen Blick. »Vielleicht können wir mal zusammen essen gehen – nachdem ich so offen war.«

Sie musste lachen. »Du gibst wohl nie auf.«

»Du doch auch nicht.«

»Worüber habt ihr denn geredet?«, wollte Anna wissen, als Theresa sich neben ihre Freundin setzte. »Der ist dir ja fast in den Ausschnitt gefallen.«

Theresa erzählte es ihr.

Anna sah sie mit großen Augen an. »Traust du ihm?«

Theresa nickte. »In diesem Fall, ja.«

»Das wäre natürlich super, wenn jetzt auch noch der Reischenbacher abspringen würde ...«

»Dann werden die Investoren die Skiliftstrecke wahrscheinlich einfach nur auf einen anderen Hang verlegen«, unterbrach Theresa sie.

»Vorausgesetzt, sie haben überhaupt noch genügend finanzielle Mittel zur Verfügung.«

»Vielleicht specken sie das Projekt ab.«

Anna seufzte. »Wenn man nur wüsste, wer diese Leute sind.« Sie sah Theresa an. »Vielleicht solltest du doch mal mit dem Reischenbacher-Magnus ...«

Mit erhobener Hand gebot Theresa ihr Einhalt. »Denk nicht mal dran! Falls mein Gutachten dem der Investorengruppe widersprechen sollte, werden die Gemeinderäte einlenken müssen. Außerdem werde ich dann eine Petition in Wien einreichen, die mit Sicherheit die meisten hier unterschreiben werden.« Sie zwinkerte Anna aufmunternd zu. »Ich glaube, wir haben mit unserer Kampagne eine Lawine ins Rollen gebracht. Und zwar im positiven Sinne.«

Bastian trat an die beiden heran. »Es ist schon spät«, sagte er zu seiner Frau. »Wollen wir?«

Anna sah Theresa an. »Gehst du mit?«

»Fahrt ihr schon mal. Ich setze mich noch einen Augenblick zur Krämer-Trudi.«

Nachdem ihre Freunde gegangen waren, sah Theresa sich im Saal um. Die Reihen hatten sich gelichtet. Die Krämer-Trudi konnte sie nirgendwo mehr entdecken. Wahrscheinlich hatte die ältere Frau das Fest auch bereits verlassen. Die Kapelle spielte jetzt ein Liebeslied von Andrea Berg, zu dem sich nur noch jüngere Paare engumschlungen auf der Tanzfläche wiegten. Mit einem Mal fühlte sich Theresa einsam. Die Musik weckte eine Sehnsucht in ihr, die ihr körperlich wehtat. Es war die Sehnsucht nach einem Partner, mit dem auch sie jetzt hätte in die kalte Nacht hinaustreten können. Es war die Sehnsucht nach Zweisamkeit, nach Nähe, Berührungen, Zärtlichkeit.

Theresa schluckte und stand entschlossen auf. Es war Zeit zu gehen.

25

Die Gipfel des Kaisergebirges schimmerten bläulich-
weiß im Licht des Mondes. Robert blickte hoch zum
Firmament, an dem die Sterne in kalter Pracht funkelten. Begierig sog er die klare Nachtluft ein, die
durch das geöffnete Fenster in seinen Wagen drang.
Er war in Kufstein gewesen, bei dem alten Senner,
der während seiner Abwesenheit den Hof einhüten
sollte. Als er auf dem Rückweg durch Gamsenau gefahren war, hatte er die Musik aus dem Dorfgemeinschaftshaus gehört und angehalten. Er hätte nicht sagen können, wie lange er hier schon stand. Es waren
nur noch vereinzelte Menschen unterwegs, Festbesu-
cher, die in der klirrenden Kälte schnellen Schrittes
den Weg ins Warme suchten.

Robert zündete sich eine Zigarette an. Seit einer
Woche, seit dem Anruf aus Afghanistan, rauchte er
wieder, so wie er es auch früher in Phasen großer

seelischer Belastung getan hatte. Er wusste zwar, dass er damit wieder aufhören konnte, sobald die psychische Anspannung nachlassen würde, aber bis dahin lag noch ein langer, beschwerlicher, leidvoller Weg vor ihm.

Er nahm einen tiefen Zug von seiner Zigarette, während er zum Dorfgemeinschaftshaus hinübersah. Es lief ein kitschiger Song von Andrea Berg. *Sand in einem Stundenglas war unser Glück.* Wie wahr. Räumlich war Theresa nur wenige Meter von ihm entfernt – und doch schon so weit weg von ihm. Morgen um diese Zeit würde er im Flieger sitzen, auf dem Weg zu seiner Familie. Die Erinnerungen an die gemeinsam verbrachten Stunden mit Theresa bohrten sich schmerzhaft in sein Herz. Eine Woche lang hatte er sich von ihr ferngehalten, um einen klaren Kopf zu bekommen – was ihm mehr schlecht als recht gelungen war. Wie gerne würde er sie noch einmal sehen, sie in seinen Armen halten, ihre Wärme spüren, ihren zarten Duft einatmen, den Duft weißer Lilien.

Robert drückte die gerade angezündete Zigarette aus. Sollte er diese letzte Nacht mit ihr verbringen? War das ihr gegenüber fair? Er ballte die Hände zu Fäusten, atmete ein paarmal tief durch. Schließlich konnte er der Versuchung nicht länger widerstehen. Wie von einer fremden Macht gesteuert, stieg er aus.

Theresa ging an der langen Theke, deren Beleuchtung bereits ausgeschaltet war, vorbei und auf den

Ausgang zu. Plötzlich fühlte sie im Halbdunkel eine Hand, die sich besitzergreifend um ihr Handgelenk legte. Jäh zuckte sie zusammen und blieb stehen. Der Mann, dem diese Hand gehörte, lehnte am Ende der Bar. In einer ersten Reaktion wollte sie sich losreißen, hatte schon eine scharfe Bemerkung auf den Lippen – da erkannte sie ihn.

»Hallo.« Robert trat auf sie zu, stellte sich so dicht vor sie, dass sich ihre Körper berührten. »Willst du gehen?«

Sie schluckte, wusste, dass ihre Stimme zittern würde, wenn sie jetzt etwas sagen würde.

»Ich komme gerade aus Kufstein und habe die Musik gehört.«

Selbst in dem Dämmerlicht erkannte sie die Unsicherheit in seinem Blick. Ihr Herz hämmerte. Sie räusperte sich. »Stehst du schon lange hier?«, fragte sie schließlich mit belegter Stimme. Sie wusste, wie viel Überwindung es ihn gekostet haben musste, den Festsaal zu betreten.

»Noch nicht so lange.« Er lächelte sie an mit diesem Lächeln, das nur er besaß.

In diesem Augenblick kündigte der Sänger der Band das letzte Lied an – einen alten Song von Howard Carpendale, *Ti amo*.

»Tanzen wir?« Robert sah ihr in die Augen – und mit einem Mal war ihr Kummer darüber, dass er sich all die Tage nicht gemeldet hatte, vergessen. Die Frage, warum er sich immer wieder von ihr zurückzog, war unwichtig. In diesem Augenblick zählte nur eines: Er war gekommen, um sie zu sehen.

Sie nickte. Robert nahm ihre Hand in seine, und sie folgte ihm zu den anderen Paaren, die sich zu dieser späten Stunde selbstvergessen oder betrunken zur Musik wiegten.

Mit einer einzigen Bewegung zog Robert sie an sich. Sie legte ihre Arme um seinen Nacken. Vom ersten Schritt an bewegten sie sich so im Gleichtakt, als hätten sie schon ihr ganzes Leben lang miteinander getanzt. Sie spürte Roberts Kinn auf ihrem Haar. Ihr Kopf ruhte in seiner Halsbeuge. Geführt und gehalten durch seine Arme, vergaß sie alles um sich herum. Ihr war, als befänden sie sich ganz allein auf dieser Tanzfläche, auf dieser Welt, und sie wünschte sich nichts mehr, als dass dieser Tanz niemals enden möge. Irgendwann hörte die Kapelle auf zu spielen. Die Tanzfläche leerte sich. Theresa fühlte sich, als würde sie aus einem Traum aufwachen. Erst als Robert sich langsam von ihr löste, den Arm um ihre Schultern legte und sie zum Ausgang führte, schaltete sich ihr Verstand wieder ein. Und jetzt?, fragte sie sich.

»Und jetzt?« Roberts seegrüne Augen sahen sie unsicher an.

Der Gedanke, sich von ihm verabschieden zu müssen, schien ihr unerträglich. Sie lächelte ihn an. »Trinken wir noch ein Glas bei mir?«

Die Nacht war hell und still. Die Natur schien den Atem anzuhalten, als wollte sie die Liebenden nicht stören. Nachdem Stella sie stürmisch begrüßt und danach auf dem Almfeld übermütig ein paar Runden gedreht hatte, betraten Theresa und Robert in inniger Umarmung die Sennhütte.

Das, was Theresa in dieser Nacht erlebte, war der Höhepunkt ihres Lebens, so, als hätte sie neunundvierzig Jahre lang nur auf diese Stunden hingelebt. In Roberts Armen erfuhr sie das, wovon alle Menschen träumten – die Vereinigung von Körper und Seele. Als sie am Ende der Nacht aufwachte, öffnete sie orientierungslos die Augen. Es war noch dunkel. Sie sah zu Robert hinüber. Er war auch wach. Ihre Blicke begegneten sich, zwei, drei pochende Herzschläge lang. Als sie den Schmerz in seinen Augen erkannte, wusste sie, dass dies ihre letzte Nacht gewesen war. Doch sie bereute nichts. Da sie ihre Gefühle für ihn akzeptierte, war sie auch bereit, dem mit ihnen verbundenen Schmerz zu begegnen.

Als sie nach draußen traten, hingen noch ein paar Sterne am Himmel. Theresa kam es so vor, als funkelten sie ein letztes Mal für sie, bevor sie im ersten Licht des Morgens erlöschen würden. Ein paar Sekunden lang blieb sie mit geschlossenen Augen an Robert gelehnt stehen. Woher sollte sie die Kraft nehmen, sich von ihm loszureißen? Ganz tief atmete sie seinen Geruch ein, um sich für immer an ihn erinnern zu können.

»Ich verreise heute Mittag«, teilte Robert ihr mit rauer Stimme mit. »Ich weiß noch nicht, wann ich wiederkomme.«

Sie öffnete die Augen. Obwohl sie doch längst tief im Herzen ahnte, dass Robert sich in dieser Nacht von ihr verabschiedet hatte, sah sie ihn verwirrt an. »Du verreist? Wohin?«, fragte sie mit tonloser Stimme.

»Afghanistan.«

Jäh erinnerte sie sich an das Telefongespräch vor einer Woche – und an seine Reaktion darauf.

»Gehst du zurück zu Ärzte ohne Grenzen?«

Er schüttelte den Kopf und ließ sie los. Während er den Kragen seines Lodenmantels hochstellte, verriet ihr seine verschlossene Miene, dass er über diese Reise nicht sprechen wollte. Und sie war lebenserfahren genug, um zu wissen, dass es keinen Sinn hatte, in ihn zu dringen. Also stellte sie keine weiteren Fragen. Wollte sie überhaupt eine Antwort haben? Nein. So lange wie möglich wollte sie von den vergangenen Stunden zehren, in denen sie vollkommen glücklich gewesen war.

So sagte sie nur leise: »Pass auf dich auf.« Ihr Lächeln zerbrach, zersplitterte unter der Druckwelle der Gefühle, die jetzt über sie hereinbrachen. Abschiedsschmerz, Verlustangst und Enttäuschung schnürten ihr die Kehle zu. Sie griff nach Roberts Hand, hielt sie fest, als könnte sie so den schwindelerregenden Abgrund, der sich gerade zwischen ihnen aufgetan hatte, überbrücken. Robert fasste ihr Kinn und beugte sich zu ihr herab, um sie zu küssen. Sie erwiderte seinen Kuss mit schmerzlicher Intensität.

Nachdem das tiefe Brummen des Pick-up verklungen war, zeigte sich im Osten ein heller Streifen am Horizont, so als wäre dies ein ganz normaler neuer Tag.

Sonntagvormittag holte Theresa Raphael bei Annas Schwester ab, wo er übernachtet hatte. Sie hatte dem Jungen versprochen, mit ihm am 1. Advent den Weihnachtsmarkt in Kitzbühel zu besuchen. Auf der Fahrt dorthin erzählte Raphael ihr, was er und Annas Nichten, die doppelt so alt waren wie er, in der Nacht der Dreihundertjahrfeier alles angestellt hatten. »Wir haben Gespenster gespielt und sind in der Scheune auf Schatzsuche gegangen …« Zum ersten Mal hörte Theresa ihm nur mit halbem Ohr zu. In Gedanken war sie bei Robert.

Auch der Weihnachtsmarkt mit seinen liebevoll dekorierten Holzhütten, die sich rund um die historische Stadtmauer Kitzbühels reihten, mit seinen Düften von Glühwein und gebrannten Mandeln sowie den vielen handwerklichen Produkten konnte Theresa nicht wirklich von ihrem Abschiedsschmerz ablenken. Selbst Raphaels leuchtende Kinderaugen ließen keine vorweihnachtliche Stimmung in ihr aufkommen.

»Schau mal, da hinten ist das Postamt vom Christkindl!«, rief Raphael begeistert aus. »Darf ich dorthin gehen?«

Mit wehmütigem Herzen sah sie ihm nach. Sie glaubte zu wissen, was sich der Junge zu Weihnachten am meisten wünschte. Er hatte es ihr schon anvertraut: eine Mutter wie sie und einen Vater, der so sein sollte wie Robert. Raphael mochte Anna und ihre Familie und fühlte sich auf dem Bauernhof wohl. Zu ihr jedoch hatte er in der kurzen Zeit eine ganz besonders innige Bindung entwickelt – wie sie auch zu ihm. So war ihr in der letzten Zeit auch immer öfter der Gedanke gekommen, Raphael zu adoptieren. Nur – wo sollte sie für den Jungen einen Vater hernehmen? Einen Vater wie Robert, den Raphael bereits in sein Herz geschlossen hatte?

In all diese schweren Gedanken hinein stimmte jetzt ein Kinderchor das Lied *Stille Nacht, heilige Nacht* an. Und während Raphael ein paar Meter von ihr entfernt seinen sehnlichsten Weihnachtswunsch aufs Papier brachte, traten Theresa Tränen in die Augen. Die vielen Menschen um sie herum sangen mit, und für die Länge des Liedes herrschte eine besonders feierliche Stimmung in der Gasse. Theresa hatte sich noch nie so einsam gefühlt wie in diesem Augenblick, inmitten all der fröhlichen Menschen. Sie wandte sich ab, konnte ein Schluchzen nicht unterdrücken.

Dann kam Raphael zurück, und sie musste all ihre Kraft aufbieten, sich ihre Traurigkeit und Verzweiflung nicht anmerken zu lassen.

»Alles erledigt«, verkündete der Kleine mit strahlenden Augen.

Sie legte den Arm um ihn und drückte ihn fest an sich, während sie sich mit der rechten Hand verstohlen die Tränen wegwischte. »Dann wollen wir hoffen, dass das Christkind deinen Brief auch liest«, erwiderte sie betont munter.

Mit verschmitztem Lächeln sah Raphael zu ihr hoch. »Ich weiß doch, dass es kein Christkind gibt. Ich bin doch schon groß. Aber es kann ja nichts schaden«, fügte er mit altkluger Miene hinzu.

Da konnte sie nicht anders und musste hellauf lachen. Dieser Junge war das schönste Geschenk für sie!

Als sie sich in die Schlange vor dem Bratwursthäuschen einreihten, fragte Raphael: »Was wünschst du dir zu Weihnachten?«

Sie lächelte ihn an und flüsterte ihm ins Ohr: »Einen so tollen Sohn wie dich.«

Da schlang Raphael sein Arme um ihre Mitte und schmiegte sich an sie. Als er sie wieder losließ, sagte er mit todernster Miene: »Das wird schon klappen. Ich lauf noch mal schnell zum Postamt und schreib für dich den Wunsch auf. Und Robert wird dann mein Vater werden«, rief er ihr über die Schulter hinweg zu, während er schon auf dem Weg war.

Theresa presste die Lippen fest aufeinander. Wünsche … In der Mitte des Lebens wusste sie nur zu gut, dass sie viel zu oft nicht in Erfüllung gingen – selbst zu Weihnachten nicht.

Der Schnee kam in der Nacht von Sonntag auf Montag. Es schneite drei Tage lang ununterbrochen. Die weißen Massen schlossen das Gamsenauer Tal von der übrigen Welt ab – zur Freude der Kinder, die dadurch unplanmäßig Ferien bekamen. Bastian kam jeden Tag mit dem Trecker und räumte den Weg zur Hütte und einen Teil des Almfeldes frei, damit Stella ihre Runden drehen konnte, ohne in dem weißen Meer zu ertrinken. Beim ersten Mal brachte er Raphael mit, der unbedingt bei ihr bleiben wollte. Theresa freute sich über seinen Besuch. Der lautlose, dichte Schneefall, die Wolken, die die Hütte in einen Watteschleier hüllten, und die Stille in den Bergen verstärkten noch das Gefühl der Einsamkeit, das sie nach Roberts Abreise beherrschte. Sie buk mit dem Jungen zusammen Plätzchen, deren Duft von Butter, Vanille und Zimt die Sinne auf das bevorstehende Weihnachtsfest einstimmte. Sie spielten Karten, bastelten Bilder aus buntem Pergamentpapier, mit denen sie die mit Eisblumen bemalten Fenster schmückten, und dekorierten die Fensterbänke mit Tannenzweigen, Strohsternen und Ilex, deren Beeren im Schein der Kerzen des Adventskranzes glutrot schimmerten. An den langen Abenden, wenn der kalte Wind an den Läden klapperte, war es besonders heimelig in der Hütte. Dann sahen sich die beiden, eng aneinandergekuschelt, auf Theresas Laptop alte Weihnachtsfilme an. »Die gefallen mir viel besser als die von heute«, schwärmte Raphael, und Theresa wunderte sich wieder einmal darüber, dass in dem Jungen, der in seiner Klasse beliebt war und wie jedes Kind seines Alters ein Handy und Computerspiele besaß, eine so alte Seele wohnte. Nachdem Raphael abends eingeschlafen war, strickte sie noch eine Zeit lang. Es sollte ein Pullover für ihren kleinen Freund werden. Und in die flaumig-weiche Kaschmirwolle von Roberts Ziegen strickte sie Masche für Masche ihre Liebe für das Kind ein. Die Stunden mit Raphael halfen ihr ein wenig über den Schmerz und die Sehnsucht hinweg, die sie überfielen, wenn sie an Robert dachte.

Trotz des dichten Schneefalls kam Falk weiterhin täglich zur Hütte, um sich seinen Leckerbissen abzuholen. Sollte sie seine Treue als gutes Omen werten? Würde auch Robert zurückkommen?

Dezember

26

Gegen Ende der Woche wich die Kälte einem lauen Föhnwind. Dieser drückte den Schnee zusammen, löste die Eiszapfen von den Dachrinnen und bescherte Theresa zu ihrem Liebeskummer auch noch dröhnende Kopfschmerzen. Dennoch ging sie am zweiten Adventssamstag mit Raphael auf die Weihnachtsfeier seiner Schule. »Raphael hat mir schon viel von Ihnen erzählt«, sagte Raphaels Klassenlehrerin. »Passen Sie nur auf, er hat die ganze Klasse eingeladen, den Falken Falk zu besuchen, der jeden Tag Punkt fünf von Ihnen gefüttert wird.«

»So, so, hat er das?« Theresa lachte. »Die Klasse ist bei mir jederzeit willkommen. Sagen Sie nur vorher Bescheid, dann back ich Kuchen. Aber dass der Falke Punkt fünf kommt, kann ich nicht garantieren.«

Am nächsten Tag gab es auf dem Brandler-Hof nach der Kirche ein großes Adventsessen, zu dem die ganze Familie traditionsgemäß aus Nah und Fern zusammenkam. Die Balkone des Bauernhauses waren mit Lichterketten, der Giebel und die Haustür mit Tannengrün und Mistelzweigen geschmückt. Im Haus roch es nach frisch geschnittenen Tannenzweigen, die mit roten und goldenen Kugeln geschmückt waren, und über dem Tiroler Kachelofen hing eine Schnur mit bunten Filzstiefeln, die für jeden Gast ein kleines Geschenk enthielten. Die köstlichen Düfte von knusprig gebratenen Gänsekeulen, Blaukraut und warmem Topfenstrudel ließen in Theresa Kindheitserinnerungen aufkommen. Mit einem Anflug von Wehmut fragte sie sich, wo ihre Schwester an diesem 2. Advent sein mochte. Die Vorweihnachtszeit, die Zeit freudiger Erwartung, großer Geheimnisse und Heimeligkeit hatte Brigitte immer ganz besonders schön gefunden – damals, als sie noch Kinder und sich so nah gewesen waren. Doch die ausgelassene Stimmung der Brandler-Gäste vertrieb schon bald ihre düsteren Gedanken. Raphael und die Kinder von Annas und Bastians Verwandten hatten eine Menge Spaß. Trotz des Föhns lag immer noch kniehoch Schnee. Sie tobten mit Stella in der fahlen Wintersonne herum, während die Erwachsenen nach dem Essen, eingehüllt in dicke Decken, rund um das Feuerbecken im Hof saßen und Jagertee tranken. Am Spätnachmittag fuhren alle wieder nach Hause.

»Ich helfe dir noch beim Aufräumen«, sagte Theresa zu ihrer Freundin.

»Das mache ich«, bot sich Bastian in entschiedenem Ton an. »Geht ihr beide in die Stube und trinkt noch ein Glas. Wie ich euch kenne, wollt ihr bestimmt noch ein bisschen ratschen.«

Anna lachte und umarmte ihren Mann. Mit einem Zwinkern über Bastians Schulter hinweg sagte sie zu Theresa: »Ist mein Basti nicht der Traummann schlechthin?«

Raphael wollte Bastian helfen, während Stella todmüde ihrem Frauchen in die Stube folgte und sich mit einem tiefen Seufzer unter den Tisch legte.

Während Anna den Zweigelt einschenkte, sagte Theresa: »Ich würde dich gern etwas fragen. Die Frage geht eigentlich auch Sebastian an, aber da wir beide gerade hier so sitzen nach diesem schönen Tag ...« Sie hielt inne und sah ihre Jugendfreundin forschend an.

»Jetzt stoßen wir erst einmal auf die schönen Stunden an«, meinte Anna und hob ihr Glas. Nachdem beide getrunken hatten, fuhr sie mit spitzbübischem Lächeln fort: »Ich glaube, ich weiß, was du fragen willst.«

Theresa hob die Brauen.

Anna schmunzelte. »Nun, ich glaube, die Frage liegt nahe, so, wie sich euer Verhältnis entwickelt hat.« Sie beugte sich über den Tisch. »Du willst fragen, was ich – oder wir – sagen würden, wenn du Raphael ganz zu dir nehmen wolltest. Stimmt's?«

Theresa lächelte erleichtert. Sie hatte geahnt, dass sie mit ihrem Wunsch bei ihrer Freundin keinesfalls auf Widerstand stoßen würde. Dass Anna diesen Gedanken auch schon gehabt hatte, machte es ihr leichter, darüber zu sprechen.

Sie nickte. »Ich dachte an Adoption, damit Raphael wieder eine feste Zugehörigkeit hat, eine Familie. Auch vor dem Gesetz. Einen Vater kann ich ihm zwar nicht bieten, dafür aber Sicherheit, Geborgenheit und all meine Liebe. Das hätte er natürlich auch weiterhin bei euch, aber …«

Da legte Anna die Hand auf ihre. »Natürlich geben wir ihm, was wir können, aber wir haben durch unseren Hof nicht so viel Zeit für ihn, wie er brauchen würde. Das sagte ich dir ja schon mal. Raphael und du – ihr habt eine ganz besondere Beziehung. Das habe ich von Anfang an gespürt. Er ist genau das Kind, das zu dir gehört. Noch kürzlich hat er zu mir gesagt, dass er gerne eine Mutter hätte, die so ist wie du.«

Annas Worte trieben Theresa die Tränen in die Augen. »Ich denke, dass das Jugendamt mir keine Steine in den Weg legen würde. Was meinst du?«

»Ganz bestimmt nicht. Außerdem können Basti und ich uns für dich verbürgen. Im Übrigen ist Raphael in einem Alter, in dem er selbst vertreten kann, was er will. Also …« Sie hob ihr Glas. »Ich würde sagen, darauf sollten wir anstoßen. Das wäre mein schönstes Weihnachtsgeschenk.«

»Meines auch«, erwiderte Theresa mit vor Rührung belegter Stimme.

»Wann willst du alles in die Wege leiten?«

»Morgen«, sagte Theresa wie aus der Pistole geschossen. »Ich glaube die Vorweihnachtszeit ist dafür eine sehr gute Zeit.«

Die beiden prosteten sich zu.

»Dann brauchst du auch ein größeres Haus. Vielleicht näher an Raphaels Schule und ...« Anna wurde durch Stellas plötzliches Bellen unterbrochen. Die Hündin kam unter dem Tisch hervor. Auch Theresa hatte etwas gehört. Motorengeräusch.

»Kommt da noch jemand?« Fragend sah sie Anna an. Durch die rot-weiß karierten Leinenvorhänge fiel jetzt Scheinwerferlicht in die Stube.

»Vielleicht haben die Kinder was vergessen«, meinte Anna gelassen. »Basti wird sich schon drum kümmern.« Inzwischen stand Stella mit wedelnder Rute vor der Stubentür. Theresa und Anna vernahmen Geräusche, Stimmen. Fragend sahen sie sich an. Dann klopfte es. Als sich die Stubentür öffnete, wollte Theresa ihren Augen nicht trauen. »Du?«

»Ich kann es immer noch nicht glauben, dass du hier leibhaftig vor mir sitzt«, sagte Theresa ein paar Stunden später zu Maja, die es sich mit untergeschlagenen Beinen im Sessel neben dem Kachelofen gemütlich gemacht hatte.

»Es wurde doch Zeit, mir mal anzusehen, wie du hier lebst«, erwiderte Maja, während sie ihren Blick durch die Sennhütte wandern ließ. »Hier könnte es mir auch gefallen. Natürlich nicht für immer. Aber für ein paar Tage, zum Abschalten vom Lärm und der Betriebsamkeit in der Redaktion ganz bestimmt.«

Theresa zwinkerte ihr zu. »Nach der Fortbildung in München kannst du gerne übermorgen Abend wiederkommen.«

»Geht nicht. Mittwoch fliege ich schon nach Wien, um eine Reportage über die Spanische Hofreitschule zu schreiben.«

»Ist dir das nicht alles viel zu stressig?«

Maja hob die Schultern. »Wie schon gesagt – eigentlich sollte ja mein Kollege an der Fortbildung teilnehmen.«

Theresa lächelte sie wissend an. »Im Leben hat eben alles seinen Sinn. Wäre er nicht krank geworden, säßen wir beide heute Abend nicht zusammen hier.«

Mit nachdenklicher Miene schaute Maja in das lodernde Kaminfeuer. Schließlich sah sie ihre Freundin entschlossen an. »Könnte ich noch einen Obstler haben? Der Gänsebraten hat super geschmeckt, aber für einen Magen, der nur Fastfood kennt, war er ziemlich heavy.«

»Natürlich.« Theresa stand auf, um von Annas Selbstgebranntem noch einmal nachzuschenken. Maja kippte den Inhalt des Stamperls in einem Zug herunter. Theresa nippte nur. Dann verfiel Maja erneut in Schweigen – was völlig untypisch für sie war.

»Was ist?«, erkundigte Theresa sich.

Maja atmete einmal tief durch. Dann hob sie den Kopf. »Ich muss dir etwas sagen.« Sie hielt inne, sah Theresa prüfend an, als wolle sie abschätzen, wie viel sie ihr zumuten konnte.

»Und was?«, fragte Theresa. Unbehagen machte sich in ihr breit. Die feinen Härchen in ihrem Nacken stellten sich auf, als wäre Gefahr in Verzug. »Nun sag's schon«, forderte sie ihre Freundin auf.

Endlich räusperte sich Maja bedeutungsvoll. »Also … Robert Leitner ist verheiratet und hat einen Sohn.«

Theresa spürte keinerlei Regung in sich. Keine Verzweiflung, keine Wut. Ihre Hände lagen so reglos in ihrem Schoß, als gehörten sie nicht zu ihr. Rein mechanisch griff sie in die Schale mit Haselnüssen, steckte ein paar in den Mund, kaute darauf herum, als sei diese gewohnte Tätigkeit ein letztes Bollwerk gegen die ungeheuerliche Wahrheit, die gerade über sie hereingebrochen war.

»Ich habe …« Maja biss sich auf die Lippe, während ihr besorgter Blick auf dem Gesicht ihrer Freundin lag. »Es hat sich durch Zufall ergeben. Ich habe einen ehemaligen Kollegen wiedergetroffen, der vor zwei Jahren eine Reportage über Ärzte ohne Grenzen in Kabul geschrieben hat.« In einer Geste der Verlegenheit hob sie die Schultern. »Da konnte ich nicht anders. Du kennst mich ja. Ich habe Thorsten gefragt, ob er dort unten zufällig einen Arzt namens *Robert Leitner* kennengelernt habe.« Sie hielt inne, sah Theresa besorgt an.

»Und?« Theresa erkannte ihre Stimme nicht mehr.

»Er hatte Robert Leitner tatsächlich in Kabul kennengelernt. Und hatte noch einige Zeit Mailkontakt zu ihm. Robert war zumindest bis dahin noch mit einer Afghanin verheiratet. Sie haben einen Sohn, der jetzt sechs Jahre alt sein muss. Sie ist viele Jahre jünger als er. Der Kontakt zwischen den beiden Männern brach ab, kurz bevor Robert mit seiner Familie nach Österreich zurückgehen wollte, wogegen seine Frau sich jedoch sträubte.«

Theresa räusperte sich. »Wie es aussieht, ist er ja dann allein gegangen.« Sie zuckte mit den Schultern. »Vielleicht ist er inzwischen geschieden.«

Maja bemühte sich um ein aufmunterndes Lächeln, das ihr sichtlich schwerfiel. »Das kann natürlich sein. Sonst hätte er dir doch wahrscheinlich von seiner Familie erzählt.«

Theresa nahm das Stamperl vom Beistelltisch und trank es in einem Zug aus. Sie starrte vor sich hin. Plötzlich stand die Szene wieder vor ihrem inneren Auge, als sie sonntags mit Raphael zum ersten Mal bei Robert gewesen war. »*Bist du verheiratet?*«, hatte Raphael ihn gefragt. Ein paar Sekunden lang hatte Robert ihn mit jäher Abwehr im Blick angestarrt und dann die Frage einsilbig verneint. »*Hast du Kinder?*«, hatte Raphael als Nächstes wissen wollen. »*Keine Kinder*«, hatte Roberts knappe Antwort gelautet. In Erinnerung an dieses Gespräch blieb ihr die Luft weg. Robert hatte gelogen. Einfach gelogen. Vermutlich

hatte er geahnt, dass sie sich sonst nie auf ihn eingelassen hätte.

Sie zog die Unterlippe ein und biss so fest darauf,
dass es wehtat. »Robert ist vor einer Woche nach Afghanistan gereist«, teilte sie ihrer Freundin tonlos mit.
»Seitdem habe ich nichts mehr von ihm gehört.«

Majas schwarze Brauen sprangen hoch. »Dann ist
er vielleicht doch nicht geschieden.«

»Keine Ahnung. Vielleicht hat er ja inzwischen seine Frau überreden können und holt sie jetzt hierher.
Für immer. Das ist dann sozusagen sein Weihnachtsgeschenk für mich«, fügte sie voller Sarkasmus hinzu.

Maja schwieg. Und das war keine Kunstpause. Ihre
Betroffenheit stand ihr ins Gesicht geschrieben. Unruhig rückte sie im Sessel hin und her. »Bitte versteh
mich richtig«, begann sie mit weicher Stimme. »Ich bin
nicht gekommen, um dein Glück zu trüben oder gar
zu zerstören. Ich dachte nur, dass du es wissen solltest.
Ich will nicht, dass du ein zweites Mal verletzt wirst.«

Nachdem der Schleier, der Theresa bis dahin vor
der Wahrheit bewahrt hatte, ein für alle Mal zer-
rissen war, begann sie wieder etwas zu fühlen. Ihr
Herzschlag beschleunigte sich. Eine Hitzewelle jagte
durch ihren Körper, trieb ihr den Schweiß aus allen
Poren. In ihrem Kopf breitete sich Chaos aus. Fragen
und Erinnerungen stürmten auf sie ein. Natürlich
hatte sie gespürt, dass Robert ein Geheimnis vor ihr
gehabt hatte. Aber eine Frau wie sie – mitten im Leben stehend – ging doch damit souverän um, zeigte

Verständnis und Geduld! Sie hatte ihn nicht nerven, hatte nicht in ihn dringen wollen, hatte die Grenze, die er zwischen ihnen gezogen hatte, akzeptiert.

»Ich bin eine so blöde Kuh«, stieß sie schließlich mit bebender Stimme hervor, während in ihrem Herzen die Verzweiflung über Roberts Betrug und die Wut auf sich selbst einen erbitterten Kampf miteinander ausfochten. Sie schüttelte heftig den Kopf, griff sich an die Stirn. »Er machte auf mich oft so einen einsamen Eindruck, einen so tragischen, als wäre ihm etwas ganz Schreckliches widerfahren. Und dabei sehnte er sich nur nach Frau und Kind, die ihn allein nach Österreich haben gehen lassen.«

»Und jetzt?« Nur selten hatte Maja ihre Freundin so verzagt klingen hören.

»Tja, und jetzt ...«, wiederholte Theresa leise. Obwohl sie noch keinen klaren Gedanken fassen konnte, war sie sich in einem Punkt ganz sicher: Nie wieder würde sie die Beziehung mit Robert, oder vielmehr das Abenteuer mit ihm, denn mehr war es für ihn anscheinend ja nicht gewesen, wiederaufleben lassen – auch wenn er allein aus Afghanistan zurückkommen würde. Er hatte sie belogen, genauso wie Dirk sie belogen hatte.

Bei dieser Erkenntnis drohte ein wilder, beißender Schmerz sie zu überwältigen. Ihr Herz hatte einen weiteren Sprung bekommen. Dennoch! Sie setzte sich aufrecht hin. Aufgeben war noch nie ihre Sache gewesen. Da war Raphael, der ihr sein kleines

Herz vorbehaltlos geöffnet hatte; sie hatte jede Menge Freunde; sie war gesund und musste nicht hungern, und sie hatte Stella. Energisch schluckte Theresa den dicken Kloß im Hals hinunter und sah Maja entschlossen an. »Jetzt ist erst mal Schluss mit Männern«, sagte sie übertrieben burschikos. »Und sollte ich noch mal einen kennenlernen, dann muss er sich erst mal einem Lügendetektortest unterziehen. Er wird durchleuchtet und gefilzt. So was passiert mir kein drittes Mal. Punkt.«

In der Nacht fand Theresa keinen Schlaf. Sie lauschte den Klagerufen einer Eule und dem lauen Föhnwind, der um die Hütte strich. Blicklos starrte sie in die schwarze Nacht. Jetzt hatte sie endlich die Erklärung dafür, warum Robert sich immer wieder von ihr zurückgezogen hatte: Er hatte gegenüber seiner Ehefrau ein schlechtes Gewissen gehabt. Andererseits hatte er seinen körperlichen Bedürfnissen, denen eines gesunden Mannes im besten Alter, nicht widerstehen können. Aber dann sah sie ihn wieder vor sich, in ihren intimsten Momenten, sie fühlte seine Hände auf ihrer Haut, hörte seine vor Zärtlichkeit raue Stimme. Und plötzlich fühlte sie sich ihm wieder ganz nah. Da war doch mehr zwischen ihnen gewesen als nur körperliche Befriedigung. Auch von seiner Seite aus. So sehr hatte sie sich doch nicht täuschen können! Vielleicht ist er ja nach Afghanistan gefahren, um seiner Frau von mir, von uns, zu erzählen, sagte sie sich in diesen nächtlichen Momenten. Vielleicht will er ja reinen Tisch machen, will mit ihr über das Sorgerecht für seinen Sohn verhandeln.

Heftig schüttelte sie den Kopf. Alles nur Wunschvorstellungen! Es war vorbei. Für kurze Zeit hatte ihnen die Erde und der Himmel gehört, der Tag und die Nacht – nur nicht die Zukunft. Dennoch bereute sie nichts. Was ihr in den kostbaren Stunden ihres Beisammenseins geschenkt worden war, würde ihr keiner nehmen können.

Während der Nacht auf Montag hatte der Föhn noch einmal ganze Arbeit geleistet und den weißen Spuk sogar auf den Höhen weitgehend vertrieben. Maja brach frühmorgens nach München auf. Die beiden Frauen umarmten sich lange. »Ruf mich an, wenn du reden willst.« Maja strich Theresa liebevoll über die Wange. »Auf dem Handy bin ich immer zu erreichen.«

»Mach ich.« Theresa lächelte tapfer und winkte ihrer Freundin nach, bis der schwarze Mini Cooper nicht mehr zu sehen war.

Danach fuhr sie zum Einkaufen nach Wörgl. Als sie zurückkam, funktionierte ihr Internet wieder. In ihrem Mailfach lag eine Nachricht des Ingenieurbüros aus Innsbruck. Mit fahrigen Händen öffnete sie die Mail und deren Anhang.

Nachdem sie das Gutachten gelesen hatte, schluchzte sie auf. Laut dieses Gutachtens durfte das Skiliftprojekt auf dem Hausberg nicht verwirklicht werden. Die Gefahr war zu groß, dass die Erdumwälzungen den Berg in Unruhe versetzten.

»Gewonnen!«, jauchzte Anna ein paar Minuten später am Telefon. »Wir haben gewonnen! Ich kann es noch gar nicht richtig glauben.« Nun begann sie ebenfalls vor Freude zu schluchzen. »Jesus, Maria und Joseph, dem Himmel sei Dank«, flüsterte sie mit erstickter Stimme, und Theresa sah ihre Freundin im Geiste vor sich, wie sie sich bekreuzigte. »Und was machen wir jetzt?«

Theresa räusperte sich, bevor sie mit fester Stimme antwortete: »Jetzt bringe ich das Gutachten ins Bürgermeisteramt. Ich bin sicher, dass nun auch die restlichen Gemeinderatsmitglieder ihre Meinung ändern werden. Zusätzlich hängen wir es überall im Dorf auf. Selbst die letzten Befürworter des Skiliftprojekts werden zur Einsicht kommen müssen. Wer von ihnen könnte denn so eine Katastrophe billigend in Kauf nehmen? Dem Reischenbacher-Magnus werde ich es persönlich vorbeibringen. Der wird nun ganz sicherlich in die Ferienanlage im Süden investieren. Letztendlich wird Martin bald auf verlorenem Posten stehen – sollte er nicht durch die neuen Erkenntnisse auch endlich zur Vernunft kommen. Aber daran glaube ich ehrlich gesagt nicht.«

»Falls nicht, dann zieh dich warm an!«

Theresa musste lachen. »Martin ist doch nur ein Handlanger dieser Investoren, von denen der kapitalkräftigste ja bereits ausgestiegen ist. Ich vermute, dass Martin sich jetzt beleidigt aus der Lokalpolitik zurückziehen und seine Wunden lecken wird. Du weißt doch, er war schon früher ein schlechter Verlierer.«

27

Auf einem langen Spaziergang mit Stella, die sich freute, endlich wieder festen Boden unter den Pfoten zu haben, versuchte Theresa, die vielfältigen Gefühle in ihrem Herzen zu ordnen. Wie nah lagen doch Glück und Leid zusammen! Ja, sie war ein klein wenig stolz auf sich, dass sie durch ihr Engagement ihr Dorf vor einer wahrscheinlichen Naturkatastrophe gerettet hatte. Allein schon die Überschwemmung des Tales durch den Massentourismus wäre eine Katastrophe gewesen.

Theresa atmete die Bergluft tief ein. Und während sie den wie hingetuschten Wölkchen, die an dem blassblauen Himmel federleicht dahinsegelten, nachsah, regte sich in der hintersten Ecke ihres dummen Herzens ein paar Augenblicke lang die Hoffnung, dass Robert zu ihr zurückkommen würde. So sehr konnte sie sich doch nicht in ihm getäuscht haben.

Obwohl Theresa und Anna noch am gleichen Tag das Gutachten vervielfältigt und im Ort verteilt hatten, blieb die Reaktion der Gamsenauer darauf erst einmal aus. Niemand nahm Kontakt zu ihr oder Anna auf.

»Merkwürdig«, sagte Anna zutiefst enttäuscht. »Das neue Gutachten müsste doch längst Gesprächsthema im Dorf sein. Diejenigen, die bisher noch hinter dem Projekt standen, müssten ihre Meinung doch jetzt überdenken. Stattdessen habe ich noch nichts gehört. Weder beim Fleischer noch beim Bäcker.«

Donnerstagnachmittag hielt Theresa es nicht länger aus. Sie fuhr hinunter nach Gamsenau zur Krämer-Trudi. Wenn es etwas Neues gab, dann würde sie es dort erfahren.

»Gratuliere!« Die ältere Frau strahlte sie beim Betreten des Ladens an. »Ihr habt euren Kampf gewonnen. Heute Vormittag hat der Gemeinderat getagt. Wie er abgestimmt hat, weiß ich zwar noch nicht, aber die Stimmung hier im Dorf ist positiv. In Anbetracht der Gefahr will niemand mehr das Skiliftprojekt verwirklicht haben. Durch das neue Gutachten habt ihr selbst die letzten Befürworter eines Besseren belehrt.«

»Bist du sicher?«, fragte Theresa voller Hoffnung.

Trudi lachte. »Ganz sicher. Du weißt doch, wie es in meinem Laden zugeht. Hier erzählt jeder jedem was. Der Grundtenor ist seit gestern, dass keiner mehr Skilifte, große Hotelbauten und Massentourismus will.«

Bei Trudis Worten war Theresa, als würde ein Sonnenstrahl in ihr Herz fallen. Ja, jetzt konnte sie sagen, dass sie gewonnen hatte.

Als Theresa Trudis Laden verließ, entdeckte sie auf der anderen Seite der Dorfstraße den Reischenbacher-Bauern. Er winkte ihr zu. Raschen Schrittes überquerte sie die Straße.

»Bist du aus dem Urlaub wieder zurück?«, begrüßte sie ihn freundlich.

»Ich war nicht im Urlaub. Ich war geschäftlich unterwegs«, antwortete er, wobei sein bewundernder Blick sie umfasste.

»Schick siehst heute wieder aus«, sagte er. »Hast du dir das mit meiner Einladung zum Essen mal überlegt?« Sein Blick gewann an Tiefe.

»Warst du in Spanien?« Nach Flirten war ihr jetzt nun gar nicht zumute.

Sofort wurde er ernst. »Exakt. Leider hat mich der Gemeinderat wegen einer dringenden Sitzung früher zurückgerufen.«

Sie lächelte ihn an. »Die Sitzung wegen des Skiliftprojekts heute Vormittag?«

»Exakt. Wir haben einstimmig dagegengestimmt. Bis auf Martin.« Der Reischenbacher-Magnus grinste breit. »Martin will zurücktreten. Er hat sich fürs kommende Schulhalbjahr an einer Schule in Salzburg beworben. Das Bürgermeisteramt wird also frei. Wär das nix für dich?«

»Machst du Witze?«, entfuhr es ihr. Die Reaktion ihres Jugendfreundes machte sie betroffen. Sie hatte Martin doch nicht aus seiner Heimat vertreiben wollen!

Magnus hob die massigen Schultern, die die graue Trachtenjacke zu sprengen drohten. »Warum nicht? Durch dein Engagement hast du dein Image hier mächtig aufpoliert. In den Augen der Dörfler bist jetzt wieder eine von ihnen. Wie ich heute auf der Sitzung heraushören konnte, will sich der Gemeinderat in dieser Angelegenheit demnächst an dich wenden. Überleg's dir. Ich würde für dich stimmen«, fügte er mit der Andeutung einer Verbeugung hinzu.

Theresa spürte plötzlich ein Zittern in sich. Mit einem Mal fühlte sie sich überfordert. Wie schnell sich das Blatt wenden konnte! Vor Kurzem noch war sie im Dorf von einigen Leuten angefeindet worden – und jetzt wurde sie bereits als nächste Bürgermeisterin gehandelt!

»Danke, ich werde darüber nachdenken«, erwiderte sie. »So, jetzt muss ich weiter.« Sie wollte schon die Hand zum Abschied heben, als ihr noch etwas einfiel. Mit einem festen Blick in Magnus Augen fragte sie: »Verrätst du mir jetzt, wer diese ominösen Investoren sind?«

Magnus trat einen Schritt von ihr zurück. »Schau, Theresa, auch wenn das Thema nun vom Tisch ist – ich gehör nicht zu den Leuten, die ihr Wort brechen.

Ich bin jedoch ganz sicher, dass du es selbst herausfinden wirst.« Er zwinkerte ihr zu. »Ganz sicher. Glaub mir.« Mit diesen Worten hob er die Hand. »Servus, Theresa. Und denk noch mal über unser Abendessen nach. In ein paar Wochen werde ich für längere Zeit in Spanien sein. Dann sehen wir uns erst mal nicht mehr. Ich investier nämlich jetzt in die Ferienanlage.«

»Ich wünsche dir alles Gute, Magnus«, erwiderte sie mit herzlichem Lächeln.

Danach fuhr sie zum Brandler-Hof und berichtete Anna von den Neuigkeiten. Die Freundinnen fielen sich um den Hals. »Und was das Bürgermeisteramt angeht …«, sagte Anna mit bedeutsamem Blick, »dieses Angebot solltest du annehmen. Als du vor vier Monaten hierherkamst, suchtest du doch nach einer sinnvollen Aufgabe.«

Theresa lächelte sie an. »Ich werde es mir überlegen. Versprochen.«

»Mach das, mach das unbedingt. Wir können hier gut eine Bürgermeisterin mit gesundem Menschenverstand brauchen. Die Leute vertrauen dir. Dass du auf eigene Kosten ein Gutachten in Auftrag gegeben hast, hat alle Leute beeindruckt.« Annas Miene wurde ernst. »Wir haben in den vergangenen Tagen gar nicht mehr darüber gesprochen, wie es dir geht. Hat sich Robert mal gemeldet?«

Natürlich hatte Theresa inzwischen auch ihr von ihrer Liebe zu dem Einsiedler erzählt.

Theresa hob die Schultern und seufzte. »Hat er nicht. Irgendwie kann ich immer noch nicht glauben, dass für ihn alles nur ein Spiel gewesen sein soll, sozusagen als Lückenfüller, bis seine Frau nach Österreich kommt.« Sie senkte den Kopf, Tränen stiegen ihr in die Augen. »Vielleicht ist er ja auch nach Afghanistan gefahren, um reinen Tisch mit ihr zu machen«, fügte sie etwas leiser hinzu.

»Er hat einen Sohn, vergiss das nicht«, wandte Anna vorsichtig ein. »Glaubst du, er würde auf ihn verzichten? Du hast mir doch erzählt, dass er manchmal auf dich einen so traurigen Eindruck gemacht hat. Mit Sicherheit vermisst er ihn. Um ihre Kinder bei sich zu haben, nehmen viele Menschen einen ungeliebten Partner an ihrer Seite in Kauf.«

Ja, das wusste Theresa auch. In ihrem Frankfurter Freundeskreis gab es auch einige Paare, die nur noch wegen ihrer minderjährigen Kinder zusammenblieben.

Sie sah ihre Freundin an. »Lass uns bitte über etwas anderes sprechen.«

»Holst du Raphael morgen Nachmittag von der Schule ab?«, wechselte Anna bereitwillig das Thema.

»Ja, wenn es dir recht ist. Ich würde ihn dann gerne mit zu mir nehmen.«

Anna strahlte. »Klar ist mir das recht. Er freut sich schon darauf, das Wochenende bei dir zu verbringen.«

Am Nachmittag machte Theresa mit ihrer Hündin einen langen Spaziergang. Als sie zurückkamen, wartete Falk auf sie. Wie immer, wenn sie ihn sah, wurde ihr warm ums Herz. Der Falke verkörperte für sie die nun einzige Verbindung zu Robert. Stella blieb auf der Treppe zur Veranda stehen und warf ihr einen fragenden Blick zu. Aufmunternd nickte sie ihr zu. Daraufhin trabte Stella auf Falk zu und schnüffelte zur Begrüßung an dessen Gefieder. Der Raubvogel blieb gelassen auf dem Geländer sitzen. Er hatte inzwischen zu der Hündin Vertrauen gefasst. Ein Wunder der Natur. Theresa verfolgte die Szene mit versonnenem Lächeln. Dann ging sie in die Hütte und teilte kurzerhand das Faschierte, das sie beim Fleischer für eine Sauce Bolognese gekauft hatte, in zwei Hälften – eine für Falk, die andere für Stella. Theresa hatte keinen Appetit. Nach dem Verzehr dieses Leckerbissens erhob Falk sich wieder in die Lüfte, und Theresa sah ihm nach, bis er in der hereinbrechenden Dämmerung verschwunden war.

Danach bereitete sie sich eine Brotzeit zu. Sie wollte sich gerade an den Tisch setzen, als sie draußen ein Geräusch vernahm – ein tiefes Brummen. Sie hob die Brauen. Kein Zweifel, sie bekam Besuch. Vielleicht Robert? Innerlich bebend trat sie ans Küchenfenster und lugte vorsichtig zwischen den rot-weiß karierten Vorhanghälften hindurch. Die Bewegungsmelder gingen an. In deren Licht näherte sich ein schwarzer Geländewagen. Leider war es kein Pick-up, wie sie jetzt erkennen konnte, sondern ein Jeep mit deutschem Kennzeichen. Sie fuhr zurück. Als sich die

Fahrertür öffnete, schloss Theresa für einen Moment die Lider, als könnte sie dadurch das Bild vor ihren Augen auslöschen. Als sie sie wieder öffnete, stieg ihr Noch-Ehemann gerade die Treppenstufen zur Hüttentür herauf.

Dirk trug einen wattierten Parka, dessen Kapuze mit Fuchsfell verbrämt war, und hohe Schneestiefel. Sein Haar war zerzaust, seine attraktiven Züge erzählten von großer Erschöpfung, worüber selbst sein strahlendes Lächeln nicht hinwegtäuschen konnte. Dennoch konnte sie ihre Verärgerung über sein Auftauchen nicht unterdrücken. Wieder einmal hatte er sich über einen Wunsch ihrerseits hinweggesetzt – den Wunsch, er möge sie hier oben in ihrem kleinen Paradies in Ruhe lassen.

»Was machst du hier?«, begrüßte sie ihn, während Stella ihn schnüffelnd umkreiste.

Dirk streichelte kurz die Hündin, richtete sich auf und vertiefte, ungeachtet ihrer distanzierten Begrüßung, sein Sunnyboy-Lächeln. »Man sagte mir unten im Dorf, dass hier oben eine schöne Frau wohnt, bei der ich nach der langen Reise bestimmt einen Kaffee bekommen würde.«

Unbeeindruckt von seiner Charme-Offensive, sah sie ihn kühl an. »Natürlich mache ich dir einen Kaffee. Und etwas essen kannst du auch, aber ich habe nur wenig Zeit. Bitte …« Sie zeigte auf den Holztisch. »Die lange Reise hast du hoffentlich nicht wegen mir gemacht«, fuhr sie fort, während sie sich abwandte, um Wasser in die Kaffeemaschine zu füllen. »Oder ging es vielleicht um das Objekt in der Nähe von Kitzbühel, von dem ich bis heute keine Unterlagen erhalten habe?«, fügte sie ironisch hinzu.

Sie hörte, wie er den Parka auszog und sich auf die Eckbank fallen ließ. »Ich komme gerade aus Südtirol, und Gamsenau liegt ja fast auf der Strecke«, antwortete er seltsam zaghaft.

»Hast du vergessen, dass ich hier meine Ruhe haben will?«, entgegnete sie unwirsch, während sie sich zu ihm umdrehte.

»Komm, jetzt sei nicht sauer«, sagte er mit bittendem Blick. »Ich wollte dich sehen. Ich konnte doch nicht einfach so vorbeifahren.«

Sie wandte sich wieder der Kaffeemaschine zu. Natürlich wollte sie keinen Streit mit ihm, aber sie wollte auch nichts mehr mit ihm zu tun haben.

Die Maschine gluckerte. Das Schweigen zwischen ihnen nahm den ganzen Raum ein. Dirks Anwesenheit in ihrem Reich wurde ihr körperlich unangenehm. Dennoch brachte sie es nicht übers Herz, ihn kurzerhand hinauszuwerfen. Sie schenkte zwei Becher Kaffee ein, stellte sie auf den Holztisch und setzte sich Dirk gegenüber. »Noch einmal, Dirk, was willst du hier?«, begann sie mit erzwungener Ruhe. Dabei sah sie ihm geradewegs in die Augen, die unruhig zu flackern begannen.

Er wich ihrem Blick aus, umfasste den Becher mit beiden Händen, ohne zu trinken. Schließlich antwortete er mit müder Stimme: »Mit dir reden, Theresa. Über uns.«

Sie zog die Stirn zusammen. »Es gibt kein *Uns* mehr.«

Er atmete tief ein, als läge eine Last auf seiner Brust. »Wie gesagt: Ich komme gerade aus Meran. Ich habe Brigitte dort ein Hotel vermittelt.«

Brigitte ein Hotel vermittelt?, wiederholte Theresa stumm. Den Bruchteil einer Sekunde später fiel ihr die kurze Begegnung mit ihrer Schwester in Kufstein wieder ein, während die Heldenorgel der Festungskirche Mozarts Requiem gespielt hatte. *»Ich werde wahrscheinlich ein Hotel in Südtirol übernehmen«*, hatte Brigitte ihr erzählt. Aber seit wann hatten Dirk und ihre Schwester wieder Kontakt, fragte sie sich verblüfft.

»Brigitte ist nach dem Tod ihres Mannes auf mich zugekommen und bat mich, ihr Hotel auf Teneriffa zu verkaufen«, klärte Dirk sie unaufgefordert auf, als hätte er ihre Frage erraten. Dabei lag sein Blick so konzentriert auf ihrem Gesicht, als wolle er keine Regung darin verpassen.

Sie überlegte. Das musste letztes Jahr gewesen sein. »Warum hast du mir nichts davon erzählt«, fragte sie erstaunt. »Damals waren wir doch noch zusammen.«

»Deine Schwester wollte es nicht.«

Ungläubig lachte sie auf. »Toll! Und da du von ihr natürlich keine Provision verlangt hast, ist deine gute Tat auch nicht in den Geschäftsbüchern aufgetaucht und so vor mir verborgen geblieben.« Voller Unverständnis schüttelte sie den Kopf.

»So ähnlich.« Dirk trank einen Schluck von seinem Kaffee, als wäre jetzt der richtige Zeitpunkt gekommen, erst einmal eine Gesprächspause einzulegen.

»Darf ich denn wenigstens fragen, wie lange ihr schon Kontakt habt?«, nahm sie das Thema wieder auf. Sie spürte, wie die Wut darüber, von den beiden hintergangen worden zu sein, in ihr zu gären begann.

Dirk rieb sich das unrasierte Kinn. »Eigentlich haben wir uns jedes Jahr gegenseitig zum Geburtstag gratuliert.« Unschuldig sah er sie an. »Ich hatte doch keinen Streit mit ihr oder irgendein Problem«, verteidigte er sich. Dann holte er tief Luft und fügte, während er den Blick im Kaffee versenkte, hinzu: »Seit Anfang dieses Jahres hatten wir intensiveren Kontakt.«

Seit Anfang des Jahres, überlegte sie. Zu diesem Zeitpunkt hatte Dirk mit Jessica Schluss gemacht, weil er eine andere hatte – seine jetzige Partnerin. Sollte etwa Brigitte …? Völlig unmöglich! Sie stand auf, ging zum Kachelofen und legte ihre klammen Hände an die warmen Steine. Sie zitterten.

»Kurz vor Weihnachten trat Brigitte an mich heran wegen eines Projekts, für das sie noch Leute suchte«, hörte sie Dirk in ihrem Rücken sagen. »Sie hatte das Stück Land vom alten Xaver geerbt, um den sie sich bis zu dessen Tod gekümmert hat. Von dieser Erbschaft hat sie einem ehemaligen Gast aus ihrem

Hotel auf Teneriffa erzählt, ein millionenschwerer Geschäftsmann, der sofort eine Verwendung dafür im Kopf hatte. Dieser Typ wollte hier auf dem Hausberg ein großes Skigebiet erschließen. Brigitte war total fasziniert von dieser Idee, wollte ihr Geld aus dem Hotelverkauf hineinstecken, und ich sollte alles managen. Was aus dieser Idee geworden ist, weißt du ja selbst am besten«, fügte er in schuldbewusstem Ton hinzu.

Im Zeitlupentempo drehte sich Theresa zu ihm um. So lange brauchte sie, bis seine Worte in ihren Verstand gedrungen waren. »Ihr seid die ominösen Investoren gewesen?«, fragte sie fassungslos. Doch gleich darauf schlich sich ein anderer Gedanke in ihren Kopf, der sie erleichterte: Wenigstens war Brigitte nicht seine neue Partnerin.

Dirk nickte mit ergebener Miene. »Gegen die du so erfolgreich gekämpft hast. Wofür ich dich im Nachhinein bewundere. Ehrlich.«

Sie sah ihn an – und nahm ihn doch nicht wahr. Wie hatte der Reischenbacher-Magnus vor ein paar Tagen zu ihr gesagt, als sie ihn nochmals auf die Investoren angesprochen hatte? *Ich bin ganz sicher, dass du es selbst herausfinden wirst.*

»Dann wussten also alle hier, dass ihr die Investoren gewesen seid?«, fragte sie mit großen Augen.

»Nur Martin und die Gemeinderatsmitglieder.«

Ihr wurde plötzlich übel. »Und wer von euch hatte die Idee, mir Angst einzujagen?«

»Na ja …« Dirk sah betreten auf die Tischplatte und murmelte: »Brigitte.« Schließlich hob er den Blick. In seinen himmelblauen Augen lag jetzt ein zorniges Funkeln. »Ich konnte sie nicht davon abhalten. Und mir hat sie totalen Stress gemacht, weil es mir nicht gelungen ist, dich zur Rückkehr nach Frankfurt zu bewegen.«

Sie konnte ein bitteres Auflachen nicht unterdrücken. Brigitte hatte schon in der Jugend ein Händchen für Männer gehabt.

»Als du Schwierigkeiten gemacht hast und auf eigene Faust ein Gutachten hast anfertigen lassen, ist der Investor abgesprungen«, erzählte Dirk mit aufgewühlter Miene weiter. »Die Sache wurde ihm zu schwierig. Daraufhin ist Brigitte fast durchgedreht. Schließlich ist sie zu ihrer ursprünglichen Idee zurückgekehrt, ein Hotel in Südtirol zu kaufen, wobei ich ihr geholfen habe.« Dirk holte tief Luft und sah sie eindringlich an. »Tja, und jetzt sitze ich hier und möchte dich etwas fragen: Könntest du dir vorstellen, das ganze Skiprojekt zu vergessen und mit mir noch einmal neu anzufangen?«

Voller Unverständnis blinzelte sie ihn an. »Was hat denn das Skiliftprojekt mit uns beiden zu tun?«, fragte sie. »Die Sache mit uns ist vorbei, weil du mich mit einer anderen Frau betrogen hast, weil du dir eine neue Partnerin gesucht hast, mit der du noch einmal von vorn anfangen wolltest, wie du mir gesagt hast. Aber doch nicht wegen des Skiliftprojekts.«

»Na ja, irgendwie doch«, widersprach er ihr klein-
laut und hielt zwei, drei Atemzüge lang inne, ohne
sie anzusehen. Schließlich setzte er sich aufrecht hin
und fuhr in festem Ton fort: »Ich glaube, du hast mich
nicht richtig verstanden. Dieser Betrug tut dir bestimmt noch weher, als wäre es eine dir völlig fremde
Frau gewesen.«

Theresa sah ihn an – und sah ihn doch nicht. Stattdessen fügte sich in ihrem Verstand ganz langsam ein
Wort zum anderen. Dann begriff sie: Ihr spontaner
Gedanke, Brigitte könnte Dirks neue Partnerin sein,
war richtig gewesen. Bei dieser Erkenntnis schoss ihr
das Blut in den Kopf. Sie hatte das Gefühl, als würde
er im nächsten Moment zerspringen. Dirk behielt sie
im Auge, als wäre er auf der Hut vor dem, was jetzt
passieren könnte. Sie hingegen sah durch ihn hindurch und sagte tonlos:

»Dann ist der Seidenschal in unserem Ehebett also
das Geschenk meiner Schwester an mich gewesen.«

»Das fand ich auch total geschmacklos«, empörte
sich ihr Noch-Ehemann. »Aber du kennst sie ja. Ihr
passte nicht, dass ich mich nicht entschließen konnte, dir die Wahrheit über sie und mich zu sagen. Sie
wollte unbedingt diesen Triumph über dich, obwohl
sie dich liebt. Glaub mir. Brigitte liebt dich wirklich.
Männer kann sie nicht lieben. Sie hat nur irgendwas
an sich, dass ihr alle Typen verfallen. Genau wie ich
Trottel.« Mit bekümmerter Miene schüttelte Dirk
den Kopf. »In den vergangenen Monaten haben wir

uns nur noch gestritten«, fuhr er dann etwas ruhiger fort. »Brigitte kann richtig hysterisch werden. Stell dir vor! Sie hat sich eigenhändig mit einer Küchenschere ihr wunderschönes Haar abgeschnitten. Zuerst hat sie es hellblond färben lassen, dann rot. Nur weil ich gesagt habe, dass ich ihr langes schwarzes Haar liebe. Sie wollte testen, ob ich sie auch mit dieser schrecklichen Frisur noch lieben würde. Das ist doch krank, oder? Ganz ehrlich, meiner Ansicht nach müsste sie mal zum Psychodoc.« Mitleidheischend sah er sie an. »Mit der Frau hab ich in der letzten Zeit was mitgemacht! Das kannst du mir glauben. Ich bin froh, dass sie mir den Laufpass gegeben hat. Jetzt wünsche ich mir nur noch, dass du und ich noch mal von vorn anfangen. Wir haben uns doch eigentlich immer gut verstanden. Alles war ruhig und geordnet. Es ging uns gut. Und dein Leben hier in dieser Hütte ist deiner doch völlig unwürdig. Außerdem habe ich mal gelesen, dass eine eingefahrene Ehe durch eine Affäre wieder frischen Wind bekommen kann.« Beim letzten Satz schlich sich ein Funkeln in seine himmelblauen Augen.

Mit wachsendem Unglauben hatte Theresa ihm zugehört. Ihr Noch-Ehemann hatte sich ihr gerade in seinem vermeintlich unverschuldeten Unglück anvertraut wie einem alten Kumpel an der Biertheke. Erwartete er jetzt etwa auch noch Zuspruch oder gar Mitleid von ihr? Sie brauchte ein paar hämmernde Herzschläge lang, um sich zu sammeln. Ihr Blick war freundlich, ihre Stimme klang sachlich und entschieden, als sie sagte: »Ich danke dir für deine Offenheit. Nun kann ich mir erklären, warum Brigitte bei unserer zufälligen Begegnung in Kufstein so schnell wieder wegwollte. Und dass ich sie mehrmals hier in der Gegend gesehen habe.« Sie blickte ihm fest in die Augen. »Aber, nein, Dirk, es gibt keine gemeinsame Zukunft mehr für uns beide. Es ist vorbei. Fahr jetzt bitte.«

An diesem Abend machte Theresa sich eine Flasche Wein auf, setzte sich auf die Ofenbank und rief nacheinander ihre beiden Freundinnen an.

»Total krass«, lautete Majas Kommentar.

»Unfassbar«, sagte Anna.

Beide fragten jedoch das Gleiche: »Willst du ihn wirklich nicht zurück?«

»Wirklich nicht«, lautete Theresas Antwort.

Mit dieser Lebensphase hatte sie abgeschlossen. In jeder Hinsicht. Und bezüglich des Skiliftprojektes, das sie in den vergangenen Monaten in Atem gehalten hatte, gab es nun keine offenen Fragen mehr. Gab es bessere Voraussetzungen, um noch einmal neu anzufangen? Sie würde in Gamsenau bleiben, sich lokalpolitisch für den Erhalt des Dorfes in seiner Ursprünglichkeit engagieren und Raphael eine gute Mutter werden. Und was ist mit Brigitte?, flüsterte ihr da eine Stimme zu. Trotz allem versteckte sich in der hintersten Ecke ihres Herzens der Wunsch, mit ihrer kleinen Schwester ins Reine zu kommen. Vielleicht würde irgendwann das Leben selbst die Lösung bieten. Die Frage, wie es für sie mit Robert weitergehen würde, wollte sie sich gar nicht erst stellen. Verzweifelt versuchte sie, die Gedanken an ihn zu verdrängen. Doch jeden Abend schlief sie mit ihnen ein.

28

In der Abgeschiedenheit der Bergwelt vergingen die Tage bis zum Weihnachtsfest ruhig und friedlich. Keine Hektik, kein Stress. So viel Muße vor den Feiertagen hatte Theresa seit Jahrzehnten nicht mehr gehabt. Sie machte lange Wanderungen, las wieder viel und informierte sich im Internet über den Häusermarkt im Umkreis von Gamsenau. Wenn sie Raphael zu sich nehmen wollte, mussten sie unbedingt näher an seiner Schule und bei seinen Freunden wohnen. Abends schaute sie sich DVDs an, die sie für eineinhalb Stunden in das Leben anderer Menschen entführten und weg von ihren Gedanken an Robert. Nach wie vor ließ Robert nichts von sich hören. Zurückgekehrt war er noch nicht. Erst gestern war sie in der Nähe seines Hofes spazieren gegangen und hatte das Auto des Senners aus Kufstein immer noch da stehen sehen. Nur Falk versäumte keinen seiner täglichen Besuche bei ihr, als wollte er

stellvertretend für Robert die Beziehung aufrecht-
erhalten.

Einen Tag vor Heiligabend begann es in den frühen Morgenstunden zu schneien. Wie der Wetterbericht vorausgesagt hatte, würde es weiße Weihnachten geben. Lautlos bedeckte der Schnee die Berge,
die Wälder und Almen. Als Theresa morgens aus der
Hüttentür trat, setzte sie ihre Schritte in das unberührte Weiß, als wäre sie der erste Mensch auf Erden.
Eine feierliche Stille umgab sie. Sie schaute hoch zum
Himmel, aus dem feine Flocken auf sie und Stella he-
rabtanzten. Mit einem Lächeln schloss sie die Augen.
Wie ein Streicheln legten sich die Schneeflocken auf
ihre Wimpern, Wangen und Lippen.

Nachdem sie mit ihrer Hündin die ersten Spuren
in den Schnee gezogen hatte, fuhr sie nach Wörgl.
Mit Anna, bei deren Familie sie den Heiligen Abend
verbringen wollte, hatte sie ausgemacht, dass sie für
alle Einkäufe zuständig sein sollte und ihre Freundin
fürs Kochen.

Nachdem Theresa ihre selbsterwählte Einsamkeit
verlassen hatte, war der Schock groß, als sie den riesigen Supermarkt in Wörgl betrat. Bei Weihnachts-
musik, die aus Lautsprechern auf die Kunden herun-
terrieselte und Heimeligkeit vorgaukelte, hasteten die
Menschen mit gestressten Mienen an ihr vorbei. Manche rempelten sie in ihrer Eile sogar versehentlich an.
Die Einkaufswagen, die die langen Regalgänge ver-
stellten, liefen über. Gänse, Hirschkeulen, Schinken,

ganze Lachse, Süßigkeiten, Spirituosen – die Leute kauften ein, als hätte der österreichische Kanzler den Notstand ausgerufen. Theresa zwang sich, das Stimmengewirr und Gewusel um sich herum zu ignorieren und sich auf ihre Einkaufsliste zu konzentrieren. Als sie den Supermarkt schließlich verließ, war ihr Einkaufswagen ebenso voll wie die der anderen Kunden. Zwischen Menschen und Autos hindurch dirigierte sie das schwere Gefährt zu ihrem Jeep. Gerade hatte sie alles im Kofferraum verstaut, als ihr ein Pickup auffiel, der in einer für seine Ausmaße ziemlich engen Parklücke vor- und zurückrangierte. Auf den ersten Blick erkannte sie den Wagen. Am Steuer saß Robert, auf dem Beifahrersitz eine Frau. Theresa war es, als würde ihr jemand einen Dolch ins Herz stoßen. Dennoch gelang es ihr, geistesgegenwärtig auf die andere Seite ihres Jeeps zu treten, um von Robert nicht entdeckt zu werden. Die beiden Rückfenster ihres Wagens erlaubten ihr jedoch freie Sicht auf das, was sich gerade ein paar Meter von ihr entfernt abspielte: Robert sprang vom Fahrersitz – dynamisch, braun gebrannt, in Khakihose, Stiefeln und Felljacke –, lief um den Pick-up herum und öffnete die Beifahrertür. Zuerst half er der Frau beim Aussteigen, dann öffnete er die hintere Tür und hob einen Jungen heraus. Die Frau hatte langes, schwarzes Haar und war auffallend schön. Theresa schätzte sie auf Mitte dreißig. Der hübsche Junge hatte schwarze Locken und war etwa in Raphaels Alter. Beiden sah man an, dass sie keine Europäer waren. Gab es da noch irgendwelche Zweifel? Robert hatte seine Ehefrau und sein Kind aus Afghanistan nach Hause geholt. Ob nur zu Weihnachten oder für immer – was ging sie das an? Die drei verstanden sich gut, gingen vertraut miteinander um. Jetzt lachten sie gerade über etwas. Robert strich seinem Sohn zärtlich übers Haar – so wie er auch einmal Raphael über den Kopf gestrichen hatte. Daraufhin bekam er von der schönen Afghanin einen liebevollen Kuss auf die Wange. Welch rührende Szene! Theresa wandte den Blick ab. In ihrem Hals bildete sich ein Kloß. Ein Zittern überfiel sie. Sie atmete zweimal tief durch, zwang sich zur Ruhe. Hatte sie nicht gewusst, dass Robert Frau und Kind hatte? Dennoch! Es zu wissen war etwas anderes, als es mit eigenen Augen zu sehen. Sie legte die Hand an den Hals – auf die Stelle, unter der ihr Puls pochte. Ruhig, ganz ruhig, redete sie sich gut zu. Sei froh, dass er dich nicht entdeckt hat. Die Vorstellung, er hätte ihr womöglich auch noch glückstrahlend seine Familie vorgestellt, war schier unerträglich.

Erst nachdem die drei in dem Supermarkt verschwunden waren, brachte Theresa mit zitternden Knien den Einkaufswagen zurück, eilte zu ihrem Auto und verließ, ohne einen Blick in den Rückspiegel zu werfen, den Parkplatz.

Kurz vor Gamsenau fiel Theresa ein, dass sie das Marzipan für die Bratäpfel vergessen hatte, die es Heiligabend zum Nachtisch geben sollte. Sie hielt bei der Krämer-Trudi an, obwohl ihr überhaupt nicht nach Plaudern zumute war. Immer noch hatte sie das Bild von Robert und seiner Familie vor Augen. Und das tat so weh!

In Trudis Lädchen drängten sich die Frauen vor der Theke. Die Luft in dem engen Raum war so warm und stickig, dass Theresa der Schweiß unter ihrem langen Lammfellmantel ausbrach. Sie überlegte. Brauchten Bratäpfel unbedingt Marzipan, um lecker zu schmecken? Taten es Rosinen, Mandeln, Zimt und Rum nicht auch als köstliche Füllung? Kurzerhand grüßte sie noch einmal freundlich nach allen Seiten, wünschte ein frohes Fest und verließ den Laden schnell wieder. Sie wollte gerade einmal tief durchatmen, als sie aus dem Augenwinkel jemanden von rechts kommen sah. Er war nur noch wenige Schritte von ihr entfernt. Robert! Ihr blieb das Herz stehen. Sie war unfähig, sich zu bewegen. Jetzt hatte er sie erreicht, baute sich vor ihr auf, sah sie an. Seine seegrünen Augen, dieses Robert-Lächeln … Ein Strahlen lag auf seinen Zügen, wie sie es nur selten bei ihm gesehen hatte. Er war glücklich.

Er streckte die Arme nach ihr aus. »Theresa …« Wie sinnlich seine Stimme klang, als er ihren Namen aussprach, so wie er ihn in ihren intimsten Momenten ausgesprochen hatte! »Ich freue mich so … Ich bin zurück, vor einer Stunde erst gelandet. Ich bin nicht allein gekommen. Ich habe Alisha und Nuri mitgebracht. Alisha und Nuri sind …«

»Ich weiß«, unterbrach sie ihn hart. »Ich habe euch eben in Wörgl gesehen.« Sie starrte ihn immer noch an, konnte einfach nicht begreifen, dass er ihr sein Glück, seine Familie zu sich geholt zu haben, so unverhohlen zeigte. Was hatte sie ihm bedeutet? Nichts, konnte doch nur die Antwort lauten. Ein Flirt, eine unbedeutende Affäre, bestenfalls eine angenehme Bekanntschaft. Immerhin hatte er ihr bei dem Kampf gegen das Skiliftprojekt geholfen.

Seine Miene umwölkte sich. »Was ist?«, erkundigte er sich besorgt. »Bist du böse, dass ich mich nicht gemeldet habe?«

Automatisch schüttelte sie den Kopf. Dann räusperte sie sich, wandte den Blick ab und überlegte verzweifelt, wie sie dieser Situation ein schnelles Ende bereiten konnte, ohne die Fassung zu verlieren. »Du bist so anders«, sagte er rau. Dann griff er nach ihrem Arm. Der feste Griff seiner großen Hand jagte ihr einen Schauer durch den Körper. Ohne sie loszulassen, fuhr er beschwörend fort: »Ich freue mich so sehr, dich zu sehen. Bitte lass uns doch alle zusammen Heiligabend feiern. Komm mit Raphael zu mir auf den Hof. Raphael wird sich bestimmt gut mit Nuri verstehen.«

Jäh riss sie sich aus seinem Griff los. Mit letzter Kraft zwang sie sich zu einem Lächeln. »Danke für die Einladung, aber wir sind bereits verabredet.« Wie ferngesteuert trat sie ein paar Schritte von ihm zurück und hob die Rechte. »Ich wünsche dir ein schönes Fest. Alles Gute.« Dann drehte sie sich um und ging steifen Schrittes zu ihrem Wagen, der um die Ecke parkte.

»Du bist ja leichenblass!«, rief Anna ein paar Minuten später erschrocken aus. »Geht es dir nicht gut?«

»Ich muss mich erst mal setzen«, murmelte Theresa, deren Beine zitterten. Tränen standen ihr in den Augen.

Geistesgegenwärtig zog ihre Freundin sie in die Stube, wo sie allein waren. Bastian saß mit einem Nachbarn in der Küche. Nachdem Anna zwei Obstler eingeschenkt hatte, forderte sie Theresa auf: »Trink erst mal. Dann erzählst du, was passiert ist.«

»Ich fasse es nicht!«, rief sie empört aus, nachdem Theresa geendet hatte. »Spinnt der? Wie kann er dich einladen, wenn seine Frau und sein Sohn jetzt da sind!«

Theresa zuckte mit den Schultern. »Ich weiß es nicht. Die einzige Erklärung ist, dass ihm die Sache mit uns völlig unwichtig war. Dass er mich inzwischen als eine ganz normale Bekannte ansieht. Raphael und sein Sohn sind etwa gleich alt. Vielleicht sucht er auch Anschluss für seine Frau.«

»Ja, aber ...« Anna schüttelte die rotblonden Locken. »Also das geht über meinen Verstand. Falls er wirklich eine Freundin für seine Ehefrau oder einen Freund für seinen Sohn sucht, kann er sich doch nicht an dich wenden. So blöd kann er doch nicht sein. Du könntest seiner Frau doch von eurer Affäre erzählen.

Ich weiß zwar, dass du so etwas niemals tun würdest, aber er …«

»Ich glaube, das weiß er auch.«

»Wenn er dich wirklich kennen würde, käme er gar nicht erst auf diese spinnerte Idee, dir anzubieten, mit ihm und seiner Ehefrau Weihnachten zu feiern«, erklärte Anna erbost.

»Hoffentlich treffen wir die drei nicht morgen Abend in der Kirche«, murmelte Theresa abwesend.

»Na dann … *Fröhliche Weihnachten«,* erwiderte Anna trocken.

Am Abend rief Maja an.

»Ich hätte dich auch gleich angerufen«, begrüßte Theresa sie.

»Ist was?«, fragte ihre Freundin. »Du klingst so niedergeschlagen.«

Da erzählte Theresa ihr, dass sie Robert getroffen hatte. Maja ließ sie reden, unterbrach sie kein einziges Mal.

»Das muss nicht heißen, dass Robert keine Gefühle mehr für dich hat«, meinte sie schließlich gelassen. »Vielleicht hofft er, die Beziehung mit dir weiterführen zu können – obwohl er seine Familie zu sich geholt hat.«

Theresa lachte bitter auf. »Also, das wäre ja das Allerletzte.«

»Sieh die Sache mal aus einer anderen Perspektive«, begann Maja ganz sachlich. »In Afghanistan herrscht in vielen Landesteilen noch die Vielehe vor. Muslime dürfen mehrere Frauen haben.«

»Robert ist aber kein Moslem, sondern Katholik«, stellte Theresa in hartem Ton richtig.

»Aber vielleicht ist seine Frau Muslimin. Wenn sie es von der Tradition in ihrer Familie nicht anders kennt …«

»Maja – bitte keine Hirngespinste«, sagte Theresa entschieden. »Fakt ist, Robert hat seine Frau und seinen Sohn auf seinen Hof geholt. Damit ist die Sache für mich beendet. Das hätte er nicht getan, wenn er mich wirklich geliebt und mit mir eine gemeinsame Zukunft hätte haben wollen. Mehr gibt es dazu nicht zu sagen.«

Ihre Freundin schwieg und zog geräuschvoll an ihrer Zigarette. Theresa ahnte, dass Maja mit dem Thema noch nicht fertig war.

»Und wenn diese junge Frau und der Junge gar nicht seine Ehefrau und sein Sohn sind?«, fuhr Maja dann auch tatsächlich fort, nachdem sie den Rauch ausgestoßen hatte.

»Wer sollten sie denn bitteschön sonst sein?« Langsam begann Theresa, sich über ihre Freundin zu ärgern. Maja biss sich gerade mal wieder an einem Thema fest.

»Frau und Kind eines ehemaligen Kollegen aus Kabul zum Beispiel. Vielleicht hat Robert die Familie über Weihnachten nach Österreich eingeladen. Oder womöglich auch Verwandte seiner Frau.«

Theresa seufzte genervt auf. »Lass uns bitte aufhören. Ich mag nicht mehr darüber reden.« Sie räusperte sich und fragte betont leichthin: »Bist du an den Feiertagen bei deiner Mutter?«

Maja lachte. »Verstehe – Themenwechsel. Meine Mutter und ich fahren morgen früh nach Baden-Baden in das Hotel, wo wir jedes Jahr Weihnachten verbringen. Und du?«

Theresa erzählte kurz von ihren Plänen und sagte dann: »Du, entschuldige bitte, aber heute ist nicht mein Tag. Ich gehe jetzt schlafen. Vielleicht sieht morgen schon alles anders aus.«

»Das wünsche ich dir«, erwiderte Maja voller Herzlichkeit. »Du kennst doch meinen Spruch: Die Welt ist rund und kunterbunt und alle Tage neu. Lass uns nach den Festtagen miteinander telefonieren. Falls etwas sein sollte, kannst du mich natürlich jederzeit über Handy erreichen.«

29

In der Nacht zum Heiligen Abend schneite es gerade so, als wollte der Wettergott dem Gamsenauer Tal für Weihnachten ein besonders weißes Festkleid anziehen. Als Theresa morgens aus der Hüttentür trat, hatten sich die Wolken verzogen, und der klare Himmel, an dem gerade die letzten Sterne verglühten, versprach einen sonnigen Wintertag. Sie hatte Raphael versprochen, ihn am Vormittag abzuholen. Sie wollten zusammen den kleinen Weihnachtsbaum schmücken, den Bastian für die Sennhütte geschlagen hatte.

Als sie nach Gamsenau hinunterfuhr, bot sich ihr das Dorf wie eine zuckrige Wintermärchenwelt dar. Der in der Morgensonne glänzende Neuschnee überzog Wiesen, Straßen und Dächer mit blendendem Weiß.

Raphael umarmte sie jubelnd. »Jetzt darf ich die ganzen Weihnachtsferien bei dir und Stella bleiben, gell?«, fragte er mit erwartungsvollem Blick. Lachend strich Theresa ihm die braunen Locken aus der Stirn. »Wenn du magst – ich habe nichts dagegen.«

»Anna und Bastian auch nicht«, stellte der Kleine klar.

Während Raphael sie auf der Rückfahrt zur Hütte bestens unterhielt, wanderte Theresas Blick einige Mal hoch zum Einödhof. Roberts Familie hatte dort ihre erste Nacht verbracht. Ob Roberts junge Frau in der Bergeinsamkeit glücklich werden würde? Und sein Sohn? Er musste doch zur Schule gehen … Als sie merkte, wie bei diesen Überlegungen ihre Stimmung auf eine steile Talfahrt ging, verbot sie sich für die kommenden Festtage jeden Gedanken in diese Richtung.

Während Theresa und Raphael die kleine Tanne schmückten, tranken sie heiße Schokolade, aßen Vanillekipferl und sangen die fröhlichen Weihnachtslieder, die Theresa aus ihrer Kindheit kannte. Es machte sie so glücklich zu sehen, mit wie viel Inbrunst Raphael bei der Sache war. »Ich mache gleich Fotos von unserem Baum und schicke sie an meine Freunde«, sagte er mit glühenden Wangen.

Nachdem sie fertig waren, packten sie die Geschenke für Annas Töchter und für Stella ein. Raphaels Geschenke – der butterweiche Kaschmirpullover, den sie für ihn gestrickt hatte, ein Buch über einen Jungen in der Wildnis Kanadas und ein nagelneuer Lederfußball mit den Unterschriften der Spieler von

Bayern München, Raphaels Lieblingsverein – lagen bereits verpackt und mit einer alten Decke verhüllt in ihrem Wagen.

»Ich schenke Anna und Bastian einen Kerzenständer aus Ton, den ich im Kunstunterricht gebastelt habe«, erzählte Raphael ihr. »Du bekommst natürlich auch ein Geschenk von mir«, fügte er eifrig hinzu. »Deine Kerze hat nur eine andere Farbe. Aber die verrate ich dir nicht.«

Theresa unterdrückte ein herzliches Lachen. »Die will ich auch gar nicht wissen«, erwiderte sie mit todernster Miene. »Sonst wäre es ja keine Überraschung mehr.«

»Und was schenkst du Anna und Bastian?«

»Wir schenken uns nichts. Stattdessen spendet jeder für die Kindernothilfe.« Kaum hatte Theresa den Satz zu Ende gesprochen, da sah sie, wie es hinter der Kinderstirn zu arbeiten begann.

»Ich war auch mal ein Kind in Not«, meinte Raphael dann mit nachdenklicher Miene. »Nachdem meine Großeltern verunglückt sind.«

Mit schlechtem Gewissen wegen ihrer unbedachten Äußerung nahm sie ihn fest in die Arme. Doch Raphael löste sich sofort wieder von ihr und strahlte sie an. »Aber jetzt bin ich der *Hans im Glück*. Kennst du das Märchen?« Er kicherte vergnügt. »Nein«, verbesserte er sich, »ich bin *Raphael im Glück*. Und wenn das Christkind mir meinen Wunsch erfüllt, dann seid Robert und du im nächsten Jahr meine Eltern.«

In Theresas Hals bildete sich ein Kloß.

»Wird Robert heute Abend mit uns feiern?«, fragte der Junge arglos in ihre Stimmung hinein.

Sie zögerte, schüttelte dann nur stumm den Kopf. Wie sollte sie ihm erklären, dass er seinen großen Freund zu Weihnachten nicht sehen würde, weil Robert von seiner Reise seine eigene Familie mitgebracht hatte?

»Ist er immer noch weg? Wann kommt er denn wieder?«, insistierte der Junge.

Sie räusperte sich. Ohne ihn anzusehen, antwortete sie: »Wir werden sehen.«

Doch Raphael ließ sich nicht so leicht vom Thema ablenken. Mit schief gelegtem Kopf sah er skeptisch zu ihr hoch. »Habt ihr euch gestritten?«

»Gestritten?« Unsicher lachte sie auf. »Wie kommst du denn darauf?«

»Weil sich viele Erwachsene streiten. Die Eltern von meinen Mitschülern und auch Oma und Opa hatten manchmal Streit.«

Hilflos hob sie die Schultern. »Die Menschen streiten halt manchmal.«

»Aber an Weihnachten muss man sich vertragen«, sagte Raphael entschieden. »Weihnachten ist das Fest der Liebe und des Friedens. Das hat unser Religionslehrer gesagt.«

Was sollte sie dazu sagen? An solch brisante Themen würde sie sich als Raphaels Adoptivmutter in Zukunft gewöhnen müssen. Der Junge war ein hellwaches Kind und würde in den kommenden Jahren von ihr noch manches übers Leben erfahren wollen.

»Du musst dich mit Robert wieder vertragen«, sagte Raphael mit eindringlichem Blick.

Theresa wurde ganz heiß. Der Junge brachte sie ganz schön in die Bredouille. Sie stand auf. »Lass uns erst mal Weihnachten feiern«, sagte sie und lächelte ihn an. Sie zeigte auf die Wanduhr. »Ich werde mich jetzt umziehen. Dann fahren wir zum Brandler-Hof. Vielleicht sind die Mädchen auch schon da.«

»Ich spiele so lange mit Stella draußen«, meinte Raphael zu ihrer Erleichterung leichthin.

»Da sind wir!«, verkündete Theresa eine Dreiviertelstunde später strahlend, als Anna ihnen in einem schwarzen, langen Festtagsdirndl die Haustür öffnete. Das Kleid gab ihr etwas Ehrwürdiges.

»Die Mädchen gehen nicht mit in die Kindermette«, sagte Anna mit betrübtem Blick. »Lindas Zug aus St. Moritz hat wegen Schneeverwehungen Verspätung. Und da Lena, Tobias und Maike sie in Innsbruck am Bahnhof abholen wollen, kommen alle vier später.«

»Schade.« Raphael zog eine Schnute, meinte dann aber beherzt: »Macht nichts, eigentlich sind sie ja schon zu alt für eine Kindermette.«

Die beiden Freundinnen lachten.

Bastian erwartete die Gäste in der Stube. Auch er hatte seinen Festtagsanzug angezogen – einen schwarzen Trachtenanzug mit Weste und einem Charivari, an dem altsilberne Münzen hingen. Auf der mit Tannenzweigen und roten Kugeln geschmückten Zirbenholzkommode stand eine Krippe mit kunstvoll geschnitzten Figuren, auf dem runden Holztisch ein Tablett mit vier Sektgläsern.

»Darf ich auch Sekt trinken?«, fragte Raphael erwartungsvoll, mit großen Augen.

»Erst wenn du größer bist«, antworteten Theresa und Anna wie aus einem Mund und mussten lachen.

»Du bekommst Kindersekt«, tröstete Bastian ihn mit aufmunterndem Zwinkern. »Apfelsaft mit Sprudelwasser. Eisgekühlt.«

Nachdem sie miteinander auf das Weihnachtsfest angestoßen hatten, bewunderte Theresa den deckenhohen Christbaum in der Diele.

»Den haben Bastian und ich gestern geschmückt«, erklärte ihr Raphael stolz.

»Wunderschön«, sagte sie leise. Unwillkürlich musste sie an den ähnlich großen Weihnachtsbaum denken, der vor einem Jahr in der Eingangshalle ihrer Villa in Frankfurt gestanden hatte. Die versilberten Kugeln, Zapfen und Herzen hatten ein kleines Vermögen gekostet – und doch nur kalte Pracht verbreitet. Wie lebendig waren dagegen die echten Tannenzapfen und die von Bastian geschnitzten Holzanhänger – Sterne, Glocken, Schlitten, Elche. Wo mochte Dirk den Heiligen Abend verbringen, fragte sie sich mit einem Anflug von Melancholie. Dann musste sie wieder an Robert denken. Ob er mit seinem Sohn auch einen Weihnachtsbaum geschmückt hatte?

»So, jetzt geht es ab in die Kirche«, hörte sie da Anna energisch sagen. Ihre Freundin mochte ihren Stimmungswechsel gespürt haben.

Kurze Zeit später saßen Theresa und Anna dick vermummt in dem mit Schaffellen ausgelegten Pferdeschlitten. Auf dem Bock thronten Bastian und Raphael. Mit leisem Schellengeläut ging die Fahrt durch verschneite Wiesen ins Dorf zur Kirche. Die untergehende Sonne ließ die Gipfel des Kaisergebirges rosarot aufglühen und hüllte das Gamsenauer Tal in einen goldenen Glanz. Romantischer hätte der Heilige Abend für Theresa nicht beginnen können.

In seiner Predigt appellierte der Pfarrer an die Herzen seiner jungen Zuhörer und deren Eltern, ihren Mitmenschen gegenüber Liebe und Verständnis walten zu lassen. Bei diesen Worten stupste Raphael Theresa sacht an. »Hörst du? Du sollst dich mit Robert wieder vertragen«, raunte er ihr mit bedeutsamem Blick zu. Theresa schluckte und zog ihn fest an sich.

Nach dem letzten Lied fanden sich alle Kirchenbesucher auf dem kleinen Kirchplatz ein, wo man sich gegenseitig ein schönes Fest wünschte. Inzwischen war es dunkel geworden. Am blauschwarzen Himmel blinkten abertausend Sterne, und ein silbriger Vollmond schickte sich an, in dieser heiligen Nacht über das Tal zu wachen.

Nachdem Stella, die während der Kindermette im Bauernhaus geblieben war, alle stürmisch begrüßt hatte, ging es ins Wohnzimmer für ein erstes Mau-Mau-Spiel, und kurze Zeit später trafen auch Annas Kinder ein. Und wieder gab es eine stürmische Begrüßung – und dazu auch ein Stamperl Selbstgebrannten.

»So, alle aufgepasst! Da wir nun vollzählig sind, räuchern wir jetzt den Stall aus«, rief Anna in die fröhliche Runde.

»Was ist das?«, fragte Raphael erstaunt.

»Wir wollen die bösen Geister vertreiben und Schutz und Segen fürs kommende Jahr vom Himmel herabbitten«, erklärte Bastian ihm, während Anna auch schon mit einer Schöpfkelle Glut aus dem Kachelofen nahm, die sie in das bronzene Räucherpfandl gab. Darüber streute sie Weihrauchkörner. Binnen weniger Sekunden begannen die Körner stark zu duften, und alle gingen rasch nach draußen. Maike und Linda trugen Laternen, deren Licht über den Hof tanzte und skurrile Schatten auf den Schnee malte. Die schwangere Lena hatte sich bei ihrem Mann eingehakt, Raphael hatte seine kleine Hand in Theresas gelegt. Anna und Bastian führten die Prozession an und gaben für die anderen die Worte vor: »Vater unser im Himmel, schütze dieses Haus, Glück herein, Unglück hinaus.« Als Anna die Stalltür öffnete, begannen die Kühe mit ihren Ketten zu rasseln.

»Ja, ja, es ist wieder so weit!«, rief sie ihnen fröhlich zu, worauf ein paar Tiere mit lautem Muhen antworteten. Vorsichtig stellte sie das Räucherpfandl in eine dafür vorgesehene Ampel und begann, diese leicht zu schwenken. Der Weihrauch fing an zu qualmen, und bald durchzogen duftende Nebelschwaden den dämmrigen Stall. Den Tieren machte das bisschen Rauch nichts aus. Sie kannten das schon aus vergangenen Jahren. Ruhig und ernst sahen sie der Zeremonie zu, als wüssten sie, dass sie dadurch im kommenden Jahr vor bösen Geistern bewahrt würden.

Auf das Ausräuchern des Stalles folgte gemäß der Brandlerschen Tradition die Bescherung für Jung und Alt. Dafür versammelten sich alle um die Krippe und sangen *Stille Nacht, Heilige Nacht* sowie *Ihr Kinderlein kommet*. Die vier jungen Leute stimmten danach den Weihnachtssong *Jingle Bells* an, in den alle einfielen. Unter freudigen Rufen und fröhlichem Lachen wurden nun die Geschenke ausgepackt. Zum Schluss bekam Stella ihre Weihnachtsgeschenke. Alle standen um sie herum und feuerten sie an, mit Pfoten und Zähnen ihre beiden Päckchen auszupacken. Zum Schluss applaudierten alle, und Stella machte sich über ihren Hirschknochen her.

Die Aufregung und Begeisterung bei der Bescherung hatte hungrig gemacht. Unter laustarken Rufen wie *Wow!*, *Hmm!*, *Lecker!* trug Anna den Hirschbraten auf. Bastian schenkte den Blaufränkischen ein, und bald herrschte an dem langen Holztisch in der Bauernküche eine muntere Geselligkeit. Immer wieder musste Theresa das vor Glück strahlende Gesicht ihrer Freundin betrachten. Anna war ein Familienmensch. Für sie war es das Schönste, all ihre Lieben um sich versammelt zu haben. Aber auch Theresa war glücklich, mit Raphael an ihrer Seite und Stella zu ihren Füßen, mit ihrer eigenen, winzig kleinen Familie, die ihr in dem Jahr, das ihr nicht nur Gutes gebracht hatte, geschenkt worden war. Ein kleines Wunder, wie sie fand.

»Bratäpfel! Die liebe ich!«, rief Lena begeistert aus, als ihre Mutter schließlich das heiße Blech aus dem Ofen nahm und sich der Duft von Zimt und Vanille unter den dunklen Deckenbalken ausbreitete. Obwohl alle satt waren, stürzte sich jeder auf den köstlichen Nachtisch. Selbst das Klingeln des Telefons in der Diele lenkte niemanden von dem Genuss ab. Anna blickte nur kurz auf und bat ihren Mann mit vollem Mund: »Gehst du …?«

»Warum schaust du denn so?«, fragte Raphael erstaunt, als Bastian zurückkam.

Erst die Frage aus dem Kindermund ließ alle anderen in ihrer Schlemmerei innehalten. Bastian stand in der Küchentür. Sein Blick suchte Theresas Blick. In diesem Moment wusste Theresa, dass irgendetwas passiert sein musste, das mit ihr in Zusammenhang stand. »Was ist?«, fragte sie, während sich ihr Magen zusammenzog.

Als Bastian unsicher in die Runde schaute, forderte Anna ihn auf: »Basti – nun sag schon!«

»Das war das Krankenhaus in Kufstein.«

Ob Robert etwas passiert ist? Diese Frage ließ Theresa innerlich erstarren. Unwahrscheinlich, beruhigte sie sich gleich darauf. Robert würde sie auf ihrem Handy benachrichtigen – wenn überhaupt. Dirk!, schoss ihr dann durch den Kopf. Vielleicht irrte er zu Weihnachten hier in seiner alten Heimat herum und hatte einen Verkehrsunfall gehabt.

»Deine Schwester«, sagte Bastian da in ihre fiebrigen Gedanken hinein.

Sie blinzelte ihn an. »Brigitte?«

»Du hast eine Schwester?«, hörte sie Raphael wie durch Watte fragen.

»Die diensthabende Ärztin der Intensivstation hat angerufen. Du sollst kommen«, fuhr Bastian fort.

»Hat Theresa eine Schwester?«, wollte Raphael nun von Anna wissen.

»Ja, aber die beiden haben schon lange keinen Kontakt mehr«, erwiderte Anna wie abwesend, während sie Theresa besorgt ansah.

»Was ist passiert?«, fragte Theresa Annas Mann.

»Sie hatte einen schweren Unfall und will dich sehen.«

»Dann ist sie also …?« Hoffnung schwang in ihrer Stimme mit.

Bastian nickte. »Sie ist aus dem Koma aufgewacht.«

»Hast du mit deiner Schwester auch Streit?«, erkundigte sich Raphael jetzt mit kindlicher Arglosigkeit in die betretene Stille hinein, die über dem Esstisch hing. Hätte Theresa nicht unter Schock gestanden, hätte sie wahrscheinlich über seine Frage lachen müssen. Ohne dem Jungen zu antworten, stand sie auf, so abrupt, dass ein Schwindel sie erfasste. Sie hielt sich an der Rückenlehne des Stuhls fest.

»Entschuldigt bitte …« Ihr abwesender Blick glitt über die kleine Weihnachtsgesellschaft hinweg. »Ich muss zu ihr.«

Anna erhob sich ebenfalls, jedoch sehr viel entschlossener. »Ich begleite dich raus.«

»Hoffentlich kommt sie durch«, sagte Theresa leise, als sie in der Diele ihren langen Fellmantel anzog.

»Was hat Brigitte hier in der Gegend wohl gemacht?«, fragte Anna ebenso leise. »Sie hat doch das Hotel in Südtirol gekauft.«

»Keine Ahnung.« Theresa sah ihre Freundin an. »Und woher wusste sie, dass ich heute Abend bei euch bin?«

»Na ja, das hat sie sich denken können.« Anna nahm sie in die Arme. »Fahr vorsichtig. Die Straßen könnten glatt sein.« Sie warf einen Blick auf Stella, die dicht neben ihrem Frauchen stand. »Willst du Stella hierlassen?«

Theresa zögerte kurz. Dann schüttelte sie den Kopf. »Ich nehme sie mit. Mein Wagen hat Standheizung. Wahrscheinlich werde ich ja auch nur kurz bei ihr bleiben können, wenn sie gerade erst aus dem Koma aufgewacht ist.«

»Kommst du danach noch mal?«

»Mal sehen, wie spät es wird.«

30

Die Kirchturmuhr stand auf zwanzig Uhr, als Theresa durch Gamsenau in Richtung Kufstein fuhr. Wie friedlich und idyllisch der Ort dalag! Die Dorfstraße war menschenleer. Der einzige Gasthof in Gamsenau hatte geschlossen. An diesem Abend feierte jeder im Kreis seiner Familie. Hatte sich auch Brigitte heute nach Familie gesehnt?, fragte sich Theresa. Nach ihr, ihrer älteren Schwester, der einzigen Verwandten, die sie noch hatte? Hatte Brigitte sie vielleicht besuchen wollen?

Auf der Straße nach Kufstein begegneten Theresa nur wenige Autos, die wie sie sehr vorsichtig fuhren. Im Licht der Straßenlampen glitzerte die Schneedecke auf dem Asphalt wie ein Teppich aus Diamanten. Kurz vor Kufstein wurde sie von einem Krankenwagen überholt, dessen Martinshorn und blitzendes Blaulicht die heilige Stille, die über der verschneiten Landschaft lag, zerriss. Er führte Theresa wieder vor Augen, dass das Schicksal selbst an Weihnachten vor den Türen der Menschen nicht Halt machte. Als sie durch den Kreisverkehr in Kufstein-Nord fuhr, sah sie schon den Krankenhauskomplex hell erleuchtet zwischen den anderen Häusern vor sich liegen. Das unangenehme Gefühl in ihr verstärkte sich.

Sie meldete sich am Empfang an und fuhr hoch zur Intensivstation.

»Ihre Schwester ist bei Bewusstsein, aber sie braucht noch dringend Ruhe. Nur zehn Minuten ...«, teilte ihr die Krankenschwester dort mit.

Theresa nickte. Das Herz klopfte ihr im Hals.

»Bereit?« Die Schwester öffnete die Tür zu einem kleinen Raum und schob sie sanft hinein. In dem Zimmer stand ein einzelnes Bett, in dem Brigitte wie leblos dalag. Ein Kopfverband ließ nur ihren Mund und ihre Augen frei, die sie geschlossen hielt.

Theresa schluckte schwer. Der Anblick schnitt ihr ins Herz. Wie verloren ihre Schwester inmitten all der Apparaturen wirkte! Das Beatmungsgerät, die Infusionspumpen, Saugschläuche, Monitore ... In der Stille des Raumes waren nur das monotone Klicken und Summen der Maschinen zu hören – Geräusche, die sie sicher machten, dass Brigitte doch noch lebte.

Einen Schritt vor den anderen setzend näherte Theresa sich leise dem Bett. Da schlug ihre Schwester die großen, dunklen Augen auf. Ihr Blick kam von weit her, wurde dann klarer und erfasste sie. »Resi ...«

Resi – so hatte Brigitte sie in Kindheitstagen genannt.

Ihre Schwester zeigte die Andeutung eines Lächelns, das ihr sichtlich schwerfiel. Dann zog sie ihre ebenfalls verbundene Hand unter der Decke hervor und hielt sie ihr hin – eine Geste, als wolle sie um Vergebung bitten.

»Was machst du nur für Sachen?«, flüsterte Theresa mit brüchiger Stimme, als sie die Hand ergriff und festhielt. Sie fühlte sich leicht und zerbrechlich an.

»Ich war auf dem Weg zu dir. Was ich getan habe ...«

Theresa hatte Mühe, die abgehackten, undeutlich gesprochenen Worte zu verstehen. »Du wolltest zu mir?«, fragte sie ungläubig.

»Verzeihen ...« Brigitte schloss erschöpft die Augen.

Theresa biss sich auf die Lippe. »Dirk hat mir alles erzählt.«

»Ich weiß.« Brigitte öffnete wieder die Lider und sah sie an. »Es hatte sich so ergeben«, fuhr sie stockend fort. »Mein Erbe, die Idee des Skiliftprojekts ... Und irgendwie wollte ich dir auch wehtun ...«

Bei den letzten Worten zuckte Theresa innerlich zusammen. Ihre Schwester war noch nie davor zurückgeschreckt, harte Wahrheiten auszusprechen.

»Warum wehtun?«, fragte sie heiser, obwohl sie die Antwort zu kennen glaubte.

»Du hast mich allein hier zurückgelassen, bist nach Deutschland gezogen. Ich war ja noch zu jung, ich konnte nicht einfach weg. Aber dir war das egal.« Sie schloss die Augen. Der Ausbruch hatte sie erschöpft.

Theresa schwieg. Jetzt war sicherlich nicht der richtige Zeitpunkt, darüber zu diskutieren.

»Meine Ehe hat mir gutgetan«, fuhr Brigitte mit geschlossenen Augen fort. »Als mein Mann tot war, verlor ich wieder den Halt.«

Erneut schwieg Theresa. Dieses Mal jedoch, weil so viele unterschiedliche Gefühle jäh auf sie einstürzten: Die Liebe zu ihrer Schwester, die sie immer noch tief im Herzen spürte; Schuldgefühle; Angst um Brigitte, aber auch Zorn auf sie, weil sie ihr so wehgetan hatte.

»Ich kaufe das Hotel nicht«, sagte ihre Schwester in das Gefühlschaos hinein.

Sie sah hoch. »Nein?«

»Ich habe nicht unterschrieben.« Die Worte waren nur mehr ein Flüstern. Brigitte hatte sichtlich Schmerzen.

»Wir können ein anderes Mal darüber reden«, sagte Theresa und streichelte beruhigend ihre Hand.

»Nein, jetzt. Der Moment, als sich mein Wagen überschlug und in die Schlucht fiel ... Todessekunden ... Ich war kein guter Mensch.«

Theresa schluckte schwer. Die Worte rührten sie. Sollte diese Nahtoderfahrung tatsächlich etwas in Brigitte ausgelöst haben?

»Ich will zukünftig Gutes tun, nicht Schlechtes.« Brigittes Augen füllten sich mit Tränen, und als ihr die erste seitlich aus dem Augenwinkel rollte, strich Theresa sie mit all der Zärtlichkeit weg, die sie in diesem Augenblick für ihre jüngere Schwester empfand.

»Du hast dem alten Xaver doch Gutes getan«, flüsterte Theresa. »Sonst hätte er dir nicht seinen Hof vererbt.«

Da begann Brigittes Mund zu lächeln. »Ich hab ihn gemocht.«

Theresa lächelte zurück. »Weil er so anders war, gell?«

»Weil er einsam war. Ich war auch einsam.« Wieder fühlte sich Theresa tief berührt. Wie schlecht musste es Brigitte damals gegangen sein!

»Meine Stieftochter kann keine Kinder bekommen. Sie wollte mit mir zusammen einen privaten Kindergarten aufbauen. Das mache ich jetzt. Keine Hotels mehr …«

»Versteht ihr euch?«

»Sehr gut. Andrea hat auch ihre Mutter verloren.«

Bevor Theresa etwas erwidern konnte, öffnete sich die Zimmertür, und die Krankenschwester erschien. »Seien Sie nicht böse, aber jetzt ist es genug«, sagte sie leise zu Theresa. »Ihre Schwester braucht Ruhe.«

Theresa stand auf. Brigitte hielt sie fest. »Verzeihst du mir?«

An Weihnachten muss man sich vertragen. Weihnachten ist das Fest der Liebe und des Friedens, hörte sie da eine helle Jungenstimme sagen. Raphael … In Gedanken an ihn durchströmte sie ein Gefühl der Wärme.

»Ich arbeite dran«, antwortete sie und streichelte Brigittes Wange. »Morgen komme ich wieder. Schlaf schön.«

Als Theresa im Auto saß, rief sie Anna an. »Brigitte ist schwer verletzt, aber sie wird durchkommen.«

»Wie ist das denn überhaupt passiert?«, erkundigte sich ihre Freundin.

»Du, das erzähle ich dir morgen«, antwortete Theresa. »Mein Akku ist fast leer.«

»Kommst du noch vorbei?«

»Sei mir nicht böse, aber ich möchte jetzt gerne nach Hause fahren.«

»Das ist völlig in Ordnung«, beruhigte ihre Freundin sie. »Erhol dich erst mal. Raphael schläft auch schon.«

Auf der Rückfahrt versuchte Theresa, ruhiger zu werden und das Durcheinander ihrer Gefühle in sich zu ordnen. *Liebe heißt verzeihen* – diesen Spruch hatte sie erst kürzlich auf einem Kaffeebecher in einer Geschenkboutique in Innsbruck gelesen. Was sich so schlicht und einprägsam las, war gar nicht so einfach umzusetzen. Ihre Schwester hatte sie zutiefst verletzt. Wenn sie an den Seidenschal dachte, wurde ihr jetzt noch übel. Brigitte hatte ganz bewusst daran gearbeitet, ihre Ehe mit Dirk zu zerstören.

Auf der Forststraße hielt sie an und stieg aus. Nach der warmen Luft im Krankenhaus, die nach Desinfektionsmittel und Unglück gerochen hatte, sehnte sie sich jetzt nach der klaren Bergluft. Ein paarmal atmete sie tief durch, und sofort meinte sie die reinigende und belebende Wirkung zu spüren. Während Stella ihr Geschäft verrichtete, blickte sie hoch zum Himmel, an dem in dieser Nacht die Sterne wie zum Greifen nah hingen. Das gleißende Mondlicht und der Schnee ließen die Umgebung fast taghell erscheinen. Unten in Gamsenau läuteten die Glocken. Sie riefen zur Mitternachtsmette. Versonnen lauschte Theresa ihrem Klang, und auf einmal schienen sich die Berge zu beleben. Fackeln leuchteten an den Hängen auf. Von den hochgelegenen Höfen pilgerten die Menschen zur Kirche ins Tal. In das Glockengeläut mischte sich hier, unterhalb des Bergwaldes, der sehnsuchtsvolle Ruf eines Käuzchens. Ein anderes antwortete genauso sehnsuchtsvoll. Theresa lächelte. Ein Vogelpärchen, das innige Zwiesprache miteinander hielt.

Unwillkürlich wanderte ihr Blick die Forststraße hinauf, in die Richtung, in der der Einödhof lag. Da entdeckte sie zwei Lichter. Sie fesselten ihren Blick. Mal verschwanden sie, mal tauchten sie wieder auf. Kein Zweifel, von dort oben kam ein Auto. Vielleicht ein Jäger? Plötzlich durchfuhr der Gedanke sie wie eine Lanze: War Robert etwa mit seiner Familie auf dem Weg zur Mitternachtsmette? Das Blut rauschte ihr schneller durch die Adern. Keinesfalls wollte sie ihm hier auf der schmalen Straße begegnen.

»Stella!«

Ihre Hündin musste ihre Not instinktiv gespürt haben. Sofort sprang sie in den Wagen. Theresa ließ den Motor an. Bevor Robert an der Kreuzung sein würde, musste sie dort schon in den Weg zu ihrer Hütte abgebogen sein.

Während sich ihr Geländewagen kraftvoll und sicher auf der Schneedecke Kurve für Kurve höher arbeitete, verlor Theresa die Lichter immer wieder aus den Augen. Und als sie schließlich die Wegkreuzung erreicht hatte, waren sie gar nicht mehr zu sehen. Erleichtert atmete sie aus. Vielleicht hatten die Scheinwerfer ja zu einem Jagdwagen gehört, und der Jäger hatte nur den Hochsitz gewechselt.

Langsam fuhr sie an dem zugefrorenen Weiher vorbei, dessen Eisfläche das Mondlicht wie Silber glänzen ließ. Morgen könnte ich hier mit Raphael Schlittschuhfahren, ging es Theresa durch den Sinn, bevor sie erneut zusammenzuckte. Die Bewegungsmelder ihrer Hütte leuchteten das Almfeld aus. In ihrem Licht stand ein schwarzer Pick-up. Robert saß auf der obersten Stufe der Veranda.

Stella führte einen Freudentanz auf, und Robert widmete ihr die Zeit, sich auszutoben. Theresa war ihm dafür dankbar. Dadurch gab er ihr Gelegenheit, sich zu fassen. Sie zitterte am ganzen Körper. Mit vor der Brust verschränkten Armen sah sie den beiden bei ihrer Begrüßung zu.

»So, jetzt ist genug«, sagte er schließlich zu Stella, erhob sich und kam auf Theresa zu. »Ich weiß, es ist spät, aber ich muss unbedingt mit dir reden. Ich war heute Abend schon zweimal hier. Vor einer halben Stunde habe ich dann bei den Brandlers angerufen. Anna sagte, dass du auf dem Weg nach Hause wärst.«

Robert hatte bei Anna angerufen? Warum hatte Anna sie nicht benachrichtigt? Ach ja, der leere Akku ...

»Was gibt es denn so Dringendes?«, fragte sie mit belegter Stimme.

Robert zeigte auf die Hüttentür. »Können wir auch reingehen?«

In der Hütte verströmten die Kacheln des Tiroler Ofens immer noch eine angenehme Wärme. Theresa warf ihren Mantel über einen Stuhl, füllte frisches Wasser in Stellas Topf, zündete die Kerzen auf dem Adventskranz an. Sie wollte Zeit gewinnen, wollte das Gespräch mit Robert hinausschieben, das ihr neue Wunden schlagen würde. Sie ahnte, worüber er mit ihr reden wollte: Er wollte Klarheit zwischen ihnen schaffen – jetzt, da Frau und Kind bei ihm lebten. Aber warum sollten sie über längst Vergangenes reden?

»Hast du ein Glas Wein für mich?«, fragte Robert ruhig, was sie in ihrer Umtriebigkeit innehalten ließ. Sie sah ihn an. Ihre Blicke begegneten sich über die lange Entfernung vom Tisch bis zum anderen Ende des Raumes hinweg, wo Robert neben Stellas Hundekorb stand – breitbeinig, aufrecht und seltsam kampfbereit wirkend. Sie schluckte. Immer noch besaß er eine Macht über sie, gegen die sie sich nicht wehren konnte. Schnell wandte sie sich ab, nahm zwei Gläser aus dem Regal, die angebrochene Flasche Zweigelt und schenkte ein. Robert kam auf sie zu. Sie tranken, ohne sich zuzuprosten. Welch eine Situation! Theresa merkte, dass sie schon wieder zu zittern anfing.

»Ich habe mich heute Abend lange mit Alisha unterhalten. Sie hat gesagt, dass ich mit dir reden muss.«

Alisha, seine Frau … Hatte er ihr etwa von ihrer kurzen Affäre erzählt?

Theresa streckte den Rücken durch. Mit einem höflichen Lächeln erwiderte sie: »Wir müssen nicht miteinander reden. Ich habe auch so verstanden.«

Robert machte noch einen Schritt auf sie zu. Sie konnte jetzt seinen Duft riechen.

»Das bezweifle ich«, erwiderte er ruhig. »Sonst würdest du anders reagieren. Meint Alisha«, fügte er hinzu.

Dass er seine Frau ein zweites Mal erwähnte, trieb ihr den Blutdruck in die Höhe. Alisha Leitner hatte hier in ihrer Hütte nichts zu suchen. Und ihr Ehemann ebenso wenig.

»Dass sich deine Frau Gedanken über mein Verhalten macht, ist wirklich unnötig«, sagte sie mit gekräuselten Lippen.

Robert lachte, dunkel und weich. Sein Blick gewann an Wärme. »Genau darum geht es«, fuhr er fort. »Alisha ist nicht meine Frau, sondern meine Schwägerin, die Schwester meiner Frau. Und Nuri ist mein Neffe. Karim, mein Schwager, kommt erst morgen aus England. Er hat dort seit einem halben Jahr einen Lehrauftrag in Cambridge.« Robert hob die Brauen. »Möchtest du mehr wissen, oder soll ich gehen?«

Schwägerin, Neffe, Schwager ... Dann hatte Maja gar nicht so unrecht gehabt. Aber was war mit seiner eigenen Familie?

Sie suchte seinen Blick und sagte tapfer: »Du könntest mir statt von deiner Schwägerin etwas von deiner Frau und deinem Sohn erzählen.«

Verblüfft sah er sie an. »Woher weißt du von ihnen?«

Sie hob die Schultern. »Zufall.«

Ein Schatten legte sich über seine Züge. »Dann weißt du sicher auch, dass sie beide tot sind.«

Seine Frau und sein Kind lebten nicht mehr? Ihr stockte der Atem. Sie musste sich hinsetzen. Robert setzte sich ihr gegenüber auf die Eckbank. Fassungslos sah sie ihn an.

»Nein, das wusste ich nicht«, sagte sie leise. »Willst du mir erzählen, was passiert ist?«

Robert atmete tief durch und nickte dann stumm. Nachdem er noch einmal von dem Roten getrunken hatte, begann er zu reden.

»Ich habe Soma damals während meiner Arbeit bei Ärzte ohne Grenzen in Kabul kennengelernt. Wir heirateten, bekamen David, unseren Sohn. In Anbetracht der politischen Lage wollte ich mit meiner Familie zurück nach Österreich. Ich hatte das Angebot, eine Landarztpraxis im Burgenland zu übernehmen. Soma tat sich schwer mit dem Schritt. Schließlich konnte ich sie überreden. Alisha und mein Schwiegervater haben mir das sehr übelgenommen.« Robert verstummte, drehte das Glas auf dem Tisch. Schließlich sprach er mit gesenktem Blick weiter: »Die Praxis lag im Seitentrakt des Bauernhauses, in dem wir wohnten. Es war alles ziemlich reparaturbedürftig, aber die Arbeit als Landarzt machte mir großen Spaß. David fand im Kindergarten schnell Freunde, und Soma liebte die Natur. Dennoch litt sie unter starkem Heimweh, was natürlich auch ihre Familie wusste.« Wieder unterbrach Robert seine Erzählung. Er wirkte blass, erschöpft. Seine Hände fuhren über die Tischplatte.

»Und weiter?«, fragte Theresa sanft. Die eiserne Faust, die sich um ihr Herz gelegt hatte, um es vor all ihren Gefühlen für Robert zu schützen, öffnete sich langsam, und alles in ihr strömte ihm wieder zu.

Robert hob den Blick, der verriet, wie stark der innere Aufruhr war, der ihn beherrschte. »Eines Abends, wir lebten erst vier Wochen dort, musste ich zu einem Patienten rausfahren. Als ich zurückkam, stand der Hof in Flammen. Eine alte Stromleitung. Das Feuer hatte Soma und David im Schlaf überrascht. Die Feuerwehren bekamen den Brand nicht unter Kontrolle. Ich lief ins Haus, aber ich konnte die beiden nicht wiederbeleben.«

Theresa begann zu frieren. Was für eine Tragödie! Sie streckte die Hand nach ihm aus. Ihre bebenden Finger fanden den Weg zu der langen Narbe auf seiner Wange.

»Ein herabstürzender Balken«, erklärte er ihr. In seinen seegrünen Augen lag ein feuchter Schimmer. »Lieber wäre mir gewesen, er hätte mich erschlagen.«

Erschüttert von dieser Geschichte, legte sie ihre Hand auf seine. Beide schwiegen sie eine Weile, während ihre Hände fest ineinander verschlungen auf dem Tisch lagen. Dann setzte sich Robert aufrecht hin. In seinem Blick leuchtete eine fiebrige und zugleich zornige Intensität.

»Danach konnte ich meinen Beruf nicht mehr ausüben. Ein Arzt, der seine nächsten Angehörigen nicht retten kann ...« Er schluckte und atmete tief ein. »Ich verkaufte das Grundstück, zog ins Hotel und fand dann den Einödhof hier. Somas Familie verstieß mich. Ich hatte Soma und David zu mir geholt und sie dann nicht beschützt.«

»Und wie kam es dann zu der jetzigen Annäherung?«, erkundigte sie sich zaghaft – immer noch auf der Hut davor, dass er sich wieder in sein Schneckenhaus zurückziehen könnte.

Robert lächelte müde. »Mein Schwiegervater war schwerkrank und wollte vor seinem Tod mit mir ins Reine kommen. An dem Samstag, als ich für dich gekocht hatte, rief Alisha an.« Sein Blick hielt ihren fest. »Ich musste einfach hin, so sehr wünschte ich mir, sie würden mir verzeihen. Hier in der Bergeinsamkeit war mir mit der Zeit klar geworden, dass ich am Tod meiner Familie unschuldig bin und dass ich weiterhin leben und auch lieben darf. Aber um mit dir eine Zukunft haben zu können, brauchte ich die Absolution von Somas Familie. Verstehst du das?«

Robert wollte mit ihr eine Zukunft haben! Sie konnte nicht sprechen. Ihre Kehle war wie zugeschnürt. Sie konnte nur nicken.

Da stand Robert auf, trat neben sie und zog sie hoch. In seinen Augen stand ein warmes Leuchten, als er ihr Gesicht mit beiden Händen umfasste: »Du gibst mir das Gefühl, endlich angekommen zu sein.« Sein Blick liebkoste ihr Gesicht. »Morgen möchte ich dich und Raphael meinen Verwandten vorstellen. Die Kinder werden sich bestimmt gut verstehen und du dich mit Alisha auch. Alisha hat mir deine Reaktion gestern vor Trudis Laden erklärt. *Wahrscheinlich hat Theresa mich im Auto gesehen und denkt, du hättest eine neue Frau,* hat sie gesagt. Sie hat mich gedrängt, mit dir zu reden.«

Theresa lachte leise. »Als ich euch gestern auf dem Supermarktparkplatz in Wörgl gesehen habe, dachte ich, du hättest deine Frau und deinen Sohn aus Afghanistan geholt.«

Robert trat einen Schritt von ihr zurück. »Woher wusstest du überhaupt, dass ich verheiratet war?«

Sie erzählte ihm von Maja.

Robert nickte. »Ja, an Thorsten kann ich mich erinnern. Unser Kontakt brach ab, kurz bevor wir nach Österreich gingen.«

»Also ging ich davon aus, dass du immer noch verheiratet bist.«

Robert atmete tief durch und nahm sie wieder in die Arme. »Jetzt bin ich hier, bei dir. Dank Alisha, die mir erklärt hat, wie Frauen ticken«, fügte er augenzwinkernd hinzu. Dann wurde er wieder ernst. Seine Hand glitt über ihr Haar, umfing ihre Wange, sein Daumen berührte ihren Mund, während er ihre Augenlider küsste. »Lass es uns miteinander versuchen«, flüsterte er zwischen seinen Küssen. »Ich glaube, es könnte klappen mit uns beiden. Zusammen mit Raphael und Stella.«

Theresa öffnete die Augen. Jedes einzelne Wort von ihm hatte sie in sich aufgesogen – Worte, die sie sich so sehr von ihm ersehnt hatte. »Ja, lass es uns miteinander versuchen«, sagte sie und bot ihm ihre Lippen zum Kuss.

Weit nach Mitternacht traten sie hinaus vor die Hütte und sahen zu dem funkelnden Sternenmeer hoch. Eng umschlungen zählten sie einen Stern für jede Stunde, die sie bisher schon miteinander verbracht hatten. Und dann begannen sie Sterne zu zählen, die für die Stunden stehen sollten, die sie noch gemeinsam verleben wollten. Irgendwann gaben sie es lachend auf. Sie wussten beide, dass dafür eine Nacht zu kurz und der Himmel zu klein war.